河出文庫

花嫁のさけび

泡坂妻夫

河出書房新社

目次

花嫁のさけび

一章　花嫁の輝き

1

伊津子はただ早馬《はゆま》の顔だけを見詰めていた。

若苗色の奥深い眸《ひとみ》だった。照明の中に浮き上がった彫りの深い顔は、そのまま礼拝堂の荘重なたたずまいにふさわしかった。伊津子は相手の肩までしか背がない。顔を上げたままの姿勢を続けているうち、涙がたまってくるのが判る。

早馬は紺のダブルのスーツに縞のネクタイ。伊津子は白っぽいアフタヌーンドレスだった。胸につけた銀のブローチが、どこかの光を反射して、さっきから相手の肩のあたりに、小さな星を遊ばせていた。星は二人の静かな息を伝えて、小きざみに震えた。

牧師は立卓の前で何か言った。耳を傾けてみたが、同じだった。

「何と言っているの？」

と、伊津子が小さく訊いた。相手の黒く長い眉が軽く動いた。早馬は黙って腕を背に廻して、伊津子を聖壇に向けた。

その瞬間、立て続けにカメラのシャッターの音が響いた。参列者の席からだった。牧師は眼鏡の奥から、音のする方をうかがったようだが、すぐ聖書に目を戻した。牧師はメタルフレームの眼鏡を掛けた、若い男だ。

牧師の絶え間ない言葉が流れる。抑揚の美しい外国の言葉は、快い音楽を聞いているのと同じだった。

「何と、言っているの？」

伊津子は軽く頭を下げたまま、唇だけを動かした。

しばらくすると、牧師の声に混って、小さな声が聞えてきた。

「……二人の新しい門出が、神によって認められ、二人の上に神の恵みの限りなくそそぎ――」

教会の中は寒かった。小ぢんまりとした礼拝堂だったが、それでもこの結婚式のためには広すぎた。礼拝堂にいるのは、伊津子と早馬と牧師、参列者席にいる黒木、全部合わせても四人だった。

牧師は祈禱を終えると、改めて早馬の方を向いた。言葉はあまり長くなかった。牧師は最後で、言葉尻を高くはね上げて答えを待った。

早馬は牧師の目を見、大きく息を吸った。

「ちょっと待った」

唐突な声が聞えた。伊津子はびくっとして参列者席の方を見た。

席の間にある中央の通路に、黒木が立ちはだかっていた。黒木は片手を上げ、片手でカメラを早馬に向けた。もう一台の長い望遠レンズをつけたカメラが首から下っていた。

「早馬さん。済みませんが、もう少しこっちを向いてください」

牧師は訝しそうに黒木を見下ろした。だが、早馬は態度を崩さなかった。改めて呼吸を整えると、はっきりとした声で、

「誓います《ジュスエット》」

と、誓約した。

牧師は伊津子の方に向いた。胸がどきどきしていた。シャッターの連続音が聞えた。

牧師は早馬のときと同じように、声の音階を上げて言葉を切った。伊津子は静かに息を吸った。

「誓います」

牧師の反応は同じだった。牧師は儀礼的にうなずくと、祭壇から指輪のケースを取り上げた。早馬は伊津子の手を取った。細い薬指に指輪が光った。

牧師は二人の手を組ませ、その上に自分の手を重ねた。早馬の手は暖かだった。再び流暢な言葉が流れ始めたが、声は耳の傍を通り過ぎるだけだった。誓約を終えた早馬の目に、安らぎが漂っていた。

最後の祈禱で、式が終った。

牧師は初めて二人ににこやかな顔を見せ、親しみのこもった口調で何か言った。

「おめでとうございます、と言っている」

と、早馬が言った。

聖壇を背にして中央の通路に出るとき、スズランの花束を落しそうにした。早馬が左側に廻ったからだ。伊津子はそのまま、身体の向きだけを変えるつもりだった。早馬は花束に手を添え、両脚がきちんと揃うのを見てから、左腕を取った。通路の向う側に、黒木がまだカメラを構えていた。

「ちょっとそこで立ち止って下さい」

カメラの向うに、黒いひげをもじゃもじゃに生やした顔が見えた。早馬は構わずに歩き続けようとしたが、伊津子は腕に力を入れた。早馬は逆らわなかった。

黒木は手早くシャッターを押し続けると、

「有難う、花嫁さん」

と、教会を飛び出して行った。

早馬は何か言おうとしたが、思いなおしたように口を閉じた。そして、どうにも仕方がない、と言う風に、唇へ笑いを泛《うか》べた。

「以前、これと同じ場面を撮ったことがあったよ。その映画では、ラストシーンだった。だが僕たちは、これからが始まりだ」

「覚えているわ」

と、伊津子が言った。

「〈旋回〉ね。ラグビーの選手の映画で、相手の女優さんは……」

それで、バージンロードは終りだった。

教会を出ると、白い空が拡っていた。太陽は見えなかったが、暗い礼拝堂に馴らされた目には、外の光は眩しかった。

「淋しくはなかったかい？」

と、早馬が訊いた。

「本当は、普通の式にしたかった。披露宴には君の友達も多勢招待して――でも……」

「いいんです。わたし、少しも淋しくなんかありませんでした」

と、伊津子は答えた。

「そう、式の間中、君の顔が輝いていたね。それを見て、僕は安心したんだ」

「わたし、本当に今幸せなのよ。これ以上、何もいらないの。早馬さんだけがいればいいの」

伊津子は教会を振り返った。幾何学的な三角の屋根。灰色の壁に飾りのない小さな窓。教会の後には青い小麦畑が遠く続いている。

教会の前庭に大きなイチョウが聳《そび》えていた。みずみずしい緑の間に、ツグミの飛び交うのが見える。庭に立つと湿った土の匂いがした。

「済みません、こちらを向いて下さい」

黒木が地面に片膝をついて、カメラを向けていた。思わず身体を正そうとすると、黒木はカメラの陰からひげの顔を現わした。

「いや、自然に——さっきみたいに、もっと寄り添って」

とても自然に、とはいかなかった。笑おうとすると、頬がこわばってしまった。

黒木は更にシャッターを押した。最後の一枚を巻き上げると、長い髪を掻き上げた。

「あと、ホテルで少し撮らせてもらいます。それでお終いにします」

黒木は手早くフィルムを巻き取りながら、紋切形に、

「この度は、おめでとうございます」

と、言った。

「ホテルでも撮るのかい」

早馬は迷惑そうだった。

「いいじゃありませんか。たまたま僕がいたから、立会人にすることが出来たんでしょう」

「ひどい立会人だった。牧師さんが嫌な顔をしていた」

黒木は自分の服装を見渡した。黒木はよれよれのサファリジャケットを着ていた。

「ネクタイぐらい締めなきゃいけませんでしたか?」

「服装はどうでもいい。君はバージンロードの上に立っていた」

「ははあ、白い布が敷いてあった中央の通路ね。でも、踏んじゃいませんでしたよ」

「それに、僕たちより先に教会を出てしまった」

「あれでもうお終いかと思いました。退場するにも、そんな順序があったんですか。なるほど早馬さんは精しいですね。早馬さんのクリスチャンネームは何といいますか？」

黒木はカメラを鞄に収め、代りに手帖を引き出して、鉛筆を構えた。

「ジャン」

と、早馬が言った。

「なるほど、ジャンヌという愛称はそこからきたんですね。ところで、結婚の御感想を聞きたいんですが――」

黒木は伊津子の方を向いた。

「松原さん……じゃなかった。失礼――伊津子さん。北岡伊津子さん……こう呼ばれる今のお気持は？」

伊津子は花束をゆっくりと廻した。

「とても……口では言えないほど、幸せです」

「全国のジャンヌファンは、きっとあなたを羨ましく思い、同時に残念がるだろうな」

「これからが大変だと思います」

「でも、その覚悟は、とっくに出来ているでしょう。僕はそう思った。伊津子さんは、式の最中でも、僕のカメラを意識してくれましたね。偉いもんですよ。もう、あのときにはちゃんと北岡早馬夫人になっていました。あなたなら大丈夫。僕が保証する」

「君に保証されても、どうなるものか」

早馬は苦笑いした。

「写真、出来たら送りますよ。それにしても、オルリー空港で出会ったのは、チャンスだったね。誰にも気付かれずに成田を発ったんでしょう。マネージャーの滝さん、すこぶる惚《とぼ》けるの、うまいものね」

「僕は困った人に見付かったと思ったんだ。こんなことになると、当てこすりを言ってくる週刊誌がいるんだ」

「嫌味ぐらいは聞いておやりなさいよ。けれども、滝さんの方は、相当油を搾《しぼ》り取られるでしょ。相変らず、早馬さんは週刊誌を儲けさせていないんでしょう。昔から浮いた噂もなかったし、喧嘩もしていない。なぜ東京で式を挙げなかったんですか。それほど、まだ先の奥さんにこだわりがあるんですか？」

「おい！」

早馬は短く叱った。黒木はちらりと伊津子を見た。

「こりゃ失礼。口が滑りました。さあ、ホテルに送りましょう。フランドルはまだ寒いや。東京ならもうストーブもいりませんね」

黒木は先に立って、車の方に歩いて行った。車はクリーム色の丸っこいシトロエンだった。黒木は先に自分の持ち物を前の座席へ投げ込んでから、後のドアを開いた。

伊津子が車に入ると、隣に早馬が坐った。

黒木はすぐエンジンを掛けた。

「早馬さん。よく休暇が取れましたね。撮影中じゃなかったんですか」

黒木は大きな声で言った。

「僕だって、一年中仕事に追い掛けられているわけじゃない」

と、早馬が言った。

「ちょうど今度の映画の撮影がクランクアップしたところでね。まだ少しアフレコと撮り《リテ》直し《ーク》が残っているんだけれど、それまで身体が空いたんだ」

「じゃ、これから二人だけでゆっくり見物が出来ますね。奥さんはこちらの方へは？」

「初めてです」

と、伊津子は答えた。

「それなら見る所は沢山あります。ヴェルサイユ、ルーヴル、それともシャンゼリゼー？」

「いや、ブローニュに寄ってみようと思っているところだ」

「いいですね。新婚のお二人に持って来いの舞台です。すっかり歩くには一週間かかります」

「そうすれば申し分ないんだが、明後日には東京へ戻らなければならない」

「それじゃ、矢張り仕事に追い掛けられているんじゃありませんか。奥さん、短い休暇ですよ。うんと甘えなさい」

車はなだらかな斜面を登っていた。道の両傍に、糸杉が飛び飛びに過ぎ去った。

「でも早馬さん、よくこんなロスタンの片田舎の教会を知っていましたね。ロケにでも来たことがあるんですか？」

「――いや、そうじゃない」

早馬はちょっと間を置いてから言った。

「教会は大輪田山遊《さんゆう》が教えてくれた」

「へえ、早馬さんのスタントマンだった、あの山遊が？　山遊は今でも早馬さんのところに居候《いそうろう》でいるんですか」

「そう。山遊は三年ばかり、ヨーロッパにいたことがあるんだ」

「ははあ、スタントマンの修業のためですか？」

「いや、山遊は特別なスタントマンとしての修業をしたわけじゃない。彼の目的はフラメンコ舞踊の研究だった」

「フラメンコ舞踊？」

「そう、山遊はスタントマンになる前に、ダンシングマスターの資格を得ている」

「そりゃ、初耳です」

「わたしも初めて聞くわ」

と、伊津子が言った。

「そんな人が、早馬さんの家に住んでいるなんて、全然知りませんでした」

「そう、まだ君に話していなかったね。君と逢うときは、いつも忙しすぎた。大輪田山遊、本当は〈やまゆき〉と読むらしい。山歩きの好きな父親の命名だと聞いたことがあるが、皆は〈さんゆう〉と呼んでいる。その父親に似て、山遊は小さいときからスポーツの万能選手だった。けれども、途中で山遊の進む道が変った。山遊は自然にそうなったと言っているが、大学の頃から、舞踊に生命を燃やすようになったんだ」

「早馬さんも好んでタレントになったわけじゃない、そんな記事を読んだことがありますよ」

と、黒木が言った。

「早馬さんの初志は何になることでした？」

「……矢張り、絵を描くことだった」

「なるほど、お父さんの血が伝わっているんでしょうね。そう言えば、早馬さんはお父さんの個展を見に来た映画監督の藤堂さんにスカウトされたんでしたね」

「山遊の場合は全部自力だった。何度かコンクールに優勝してから、ヨーロッパに渡ったんだ。もっとも本気で勉強したのは最初の一年だけ。あとは料理店を渡り歩いて、皿洗いなどしながら、ぶらぶら遊んで過したらしい」

「今の僕と大体同じですな。その山遊が、どうして踊りを止めて、映画のスタントマンになどなったんです？」

「訊いてもその理由は言わない。今じゃ、ダンスをする玩具の人形を見ても、嫌な気分になるそうだ」

「そうですかねえ。余程ショックなことでもあったんでしょうか」

「スタントマンになったのは、僕に体型が似ていて、スポーツに自信のあるスタントマンを帝映が募集したとき、応募してきたんだ。僕もその面接に立ち会ったんだが、なかなか魅力のある男だった。採用が決まると、僕たちはすぐ仲良しになった」

「その後はよく知っています。山遊は早馬さんの吹き替えになって、実にさまざまな危険に挑戦しましたね。絶壁から落っこちる。断崖から海に飛び込む。高層ビルから墜落する。ジェットコースターから飛び降りる。終いには〈落っこちの山遊〉という名さえ付けられた。それが、最後につまらぬことで骨折した。あれは、馬から落っこちたんでしたね」

「そう。ちょっとした油断があったんだ。その怪我は致命的だった。今でも歩くとき軽く足を引きずっている」

「その後、山遊は早馬さんの家で、何をしているんですか?」

「映画のシナリオを書いている。この頃では、テレビからも注文が来るようになったよ」

「こりゃ、また意外な変身ですね」

「君は知らなかったかね。帝映でシナリオを公募したとき、山遊が応募したシナリオが一位に入選したんだ」

「それなら知っていますよ。題名が確か〈花嫁の叫び〉でしたね。去年の六月でした」

「その作者が大輪田山遊なんだ」

「そうでしたか。作者まで注意しませんでした」

「今年になってから、スタントマンの作家が珍らしがられて、方方で取り上げられるようになったよ」

「じゃあ知らないわけだ。僕がこちらに来たのが去年の暮でしたから。早馬さんがさっきクランクアップしたと言った映画がそれなんですか？」

「そうだ」

「題からすると、サスペンス物かな」

「中心になっているのが、一組の男女の純愛なんだけれど、その愛というのが単純じゃない。男の方が相手の女性に殺意を持っている。女性は男の殺意には全く気付かない。ただその男を恋い慕っているわけだね。二人は結ばれるが、結婚初夜から、花嫁の身辺に、奇怪な出来事が続けて起る。それは、男が女性を殺害するための手段なのだけれど、女性はそれでも、まだ男の本心が判らない」

「すると、その主役を早馬さんがやるんですか？」

「そう。一種の殺人鬼だ」

「こりゃ驚いた。今までの早馬さんのイメージとは、まるで違う。ジャンヌファンはびっくりするでしょう。それで、監督さんは？」

「藤堂監督」

「判った。監督さんは早馬さんの役の幅を拡げようというんですね。女の子のアイドルスターから、本格的な名優に脱皮する一歩でしょう」

「とても、名優などとは大袈裟だよ。だが、そういう意味で、僕は今度の仕事に全力を尽した。山遊のシナリオも良く出来ている。藤堂監督も乗っていた。この映画は、きっと成功すると思う」

「何だかいろいろ判って来るな。きっと山遊がダンスを止した理由は、女性ですね。山遊は愛した女性に裏切られたんだ。そのため、すっかり女性不信になってしまった。何とかしてこの怨みを晴らしたい。それが作品に影を落しているんです。よくあるでしょう」

「それは真実かも知れないよ。帰ったら、山遊に教えてやろう」

「それは困ります。以前、僕は山遊のパンチを食らったことがある」

「それは、確か、君が僕の悪口を言ったからじゃなかったかな」

「今時、珍らしい純情があるんだね。あの男には」

「良さそうな人なので、すっかり安心したわ」

と、伊津子が言った。

「ダンサーと言うから、どんな人かと思っていました」

黒木は後ろ向きのまま大きくうなずいた。

「花嫁さんの気持、判りますよ。初めて入る夫の家に、見も知らぬ妙な男が現われたら、こりゃあ穏やかではいられない。それで、早馬さん、今度の映画の相手の女優さんは？」

「琴吹《ことぶき》由美君」

早馬は短かく答えた。

「琴吹さんもこの頃すっかり大人になりましたね。早馬さんと確か映画では初めての共演でしょう。僕も大好きだ。飛び切りの美人だし、演技力もしっかりしている。……いや、奥さんを別にして、です」

　黒木は取って付けたように言った。伊津子と早馬は顔を見合わせて笑った。

「ところで、奥さん」

　黒木は急いで話題を変えようとした。

「早馬さんの映画で、ラストシーンが教会の結婚式だった作品があったでしょう。覚えていますか？」

「〈旋回〉だった」

「早馬さんが歌う主題曲も当って、レコードも相当売れましたね。綺麗な曲でした。作詞が三栗達樹《みつぐりたつき》……」

「そうだった。三栗の最後の詞だった」

　早馬の眉がふと曇った。

「最後の詞？　すると、三栗達樹は死んだのですか？」

「死んでいるか生きているかは知らないが、三栗が急にいなくなってから、かなり長い」

「去年の秋の初め、蒸発したということは知っています。それから、まだ現われないんですか？」

「姿を見掛けた者もいない」

「どうしたのかなあ。才能のある男でしたが」

早馬は答えなかった。窓の外に目を移していたが、

「ごらん——」

と、伊津子を外の景色に注意させた。

なだらかな丘陵の向うに、白い空を背にして、灰色の城が見えた。荒れた城壁と円筒形の櫓が濃い緑に囲まれていた。

「……ロスタンの城」

早馬は小声で教えた。

「今度の〈花嫁の叫び〉にも、結婚式のシーンはあるでしょうね」

と、黒木が言った。

「ある」

早馬は黒木の質問が煩わしくなったようだ。

「そうでしょう。矢張り教会で？」

「そう。僕が琴吹由美君を殺す、すぐ前の場面だった」

「…………」

黒木は返事に惑ったようで、ただハンドルを動かしていた。

2

伊津子は銀のフォークの先を、じっと見詰めていた。

フォークは重く、全体に柔かく磨滅していた。右手で持っているナイフは、魚の肉に切り込んだままだった。

「何を考えているね？」

と、早馬が訊いた。伊津子は急いでナイフを動かした。

「……これ、何というソースなのかしら？」

「ラビゴットソース」

早馬はワイングラスを置いた。ホテルの食堂は狭かったが、磨かれたチーク材の食卓や椅子、絵や調度類が落着いた調和を保っていた。

「疲れているんだね」

と、早馬は言った。

「食欲があまりない」

「そんなことありません。ただ、わたしには量が多すぎるの」

「それは若い女性の言う言葉じゃないね。今も君はソースのことなど考えていなかったね」

伊津子はシャンパングラスを手に取った。

「怖いみたい。本当はそうです。わたし、黒木さんに、何かいけないことでも言ったのじゃないかと心配していたの」

「黒木良介かい。大丈夫、君は僕が困るようなことは何も言わなかったよ。これから、そんなことをいちいち心配しない方がいい。身体が参ってしまう」

「本当のことを言って、少し疲れたわ」

「そうだろう。君には初めての飛行機だったしね」

「空港ではすっかり気を遣ってしまったの。早馬さんが誰かに見付からないかと、そればかり考えていた」

「……もう、早馬さんと呼ぶのはおかしいな」

伊津子はシャンパンに口を付けてから、グラスをそっと置いた。

「……でも、それはもう少し、後から」

ステーキが運ばれてきた。早馬は陽気にフォークを取り上げた。

「黒木さんのこと、あれでいいんですか？」

と、伊津子が言った。

「何も君が心配することはないよ。君に気を遣わせて、僕は済まなく思っているんだ。僕たちは息をしている普通の人間だ。本当は人の目を隠れて、こそこそ旅立たなくともよかったんだ。見付けられたのが黒木だろうと誰だろうと同じだったのさ」

「でも、黒木さんがロスタンをよく知っていますね、と訊かれたときには、思わず口が滑りそうになってしまったわ。早馬さんの顔を見ていたから、言ってはいけないことだということが判ったのです」

「いや、正直に言ってくれてもよかったことだ。ロスタンが僕のママの生地で、あの教会で洗礼を受けたこともね。ただ、黒木などに、こちらからわざわざ打ち明けることもないと思ったんだ。お蔭で大輪田山遊が引き合いに出されてしまった」

「山遊という人は、いつから早馬さんの家に住んでいるんですか？」

「去年の秋から。山遊が本気でシナリオを書くようになって、静かなところを探していたので誘ったんだ。普通の部屋があるのに、自分から好んで、屋根裏の部屋を占領しているよ」

「変り者なんですか？」

「まあ、普通の人間より、多少は変っているかも知れない。けれども、気にすることはないね。僕の大切な友人だ」

「その人が落馬して怪我をしたのは、早馬さんが出演した映画だったんですか？」

「そう。だがそのことについても、僕たちは何のこだわりも持っていない」

伊津子はゆっくりと食事をすすめた。周りから聞えてくる話し声が、ただ小鳥のさえずりのように耳を刺戟した。

「まだ何か心配がある？」

と、早馬が言った。

「ごめんなさい」

伊津子は淋しそうに笑った。

「わたし、陰気な顔ばかりしているみたいね。けれど、決して気が滅入っているわけじゃないの。幸せすぎて、半分雲の上に乗っているように、ぼうっとしているんです。ただ、わたし早馬さんのお父様にまだお会いしていないでしょう。お父様に気に入られるでしょうか。非常識な女だなどと思われないかしら」

「そんなことまで気にしていたのかい。苦労性なんだな、君は。親父なら大丈夫。僕がどんな女性を連れて帰ろうが驚く人じゃないんだ。自分じゃ合理的な自由主義者を気取っているから、僕がよければ決して結婚に反対などはしない。もっとも、親父自身は、僕のママと結婚するときには、周囲の反対派と、相当凄い戦いをしたという。ママの実家は保守的な田舎の農家だったから、最後には略奪同然にママを船に乗せてしまったそうだ」

「早馬さんのママのこと、まだあまり聞いていなかったわ」

「そう、親父が絵の勉強のためにパリに来た頃、ママもパリの学校にいたんだ。二人はそこで知り合いになったわけ。親父は明日暮す金がなくとも気にしないような楽天家だったけれど、ママの方は融通の利かないと言われるほどの堅実な性格だった。親父が困ってママのところに金を借りに行く。ママは約束の期日になると、きちんと親父のところへ取り立てに来る。よく性格の違う夫婦が仲良くやっているけれど、あれなんだね。二人は自然に仲が良くなり、互いに相手がいなければ生きて行けないほどになったんだよ」

「お父様、ママの絵をお描きになったことがあるでしょうね」

「数多くね。けれど、一時多く絵を手放したことがあったから、そう多くは残っていないと思う」

「ぜひ拝見したいわ」

「ママは東京に来ると、翌年姉を産み、二年置いて僕を産んだ。僕の記憶に残っているママは、飾り気のない、親父と子供たちを愛する誠実な女性だった。僕たちはママからフランスの言葉や歴史や習慣を厳しく教えられた。そんなママのいたことを、僕は今でも有難く思っている」

「素晴らしいわ。わたしも、子供からそんなに尊敬される母になれるかしら」

「君ならきっと僕の理想としている妻になれると思う。僕は初めて君を見たときから、そういう気がしたんだ。そして今日の結婚式でも、黒木への応答を見ても、僕の予感は間違いがなかったと思った」

　早馬は満足そうに伊津子を見た。

　食事の終る頃、二人の席に一人の女性が近付いて来た。皺の多い顔に濃い化粧をして、丸い帽子をかぶった背の低い女性だった。早馬が自分のことを覚えていることを知ると、両手を左右に拡げた。

「ラペールズ夫人です。ママの友達だった人、四年前にもロスタンで会ったことがあるんだ」

と、早馬が伊津子に紹介した。

冷く柔い手だった。言葉の判らない伊津子は、ただ微笑を続けていた。

「彼女の部屋でお茶を飲もうと誘われた。君のことを僕の娘だと思っているらしい。説明するのが面倒だから、そうだと答えておいたよ」

ラペールズ夫妻は人の良い夫婦だった。しきりにロスタン城などの案内をしようと持ち掛け、早馬が辞退するのに骨を折っているようだった。

ラペールズは伊津子と早馬を見比べ、早口で何か喋っていた。その言葉の中に「貴緒《たかお》」という名が混っていた。

「彼の目には、君が十代ぐらいに見えるらしいよ」

と、早馬が教えた。

ラペールズ夫人の方が饒舌だった。彼女も「貴緒」という名をよく口に出した。その話題に限り、早馬は何も伊津子に説明しなかった。

ラペールズ夫人は家に残して来た犬のことが気がかりのようだった。早馬が自分の家にもチベタンテリアがいると話すと、彼女は犬の話題を終えそうにもなくなった。テリアはチベットで「幸福をもたらす犬」として大切にされていると教えたりした。

話の途中で部屋の電話が鳴った。ラペールズが出ると、電話は早馬に掛って来たものだった。早馬は電話に出たが、二言三言で電話を切った。

「黒木からだろう。僕が判りにくい言葉で、そんな人はいませんと言うと、あわてて切ってしまった」

と、早馬が教えた。

電話が話の区切りをつけてくれた。伊津子たちはラペールズ夫妻にお休みを言って自分の部屋に戻った。

部屋に入るとすぐ、抱きしめられた。早馬は長いこと、唇を離さなかった。

「これで、二人だけになった」

と、早馬は言った。

「二人だけでいられる時間はあまり長くない。短い間に、欲張らなければ――」

早馬は先に入浴するように言ったが、伊津子は自分は後からと譲らなかった。早馬は伊津子の言葉に従って、浴室に入って行った。

早馬の脱いだ衣服をハンガーに掛けようとしたとき、背広の内ポケットから、黒い皮の札入れが落ちかかった。見るともなく中を覗くと、帯のかかったままの紙幣の束が見えた。背広をハンガーに掛けてから、ベッドの横にある化粧台の前に坐った。左手を伸して指輪をそっと抜き取った。細い銀の台に、美しく光る透明な石が飾られていた。伊津子は鏡の中で、指輪と自分の顔を見比べた。

化粧台の上に指輪をそっと置き、イヤリングとブローチを外して横に並べた。

サイドテーブルの上に、小さな鞄と、一廻り大きな鞄と、バッグが置いてあった。二人の持ち物はそれで全部だった。

伊津子は大きな鞄からネグリジェを出した。薄い紫で胸元に小さな花の刺繍《ししゅう》がある野暮ったいデザインだった。

小さな鞄の口が開いたままになっていた。白い表紙の本が半分はみ出して「花嫁の叫び」という表題が見えた。伊津子は本を手にしてページを繰った。決定稿のシナリオだった。本は丸められた癖が残っていて、中には数多い書き込みが見えた。ページを繰って行くうち、伊津子は何行かの文章に目を止めた。

それは何かに続く台詞《せりふ》だったが、その部分は独立した意味を持っていた。

——花嫁にとって、夫の家はお化け屋敷だ。いつどこで、何が飛び出して来るか判らない。花嫁は絶えずおののきながら暮してゆかなければならないんだ。

伊津子は最初の方のページを繰った。そこに大輪田山遊という名を見た。

浴室のドアが開く音が聞えた。伊津子は本を鞄に戻し、早馬と入れ替りに浴室に入った。早馬に抱きしめられた感触が身体に残っていた。早くという気持はあったが、なぜか浴室にいる時間が長びいた。浴槽を出てから、ぼんやり鏡の前に立った。

ドアが開いて、早馬が入って来ようとした。

「あら、だめ」

言いながらドアを押し返した。ドアの向うで早馬が何か言ったようだった。伊津子はゆっくりとネグリジェを着て、浴室を出た。

早馬は椅子にかけてトランジスタラジオを聞いていた。隣に腰を下ろすと、早馬はすぐ引き寄せようとしたが、その手を握って、ラジオに耳を傾けた。

「何と言っているの？」

男と女の声が代る代る早い言葉をまくし立てていた。

「漫才だね。君の家の犬は喧《やかま》しくて仕様がないから、毒を飲ませたんだと言っている」

早馬はラジオのダイヤルを廻した。今度は女性の歌が流れてきた。鼻にかかるなまめいた声だった。早馬はサイドテーブルの上にラジオを置き、立ち上って手を差し伸べた。

「ちょっと、待って……」

伊津子は化粧台の前で、スキンフードを手に落していた。早馬は鏡の向う側に立った。

「この前の君は、香水の瓶ばかり気にしていたね」

「焦《じ》らしているわけじゃないの」

ティッシュで丁寧に指を拭いてから立ち上ると早馬は背に手を廻し、ラジオの曲に合わせて口ずさみながら、静かに伊津子をリードした。曲が終り次の旋律に変ったとき、早馬の足を踏んでしまった。

「わたし、下手ね」

それでなくとも、身体が固くなっていた。固い身体を包み込む早馬の胸は深かった。

「うまくしようと思わない方がいい」

だが、伊津子は続けてつまずきそうになった。故意に早馬が調子を狂わせたようだった。早馬は支えなかった。倒れかかるのを、そのまま掬《すく》い取るように横に抱いた。

「身体を楽にして……」

と、早馬は言った。

言われるとおりに力を抜いて、目を閉じた。軽くベッドの上に運ばれた後、四肢が伸ばされた。

早馬は隣に添い、そっと唇を合わせた。

「明りを、消して」

伊津子は祈るように言った。

早馬は立ってペンダントの明りを消した。肌色の古風なシェードのスタンドの弱い光だけが残った。最後に、早馬はラジオのスイッチを止めた。

ベッドに戻って来ると、早馬は部屋着を脱ぎ去った。反射的に伊津子は身体をこわばらせた。

「まだこちこちになっているね。まるで手術台に寝かされているみたいだ」

「だって……どうしたらいいの？」

「僕を信じて、ついて来ればいいんだよ。ただ、何も考えずにね」

唇に気を取られているうち、早馬の手がネグリジェの前を開こうとしているのが判った。

「脱ぐの？ ……」

と、伊津子は言った。

「僕たちはもう夫婦なんだよ。そうなるのが自然じゃないか」

「そうね。あのときのように、固くしていてはおかしいわね」

「あのときのことを覚えているかい？」

「忘れることは出来ないわ。だって、初めてだったんですもの」

「君は初めから終りまで、泣いているのと同じ顔だった。僕は何度も押し返された」

「ごめんなさい。早馬さんがどんなになってしまうのか、わたしとても怖かったわ。あれでもう逢えなくなるかと思った。呆れて、早馬さんはわたしなど相手にしなくなるのじゃないかと心配したわ」

「反対だった。あの日から、なお君のことが忘れられなくなった」

ネグリジェが解かれたとき、曝らされまいとするように、伊津子は相手に取りすがっていた。

「恥しいわ……」

「さっき、君は浴室で、自分の身体をじっと見ていた」

「少し肥ったようだったんです。それで……」

自分でもかすれた声になっているのが判った。

「僕も気が付いていたよ。君の身体は、あのときより、ずっと艶やかになっている。君は自信が出来たのだと思う。これからも、もっと綺麗になるよ」

早馬が熱っぽく中心をさぐってきた。伊津子はただどきどきするだけだった。

「わたし、本当にまだ子供ね」

「ラペールズ夫人が言ったことを思い出したのかい？」

「そう。わたし早馬さんの子供に思われても、仕方がないわね。あの人たち、貴緒さんとも会ったことがあるの？」

「ある。が、どうして？」

「言葉の意味は判らなかったけれど、タカオという名がときどき聞えたわ」

早馬は黙って蕩揺《とうよう》を続けた。

「わたし、貴緒さんから見ても、子供でしょうね」

その言葉は唇でふさがれた。その行為に何か荒荒しい気配があった。そのまま相手に身をまかせることにした。早馬の手がひたっているのが判ると、感覚が増幅されて、声が洩れそうになった。それ以上乱れてしまいそうで恐かった。伊津子は上半身を起した。

「早馬さんも……」

おそるおそる硬筋に触れてから、ふいに顔を埋めた。早馬は熱く、力強く脈打っていた。

早馬は背に手を廻した。

「君は子供なんかじゃない。だから、無理な背伸びはしなくっていい」

早馬は身体を起して、束ねてあった髪を解きほぐした。

おおわれて、自分から身を上げて迎え入れた。融け合ったとき、

「本当に、この前のときとは違うの」

と、早馬の背に手を這わせた。

「ねえ……、女は皆そうなってしまうものなの？」

「喜びのこと？」

「わたしも、そうなるのかしら」

「なればいいと思う？」

「怖いわ」

「君は、自然にしているのが一番いいんだよ」

言われるままに、じっと身体の重みを受けていた。そのうち早馬の身体が固くなった。早馬は深い奥で、しなやかに躍動した。

「あなた……」

と、伊津子がささやいた。

「判ったわ。あなたの悦びが、初めて……」

その触感を深く記憶するように、身体を動かさなかった。

ただたどしい伊津子の初夜だった。

3

目が覚めると、クリーム色の光の中にいた。伊津子は早馬の胸の中に顔を埋める姿で寝ていたようだった。

ベッドの動きを感じたのか、早馬は身体を廻すようにして身体をさぐってきた。その手を握ると、早馬はすぐ軽い寝息をたて始めた。

伊津子はベッドを降りた。ネグリジェを着直す間もなく、早馬に抱かれたまま寝入ったとみえて、伊津子は裸だった。

浴室に行こうとしたとき、部屋のドアの下に白い紙片が見えた。拾って見るとノートを千切った紙に、乱暴な字が書きつけられていた。

――庭をぶらついています　黒木

紙片をテーブルに置いて、浴室に入った。シャワーを浴びていると、身体に早馬の感覚が残っているのが判った。鏡の中に艶やかな肌が光っていた。浴室を出て化粧台に向い、髪を調えてから、いつものくちなし色のスーツを着、指輪をはめて、そっと部屋を出た。

庭に降りると、空は昨日と同じ白い色だった。プラタナスに囲まれた庭の芝生は、よく手入れが行き届いていた。朝の空気は冷く、草の匂いが胸の奥にしみた。

黒木の姿はすぐに見えた。花壇の前にしゃがんで、赤い花を撮影していた。黒木の他に人影はなかった。

黒木はすぐ伊津子に気付いて立ち上った。

「お早う。花を撮っているのね。続けて下さい」

「いや、もういいんです」

黒木はひげの顔で照れたように笑った。

「ぼんやり花を見ていたら、柄にもなく感傷的になったんです。花など撮ったのは何年ぶりになるかなあ。全く、変な朝だよ」

黒木はカメラをケースに収めた。昨日のとは機械が変っていた。

「いくつもカメラを持っているんですね」

「そう、これで奥さんのポートレートを撮ろうと思って。……カメラには興味がありますか?」

「全然だめ。この前フィルムの出し方が判らなくて、苦労したことがあったわ」

「早馬さんは?」

「まだ寝ています」

「そうでしょう。この休暇のため、丸二日寝ていなかったそうじゃありませんか」

黒木は白いペンキを塗った椅子をすすめた。

「昨日ちょっと聞き洩らしたことがありました。少しお話を聞かせて下さい。寒くありませんか?　中に入りましょうか」

「ここで構いませんわ」

「そうですか。実は僕もその方がいいんです。煙草よろしいでしょうか?」

「どうぞ」

伊津子はテーブルの上の灰皿を心持ち押してやった。

「外国に来ると、我ながら紳士だね」

黒木はよれよれの煙草の袋をポケットから取り出して、一本を口にくわえ、紙マッチで火を付けた。大きく煙を吐いて、しげしげと伊津子を見た。

「朝の花嫁の姿とは、いいものですなあ。艶やかに満ち足りて、けだるそうな色気があり……それに引き替えてこちらの方はどうです。凄い恰好でしょう」

黒木は赤くなった目を見せた。

「当方は独り淋しく——いや騒騒しく飲んでいたというわけ。夕べ電話をしたんです。いらっしゃいませんでした。どちらへお出掛けでした？」

「ちょっと」

伊津子は言葉を濁らせた。黒木は伊津子の手に目を止めた。

「それ、結婚指輪ですね」

「はい」

「ちょっとこちらに向けて下さい。……有難う。大きなダイヤですね」

「わたし、石のことはよく判りません」

「いや、見事な指輪ですよ。奥さん、今朝はイヤリングをしていませんね」

「ええ、あれはわたしが買った安物ですわ」

「そう、これからは、いくらでも欲しい物が手に入るでしょう。……いや失礼。僕は思う前に口の方が先に滑ってしまう質《たち》です。気に触りましたか？」

「いいえ」

伊津子は微笑した。

「黒木さんがおっしゃることでしたら、いちいち気になど触りませんわ。だって、わたしのことを一番初めに奥さんと呼んでくれた人ですもの」

「あなたは偉い人だ」

黒木は煙草を灰皿に押し込んで言った。

「わたしが？」

「そう。昨日の結婚式と今朝では、明らかに一廻りも二廻りも大きくなっている。あなたは、人気スター北岡早馬の、押しも押されもしない妻になっている。でも……」

「でも？」

「あなたのことだ。ちゃんと覚悟が出来ているでしょうが、これからが大変です」

「それは判っています。どんな苦しみにも堪え抜くつもりですわ。わたしには、早馬さんが付いているんです」

「その早馬さんだが……」

「早馬さんが？」

黒木は新しい煙草に火を付けた。最後の煙草だった。

「――言い掛かったことだから喋っちゃいましょう。あなたのためにもなることだと思う。僕は長いこと早馬さんと付き合っています。彼がデビューした当時からね。だから、早馬さんの性格はよく知っているんです。一口に言えば早馬という人間は、実に誠実な人間だ。

相手になっている方がいらいらしてくるほど真面目な男です」

「それはママの血を受けたのでしょう。いつか話してくれたことがありました。早馬さんのママはとても堅実な人で、自分はとても尊敬しているのだ、と」

「それは美しいことだ。けれども、誠実ということは、反面、融通の利かないという意味を持っています」

「それは、どういうことですか?」

「単刀直入に言ってしまいましょう。早馬さんはあなたと二人でいるとき、早馬さんの死んだ先妻、貴緒さんについて話してくれたことがありますか?」

黒木はじっと伊津子の顔を見た。

「……いいえ。ありません。早馬さんは、貴緒さんのことになると、いつも話題をそらせてしまいます」

「そうでしょう。昨日も車の中で、僕が口を滑らせたらいつになく険しい声になった。無論、あなたへの気兼ねがあることは確かです。だが、あなたがいなくても同じだったでしょうね。早馬さんは貴緒さんのことになると、人が変ったように神経質になる」

「実は夕べこのホテルで、早馬さんのママとお友達だったという夫妻と夕食後お茶を飲んだのです。ラペールズという人で、偶然ロスタンに泊っていたの。早馬さんは何年か前にも逢ったことがあるんです。ラペールズさんたちは、しきりに貴緒さんのことを尋ねていたようなんですけれど、早馬さんはそれがどういう内容なのか、わたしには全然教えてくれませんでした」

「ラペールズという人は、貴緒さんに会ったことがあるんでしょう」

「ええ」

「それなら無理はありませんよ。貴緒さんに一度会ったことのある人なら、誰でも永久にあの人のことを忘れることが出来なくなるんです」

黒木は視線を宙に遊ばせた。

「貴緒さんと十分でも会い、一言でも言葉を交した人なら男性であろうが女性であろうがそうなります。犬や猫や小鳥までが、貴緒さんのことを思い続けるでしょう。勿論、僕だって今でも貴緒さんのことを忘れることが出来ません。早馬さんとなれば、ことさらにそうでしょう」

「早馬さんは貴緒さんのことを、まだ思い続けているというの？」

「に、間違いありませんね。早馬さんは貴緒さんのことを口にしたがらないのが、その証拠でしょう。彼は貴緒さんのことは忘れなくてはいけないんだ。だが、それは絶対に出来ることじゃない」

「わたしがいるわ。……今までの早馬さんは貴緒さんを愛し続けたでしょうが、これからはわたしがいるんです。わたしは早馬さんをこちらに向かせる自信があります」

「奥さんは一度も貴緒さんに会ったことがないからそう言えるんです」

黒木は煙草を灰皿にもみ消すと、皮肉そうな笑い顔になった。

「その自信は立派ですよ。早馬さんの妻たる人なら、当然そうでなければならない」

「貴緒さんは、そんなに美しい女性だったんですか？」

「いいですか。僕は嘘を吐いたり、遠廻しに物事を言うのが嫌いだ。だから、本当のことを言います。すでにあなたは正式に結婚式を挙げ、正真正銘の早馬夫人だ。貴緒さんは死者で、あなたは勝者だ。だから言います。……貴緒さんは美しい人だった。いや、あなたと較べているんじゃない。貴緒さんは、誰とも較べることが出来ない」

黒木は大きな身振りをした。

「つまり、この世のものではないほど美しかった人です。近寄ると神神《こうごう》しいばかりの気高さがあって、話すと豊艶な愛嬌があふれました。ときによって、品よく、妖しく、かよわく、華やか。玉虫の色彩を見るように変化する美しさで、男性や女性の心を捉えました。それは生まれたときから具《そなわ》っていたのでしょうが、その資質は知性によって、更に磨きがかけられていました。ゴルフ、乗馬、水泳。スポーツは誰にも負けなかった。また、芸術的な感受性の豊かな人でもあった。僕は以前特殊なカメラの相談を受けたこともあります。また……」

「まだあるんですか？」

「貴緒さんのことなら、一日中喋っていられますよ。貴緒さんの父親を知っていますか？」

「いいえ」

「鍵島健造。母方は貴族の家系です。鍵島健造なら聞いたことがあるでしょう。大臣級の実力を持つ代議士ですから」

「さあ。わたしそういうことには暗いんです」

「まだお若いから無理もないでしょう。まあそういった家庭で育ったせいか、貴緒さんの好みや趣味も素晴らしかった。彼女の身の廻りにある物は、全部一流の品ばかりでした。――一流品で思い出したが、彼女には欠点もあった。早馬さんが六本木にクラブを持っていたことがあるのを知っていますか？」

「いいえ」

「〈トナイト〉というクラブでした。判りますか？　トナイト――今夜。紺屋《こんや》高尾《たかお》という洒落なんです。そんな名を持ち出したのは、きっとセブン中村あたりかな。つまり名義は早馬さんのものですが、実際に経営していたのは貴緒さんだったんです。大きくはないが、実に贅沢な店でした」

「黒木さんも遊びにいらっしゃったことがあるんですか？」

「飛んでもない。僕なんかのポケットマネーじゃ、とてもね。取材で行きました。貴緒さんがとりわけて妖艶に見えるのは、そうした場所でしたね。お酒を飲み、酔って興が乗ればマイクを持って自作の歌など聞かせてくれた。けれどもその店は長くは続きませんでした。半年ぐらいで閉店になった」

「お客さんが来なくなったの？」

「いや反対です。お客さんが来過ぎたんです。貴緒さんは気分が良くなると、お客さんに酒を只で飲ませちゃう。自分で酒倉から年代物のワインを持ち出してぽんぽん開けてしまう。お客が多ければ多いほど、店は赤字になるわけでしょう」

「でも、お客さんに喜ばれるのだから、欠点といっても悪い欠点じゃありませんね」

「そう、貴緒さんは悪いという欠点はない人でした。……いや、つい死んだ人のことばかり誉《ほ》めるようになったけれど、そりゃ奥さんも綺麗だ。早馬さんが奥さんにひかれる気持は判ります。だが、譬《たと》えて言えばあなたは一本の野の花。貴緒さんは花造りの名人が凝りに凝って作りあげた大輪の牡丹。判りますか？」

「よく判ります」

「僕は早馬さんが結婚の相手として奥さんを選んだ理由が、そこにあると思うな」

「わたしに、貴緒さんを思い出させるようなところがあってはいけない、ということね」

「ラペールズ夫妻を始め、多くの人の心の中に貴緒さんが生きている以上に、早馬さんの中にはまだ大きく貴緒さんが占められているんです」

「早馬さんは、貴緒さんを忘れるための手段としてわたしと結婚したというわけでしょう」

「奥さんは判りが早い。僕がさっき奥さんにこれからが大変だと言った意味は、そういうことだったんですよ」

「わたし、貴緒さん以上にならなければいけませんものね」

黒木は改めて伊津子を見た。その目には絶望の色が見えた。

「有益な助言をありがとう。でも、いずれにしろ、全てわたしの考えで歩いて行かなければなりませんわ」

「奥さんなら、きっとやって行けると思います。ただし、貴緒さん以上になろうという考えは捨てた方がいいと思う。奥さんには貴緒さんになかった長所がある。その方を武器にすべきでしょう」

「貧乏だったこととか、野暮ったい趣味とか、そんなもの？」

「奥さんは賢い。失礼だが、気に入りました。それからもう一つ。これは話していいかどうか今まで迷っていたんだが、賢い奥さんのために教えてしまいましょう。聞いておいて損にならない、と言うと、やや香具師《やし》の啖呵臭くなりますが……」

「それも貴緒さんのこと？」

「そう。これから話そうとするのは、貴緒さんの、死因についてです」

黒木は煙草の袋をさぐった。煙草は空だった。黒木は空の袋を握り潰し、サファリジャケットのあちこちのポケットを探した。

「奥さん、煙草の持ち合わせはありませんか？」

最後にはそう言った。

「わたし、煙草は吸いません」

「そうでしたね」

「ボーイに持って来させましょうか」

「いや、いいんです。夕べは少し吸い過ぎたから、少し我慢する方がいいでしょう。それに、早馬さんが起きて来ると話しにくくなる。貴緒さんが死んだときは知っているでしょう。新聞やテレビで報道されましたから」

「あれは昨年の秋でしたね。事故による突然の死ということでした」

「奥さんが知っている事故の様子は、どんな程度でしょう」

伊津子は頬に手を当てて、少しずつ話した。

「……貴緒さんは調布にある北岡邸の、二階の自室で、屍体で発見されました。確か……朝、それを発見して警察に知らせたのは早馬さんで、貴緒さんの部屋からガスの臭いがするのに気が付いたときには、もう手遅れになっていました。原因はガスストーブの不始末だったと思います。何かのはずみで緩んでいたガスのホースがガス器具から外れ、ガスが洩れたのだ、と。死因は製造ガスによる一酸化炭素中毒死……」

「そう。それが一般に報道された事件の部分でしたね」

「部分、というと、他に報道されなかったことがあるのですか？」

「あります。警察は発表しませんでしたが、事件の核心は、われわれの間で、周知の事実として広まっています」

「貴緒さんの死因は、事故ではないのですか？」

「よく考えてごらんなさい。あれを事故にするのは、どうしても不自然だとは思いませんか。貴緒さんの屍体が発見された部屋というのは、実は寝室でしたが、その寝室にしたって、われわれの部屋とはわけが違う。われわれなら、夜中に寝呆けて、ストーブに足を突っ掛け、ガス管を外してしまっても不思議はない。だが貴緒さんの寝室はまるで違う。部屋の壁には暖炉が作られてある。現在煙突は塞《ふさ》がれているんですが、その贅沢なマントルピースによく調和するような、凝ったデザインのストーブが中に置かれてあった。そのガス管は、どう考えても、自然に緩んで外れてしまうということはあり得ない」

「そのストーブはいつも使われていたのですか？」

「それも、不思議なんです。事故のあったのは十月の初め。去年の秋は暖かだったでしょう。十月の初めにはどの家でもストーブは使っていませんよ。北岡邸でもストーブをつけたことはなかったそうです。ガスの元栓も閉めたままになっていたはずだと北岡邸の家政婦が証言しています」

「すると？」

「貴緒さんが寝ていたのは広いダブルベッド。何メートルもある足でなければ、ストーブに届かない。従って、われわれはこう考えるのです。貴緒さんが自分の手でストーブのガス管を外さない限り、ガス管が外れるようなことはないだろう、と」

「貴緒さんが、自分の手でガス管を外した？　……」

「貴緒さんの死は、自殺だったのですよ。死ぬ直前、貴緒さんは睡眠薬を飲んでいたことが、解剖の結果、明らかになっています」

「……自殺の原因は？」

「それだけが謎です。遺書がありませんでしたから。トナイトの経営が失敗したといっても北岡家の財政から見たら損害など高が知れているでしょう。貴緒さんに心理的な負担がかかったとも思えない。貴緒さんはトナイトの閉店で身体に閑が出来ると、すぐチャーミングスクールの講師に招かれたりして、派手な生活の態度も変っていない。友達や周囲の人の話でも、貴緒さんが自殺するとは考えられないと、口を揃えて言っています」

「早馬さんとの間はうまくいっていたのですか?」

「結婚した当時、これ以上美しく仲の良いカップルは絶対にあり得ないと評判になりました。その噂はそれまで一度も変りませんでした。二人を知る全ての人の、羨望の的でしたね」

「貴緒さんは作詞や作曲をしたといいますね。死ぬまで思い詰めることがあって、何かを書き残さなかったのでしょうか。ノートや何かの端にでも」

「誰でもそう思いますね。結局は何も発見されませんでした。貴緒さんの自殺は、死んでいた状況で判断されるだけです。従って、警察では自殺という実証がつかめないまま、事故死という以上の解釈はなされませんでした」

「貴緒さんに、自殺するような原因がないとすると?」

「奥さんは恐ろしいことを考えていますね」

黒木は椅子を引き寄せて伊津子に近寄ると、声を低くした。

「実はわれわれもそれを考えていたのです。警察も同じでした。もしかすると、貴緒さんは、何者かの手によって、殺されたのではないか」

　黒木は伊津子たちの泊っている部屋の窓の様子を窺うように見てから話を続けた。

「警察は貴緒さんの交友関係を全部調べ上げましたよ。けれども、貴緒さんに憧れ、尊敬し、好意を持っている人は数え切れないほどいるのですが、貴緒さんに悪意を持ち、まして、殺意を抱くなどという人は、誰一人見当りませんでした。また、貴緒さんが死んで利益を得る人間もおりません。貴緒さんが死ねば、悲しむ人ばかりです。ただ……」

「ただ？」

　伊津子は真剣な表情をした。

「貴緒さんの死と前後して、一人の男がいなくなりました。ほら、昨日車の中でもちょっと名が出ました。三栗達樹という作詞家です」

「〈旋回〉の詞を作った人ですね」

「そう、よく覚えていました。その三栗達樹が失踪したと家族から警察に届があったのが、貴緒さんが死んで一週間ぐらいたってからです。三栗が蒸発した日を辿ると、貴緒さんの死んだ日とほぼ重なる。三栗はよくトナイトでピアノを弾いていたといいますから、警察では興味を持った。三栗はきっと貴緒さんが死ぬ秘密を知っていたんじゃないか、と」

「三栗という人は、それっ切り姿を現わさないそうですね」

「今、売り出している作詞家でしょう。僕などすぐ現われると思ったんですが、すっかり期待を外された。三栗が何かを知っていることは確かだと思うんですが、姿を見せなければ仕方がない。もっとも最初から貴緒さんが殺されたという考えが無理だったんです。貴緒さんの屍体が発見されたのは、殺害が不可能な部屋の中だったのですから」

「殺害が不可能な部屋？」

「そう。貴緒さんはその夜、自分の寝室に入るとドアに鍵をかけたんです。その鍵は翌日貴緒さんが屍体で発見されたときもそのままになっていた。だから夜中に誰かが寝室に忍び込んでガス管をストーブから外し、元栓を開くなどということは出来るわけがなかったのです」

「窓は？　窓も閉っていたの？」

「そう、奥さんはまだ北岡邸に行ったことはなかったんですね」

「明後日、わたし結婚して初めて早馬さんの家に行くのです」

「早馬さんの家ということはない。すでにあなたの家ですよ。じゃ予備知識のためにも、少し精しく説明しましょうか。現在ある北岡邸は、早馬さんの祖父が自分の別荘として建築したのです。約六千坪の敷地の中に、住いは二階建てのレンガ造り。ビクトリア風の建物で、一階はアトリエと広間。アトリエの方は早馬さんの父親が改造したので、今でも父親が使っています。早馬さん夫婦は、二階に住んでいたわけ。屋根裏にも小部屋があって、家政婦がいるんです。貴緒さんの寝室は二階の東側にありました」

伊津子は両手を組み合わせた。手はすっかり冷えていたが、黒木の話は聞き逃せなかった。

「その日、早馬さんは北岡邸にいませんでした。ロケーションで浜松に行っていたのです。早馬さんが帰宅したのは、真夜中の一時頃でした。そのとき、もう貴緒さんは寝室に入り、ドアには鍵が掛っていたそうです。早馬さんは、貴緒さんを起すのを気の毒に思って、自分の部屋に入り、そのまま朝まで寝てしまいました」

「貴緒さんは何時頃寝室に入ったのでしょう」

「その目撃者がいます。荒垣佐起枝という家政婦です。昔風に言うと、女中頭とか乳母《うば》とか言うんでしょう。早馬さんの産まれるときから家の手伝いをしていて、早馬さんのママが死んだ後は佐起枝がいないと北岡家がやって行けないというほど力を持っている女。無論、信用のある女性なんだが、十一時頃、自分の部屋に入って行く貴緒さんの後姿をちゃんと見ている。それが生きている貴緒さんの最後の姿だったといいます」

「貴緒さんの異状に気付いたのは？」

「翌朝、貴緒さんの部屋の前を通りかかった家政婦の佐起枝がガスの臭いに気が付いたんです。貴緒さんの部屋には鍵が掛っている。すぐ、電話で早馬さんを起し、二人は貴緒さんの部屋のドアを叩いたが返事がありません。そのときには、ガスの臭いは貴緒さんのドアの隙間から洩れていることが、確実に判ったんです。普通ではないというので、二人はドアを毀《こわ》して部屋の中に入った。部屋はガスで満たされ、ベッドの中で貴緒さんが死んでいたのです」

「真夜中に、死んでいたのね」

「死亡推定時刻は午前二時から四時。ナイトテーブルの上にウイスキーの瓶とコップが載っていて、ウイスキーの中に睡眠薬が検出されましたよ。窓には全て掛け金が固く掛けられていました。ドアは厚いカシで、鍵が掛けられた上に、内側から掛け金もおろされていたんです。窓もドアも、昔のごつい鉄製の掛け金で、とても外から細工の出来るような代物じゃありません」

「さっき、暖炉があると聞きましたわ」

黒木は感心したように伊津子を見た。

「いいところに気付きました。けれども暖炉と煙突は、二十年も前にコンクリートで塞がれているんです。警察が調べたところでは、毀すのも大仕事のようです。また、物好きな刑事さんがいましてね。部屋の外からガス管が外せるんじゃないかと研究した人もいました。ガス管に丈夫な糸を輪にして掛けるんだそうです。それを鍵穴から外に出して強く引く。その力でガス管がガス器具から外れ、糸だけが鍵穴を通って犯人の手に戻るというわけです」

「うまくいきましたか？」

「うまくいきませんでした。ガスストーブと鍵穴が一直線上にあれば別でしょうが、生憎そうでなくって、遠い上に、途中に邪魔な家具などありまして、実験してみると、そういう手段は絶対に使えないということが判りました。たとえその方法が可能であってもです、ドアの鍵穴にそんな仕掛けがしてあるのを、部屋に入ったとき、貴緒さんが気付かないはずはないでしょう」

「そのとおりですわ」

「従って、貴緒さんを殺せる人は誰もいない。貴緒さんの死は殺人ではないという結果になったのです。そして、貴緒さんがなぜ自殺をしなければならなくなったのか、その謎だけが残っているんです」

「貴緒さんには、その前から自殺するような気配は見えなかったのですか？」

「家族は全く死ぬなどとは思わなかったそうです。ただ、久し振りに貴緒さんに会った人の言葉はちょっと違っていました」

「他の人の？」

「そう。屍体が発見されたのは月曜日の朝。前の晩、日曜日の夜、貴緒さんは同窓会に出席しているんです。そこで会った人の話では、貴緒さんは落着きがなかった。絶えず別のことを考えているようだった、と言います」

「黒木さん個人の意見としては、どうなのですか？」

「僕の意見……そう、僕の考えでは、自殺の原因は矢張り早馬さんにあったと思いますね」

「早馬さんに？」

「彼は人気スターです。外国人の血を受けた二枚目で歌もうまいし人柄もいい。当然ながら仕事が二重にも三重にも押し寄せているでしょう。貴緒さんとは顔を合わせることが少なすぎたんですね。精神病的なノイローゼから発作的な死。世間では決して珍らしいことじゃありません。貴緒さんだって人間です。普段完全な女性に見えるだけ、ふとしたことが誰も知らないうちに大きな傷になっていたのかもしれませんね」

「早馬さんも、そうした疑いを持っているとしたら……」

「早馬さんの方にも大きな傷が残っているはずです。僕が言いたかったのはそれなんです。奥さん、あなたの役割は大変に重要だと思います。大袈裟に言えば、奥さんは早馬の魂を救わなければならない……」

黒木はふと口をつぐんで、椅子を後に引いた。伊津子はホテルのガラス戸の向うに早馬の姿を見た。

「というようなことを知っていれば、何かのとき損はないと思いますね」

伊津子も軽い談話の調子で言った。

「ありがとう。心に掛けて下さって、嬉しいわ」

早馬は二人の傍に寄って来た。黒木が立ち上った。

「お早うございます。よく眠れましたか」

「まだ発たなかったのか」

早馬はとがめるように言った。

「ちょっと時間があったんです。発つ前に御挨拶がしたくなりましてね」

「珍らしいことを言うじゃないか」

「本当は花嫁さんの朝の表情というのを、一度拝ませてもらいたかったんです」

早馬はちょっと腕時計を見た。

「度度《たびたび》、邪魔なところへ現われ出まして申し訳ありませんでした。また、東京でお逢いしましょう」

後の言葉は伊津子に言って、黒木はカメラをつかんで建物の方に歩いて行った。

「彼、失礼なことを言やしなかったかい」

と、早馬は言った。

「いいえ……」

「これからもこういうことがあるだろう。適当に応じていればいい」

早馬は伊津子の手を取った。

「こんなに冷たくなっている。早く部屋に戻ろう」

気が付くと、黒木が遠くから二人にカメラを向けていた。

二章　亡妻の恋歌

1

闇の中を無数の小さな光が流れて行った。

着陸のとき、伊津子は無意識のうちに早馬の手を握っていた。着陸の衝撃で、バッグが膝の上から落ちた。

「いつも、こうなの？」

伊津子は帽子に手を当てて、バッグを拾いあげた。

「こんなことは珍らしい。今日は揺れもひどかった」

機体が止ると、早馬はベルトを外して、サングラスを掛けた。早馬は黒っぽいジャケット、伊津子はくちなし色のスーツを着ていた。機内はほぼ満席だった。ほとんどの乗客は二人の存在を意識していた。乗客の半分は中年の団体が占めていて、その人たちの視線はとりわけて遠慮がなかった。

夜の空港は華麗だった。滑走路は泉のように多彩な光を満溢させていた。光の中を発着する各国の航空機の光が移動した。

空港の建物の端に、馬蹄形の月がかかっていた。真下を向いている月は、人工的な風景と、奇妙に似合っていた。

税関の手続きを済ませて、出口に向うとき、早馬はちょっと立ち止った。

「報道関係が来ている……」

伊津子は早馬に寄り添った。

「どうするの……」

「なるべく目立たないように通り過ぎよう」

早馬はうつむき加減に足を早めた。

だが、空港ロビーに出るや、二人はフラッシュに包み込まれた。伊津子の顔がかあっとした。強い照明のためだった。

人を掻き分けて、一人の男が駈けて来ると早馬の腕をつかんだ。中年の赤ら顔の男で、汗を掻き、赤いネクタイがよじれていた。

「滝さん、どうした」

早馬が男に言った。伊津子はその男が早馬のマネージャーだということを知った。

「記者会見の準備が出来ている。十分でいい」

滝は伊津子を一瞥すると、早馬の腕を取ったまま、人の群れを掻き分けた。

「まるで犯人だわ」

伊津子の後で、呆れたような女の声が聞えた。

控室に入って、滝は額の汗を拭った。

「どこから洩れたのか知れないが、とにかく、こういうことになった。出国のとき、誰かに会わなかったか？」

「出国のときは誰にも会わなかった。オルリー空港で、もと国際公評にいた黒木良介に会った。偶然だった」

「取材に応じたのか」

「仕方がなかった」

滝はちょっと首を傾げたが、小さく口の中でぶつぶつ言い、改めて伊津子の方を見た。値踏みでもするような視線だった。

「御挨拶が遅くなりました。私、ＫＴ企画の滝岸雄と申します」

「早馬さんから伺っておりました。伊津子です。何も判りませんので、どうかよろしくお願いします」

「お疲れでしょうが、申し訳ありません。協力してやって下さい」

控室ではちょっと身なりを整えただけだった。滝はすぐ空港ホテルの一室にしつらえた記者会見場に案内した。

狭い部屋に多勢の人の頭が見えたが、すぐ強い照明がつけられると、黒い影の群れに変った。金屏風の前に、白いテーブルクロスの掛った机が用意されてあった。机の上には雑多なマイクが首を伸していた。

一しきりフラッシュが続くと、質問に入った。部屋の奥でテレビカメラの赤ランプが点滅し、撮影機の音が聞えた。

質問に立ったのは、テレビで見たことのある若いレポーターだった。彼は物馴れた調子で質問を進めた。

――初めて奥様とお逢いしたのは、どんな場所でしたか。

――それは、いつのことですか。

――そのときの奥様の印象は。

――早馬さんがこの人なら、と思ったのはどんな点でしょう。

――再婚ということを、どなたかに相談なさいましたか。

――お子さんは何人ぐらい？

ほとんどの質問は早馬が答えた。伊津子と対しているときとは、違う表情だった。早馬が話しながら伊津子の方を見ると、必ずフラッシュが光った。

レポーターは応対の途中で、何度か特に伊津子に向って質問を向けた。

――ジャンヌのファンでしたか。

――ジャンヌの作品で特にお好きな映画は。

――その頃、ジャンヌが夫だったら、と考えたことがありますか。

――ジャンヌの求婚の言葉を教えて下さい。

——御家族の方はすぐに賛成しましたか。

——得意な料理は。

——今度の御結婚は、非常に電撃的でわれわれはびっくりしたわけですが、それに対する奥様の気持は？

一通りの質問が終ると、個個の社の質問に入った。中には海外での秘密結婚を、皮肉っぽく冷評する調子や、先妻に対する伊津子の感情を掘り出そうとする者もいたが、早馬はそうした好奇を、やんわりと受け流した。

会見はすぐに終った。滝は控室を抜けて、二人を迷路のような通路に連れ出した。何度か階段を昇り降りし、廊下を廻って建物の外に出た。外には何台かの車が停っている。

早馬は自分の車をすぐに見付けた。黒い大型の乗用車だ。車の中に若い男が待機していた。

滝は後のドアを開けて、伊津子と早馬を乗せ、自分は運転席の隣に滑り込んだ。

「僕の世話をしてくれている、清水静夫君だ」

と、早馬が青年を紹介した。

清水は振返って伊津子に挨拶した。五分刈りの頭で、愛敬のある笑顔だ。清水はすぐ正面に向きなおり、すぐ車を始動させた。空港の光が、みるみる遠ざかっていった。

「お疲れさまでした」

と、滝が後を振り向いて言った。

「突然のことで、びっくりなさったでしょう」

「何もかも初めてのことばかりでした。わたし、悪い印象を与えなかったかしら」

「どうして、落着いたものでしたよ。実際のところ、僕は少々心配だったわけです。一体、早馬の奴、どんな女性に夢中になったのかと思って。旅行の直前まで、早馬は何も言わなかったんだからね。だが、今の会見を聞いていて、すっかり安心しました。若いに似ず、なかなかしっかりしていらっしゃった。今後は何でも相談相手になりましょう」

「そう言って下さると、本当に心強くなりますわ」

「旅行はいかがでした。フランスは気に入りましたか」

「ずっと雲の中を歩いているみたいでした」

「もっと休暇を差し上げられればよかったんでしょうが、何しろ週刊誌の見出しじゃないが、電撃的なことでしたからね」

「明日からお仕事ですか?」

伊津子は早馬に訊いた。早馬はうなずいただけで、滝が言った。

「ホネームーンの二人を、一時でも引き離すのは残酷ですが、何しろ早馬のスケジュールはびっしり詰っているんです」

ちょっと考えて、

「こうしたらどうです。明日、一緒に撮影所にいらっしゃいませんか?」

「でも――」

伊津子は言い淀んだ。

「矢張り明日は家にいることにしますわ。荷物の整理などしなければならないでしょうから」

「その方がいい。そうしなさい」

と、早馬が言った。

車は多摩川の堤防の上を走っていた。水はところどころで、ごく細かい銀色の光を散らした。家の光が途切れ途切れになると、ヘッドライトは灰色の道だけを追った。何本もの黒い樹木が襲いかかるように近付き、伊津子の耳元で通り過ぎる。

車は速度を落して傍道に乗り入れた。カーブの多い道だった。車の窓は開いていて、初夏の風が快く吹き抜けて行った。エンジンの音が黒く重りあった樹木に吸い取られているような静かさだった。

「今が一番緑の美しいときです」

と、滝が言った。

「特に雨上りが素晴らしい。朝は鳥の合唱が聞えますよ」

「でも、何だか迷いそう」

「この道は裏道なんです。都心から来るときには高速道路を使います。そっちは一本道ですから、ずっと判り易くなります」

車は更に林の奥に向って進むようだった。しばらく行くと、なだらかな登りになった突き当りに、青白い門柱の明りが見えた。

清水が車を止めて外に出た。伊津子は明りの入った表札に、北岡という文字を見た。清水が車を降りて、鉄の扉を開いた。鉄の柵は幾何学的な蔓草《つるくさ》模様だった。

「さあ、今日から奥さんはこの城の女王様ですよ」

と、滝が言った。

清水は車を門の内に入れると、扉を閉めた。

そこから、砂利道だった。道はなだらかに左へ迂回した。道は漏斗形に開き始め、広い花壇が見える。花壇の向うにビクトリア風の、二階建ての建物が、黒い空の中に泛びあがった。

建物はどこからか照明が当てられていた。建物の両側に高い三角形の屋根が、明るい色の破風板で夜空を仕切っていた。三角の屋根と屋根との間は、レンガ造りでそこにも多くの窓の光が見える。夜空を背景にした建物は、それでなくとも舞台装置のセットを見る感じだったが、車の移動によって、三角形の屋根の陰から、四角い煙突が現われたとき、伊津子は座席から背を離した。まだ旅の中にいて、珍らしい建物を見物している続きの中にいるようだった。

伊津子は早馬に手を取られて車の外に出たが、足元が定まらなかった。清水が伊津子と早馬の鞄を持って玄関の階段を登った。広いなだらかな石の階段だった。

ホールに案内される間、バッグを持っている伊津子の手が汗ばんでいた。伊津子は何度もバッグを持ち替えた。顔がほてり、喉が乾いていた。

ホールは明るい光に溢れていた。それは豪華なシャンデリアのためだったが、伊津子はあからさまに天井を見上げなかった。ホールには伊津子の一挙一動をじっと見守っているいくつもの目があった。

その人たちの確認がはっきりしないうち、伊津子の足元に白い物が転るように寄って来た。白く長い毛にくるまれた犬だった。犬は伊津子の足元に廻りながら、鼻先を足にすり付けるようにしていたが、すぐ早馬の足元に移り、前足を上げてよじ登ろうとした。早馬は軽く犬の頭を叩いた。長い毛が顔を覆い、白い毛の間から、わずかに黒い鼻と口が見えた。

「家のテリア。名はチー」

と、早馬が伊津子を見て言った。

後からホールに入って来た滝が小さく口笛を吹いた。犬は早馬の手をすり抜けて、滝の腕の中に入った。

「早馬より僕の方に馴れているんだ。このチーは」

と、滝は犬を抱き上げた。犬はくんくんと鼻を鳴らした。

「滝さんはとてもチーを可愛がりますからね」

伊津子は犬に気を取られていた。振向くと、その声の主と目が合った。目が合ったのは、紺の和服をきちんと着た女性だった。

年齢は四十前後、色の白い顔に、くっきりとした目鼻だち。その張りのある眸《ひとみ》に見詰められたとき、伊津子はホールの情景に注意することが出来なくなった。女性は癖のない髪を後で束ねていた。視線が合ったのは一瞬だった。女性は頭を下げた。

「お帰りなさいませ」

語尾のはっきりとした言葉だった。

「親父は？」

早馬はホールの人たちを見渡した。女性がそれに答えた。

「もうお休みになりました。お坊っちゃま」

早馬は伊津子の肩に手を置いた。

「伊津子だ。今度結婚し、僕の妻となった。……これは佐起枝。僕が赤ん坊のときからの付き合いだ」

和服の女性は、とてもその年には見えない若さだった。佐起枝は口元だけで笑顔を作った。

「家のことなら、何でも相談してくれ。僕のママだと思って」

と、早馬は伊津子に言った。

佐起枝はまた笑顔を作った。自信のある表情だった。伊津子は威圧さえ感じた。

「お荷物が届いております。お部屋に運んでおきました。もし、家具の位置が気に入らぬようでしたら、おっしゃって下さい。それから――」

佐起枝はちょっと口をつぐんでから、

「処分するような物がありましたら、みどりさんにそうお申し付け下さい」

佐起枝の後に立っていた、若い女性が伊津子に会釈した。佐起枝より背が高いが、あどけのない顔をした女性だった。

伊津子は佐起枝の言葉に顔を赤らめた。

「それから、大輪田山遊を紹介しておこう」

早馬は黒くて太いフレームの眼鏡を掛けた男に手を伸した。

山遊は早馬と同じぐらいの年齢に見えた。眼鏡の奥に、やさしそうな細い目が伊津子を見ている。長身の細い身体に、黒のタートルネックのセーターを着ていた。目の色を除けば、顔と身体つきが、早馬にそっくりと言っていいほどだった。

「居候《いそうろう》の山遊です」

山遊は伊津子に近付いて手を差し伸べた。軽い身のこなしだったが、歩くと少し右足を引きずるのが判った。伊津子は山遊の手を握った。細く柔かな手だった。

「さっき、テレビの芸能ニュースで見たところです。実物の方が、ずっと美しい」

「このあんさんは、今の今まで落着かなかったんや。早う花嫁はんが見たい言うて」

その声は背の低い、がっしりした身体つきの男だった。頭が禿げ上り、大まかな顔で黒っぽい背広にだらしなくネクタイを結んでいた。

「そっちが、渋川《しぶかわ》祐吉さん。何というかな。親父の番頭さんだね」

と、早馬が言った。

「番頭はんはよろしい。経理から草むしりまで、何でもこなしてしまう、重宝な男でっせ」

渋川はそう言ってから、

「この度の御婚礼、お日柄もよく、おめでとうございました」

と、義理堅い挨拶をした。

早馬は玄関を背にして立ち、ホールの左側を指差した。

「手前のドアが書斎――と言うと固くなるが、読書室だ。その向うのドアが親父のアトリエに通じている。アトリエの二階に親父の寝室がある」

早馬は身体の向きを変え、ホールの右側に手を伸した。

「手前が応接室。その向うが庭に面したサンルームになっている。バーがあって、ピアノが置いてある。まあ、レクリエーション室といった部屋だね」

早馬は最後に正面を向いた。正面には二階に登る螺旋階段が見えた。

「階段の向うが調理室、その奥、南の庭に面して食堂がある。君の部屋は二階にしておいたが、後で案内するよ。その前にお茶が飲みたくなった。――佐起枝、サンルームにお茶の用意を頼む」

早馬はそう言って、サンルームのドアを開けた。

その部屋はホールの荘重な感じと変って、照明や調度が近代的な感じに統一されていた。床は寄木細工、庭に面した広いフランス窓があり、テラスに続いて庭の一部が見えた。庭は常夜灯に照らされ、芝生が鮮やかな緑を拡げている。

庭の左寄りに四角なコンクリートの石が見えた。伊津子は敷石のように大きい石に目を止めた。

「プールですよ。まだ蓋をしたままですが」

山遊が傍に来て教えた。

「まあ、プールが？」

「奥さん、泳ぎは得意ですか？」

「……それが、駄目なの」

山遊は窓の傍にリクライニングチェアとテーブルを寄せて、伊津子を掛けさせた。早馬は伊津子の隣に腰を下ろした。滝はバーのカウンターの向うに入り、自分で飲み物を混ぜ合わせていた。

「早馬に泳ぎを教えてもらうといい」

と、山遊が言った。

「溺れてしまうわ。わたし、恥しいけれど、浮きもしないんです」

「泳ぎなんて簡単さ。早馬なんか、歩き始める前に、泳いでいたんだろう」

「ママが厳しかった。赤ん坊を平気で水の中に突っ込んだようだね」

と、早馬が言った。

香りの高い紅茶が運ばれて来た。響きのよい陶器のセットで、それぞれ白い生地に一本の銀線を巻いたデザインだった。

滝も自分のグラスを持って来て、雑談に加わった。話題は二人の旅行に集まった。伊津子は主に聞き役だった。滝はまつわり付いてくるチーに、ビスケットを与えていた。

佐起枝が部屋に戻って来た。

「奥様、祝電が届いています」

佐起枝は手に持っていた祝電を伊津子に渡した。伊津子は祝電を開いた。

「……会社の、秋子さんからだわ」

平凡な短い電文だった。だが、伊津子は何度も読み返した。

「会社の友達かい？」

早馬が覗き込んだ。

「式を挙げるまで、叔父以外の人に教えないようにと言われましたけれど、秋子さんはたった一人のお友達だったの。いけなかったかしら？」

「いいんだよ。僕が惧《おそ》れていたのは、報道関係に対してだけだった。それも、君が戸惑うと思ったからだ」

「どんな人？」

と、滝が訊いた。

「いつも、わたしの相談相手になってくれた人。……写真があるわ」

伊津子はバッグを引き寄せ、口を開いて、底から一枚の写真を取り出した。小さなカラープリントで、伊津子と秋子が並んでいる、上半身の写真だった。

「去年の夏、会社で銚子へ旅行したときのです」

秋子は長身で美人だった。山遊も興味深そうに覗き込んで、

「この人、独身？」

と、訊いた。

「ええ、綺麗な人なのに、まだ恋人もいません」

「山遊に紹介してやれよ」

と、早馬が言った。

「僕だってまだ独身ですよ」

滝も身を乗り出した。山遊はじゃあ早い者勝ちだなどと言って皆を笑わせた。写真が伊津子の手に戻されたとき、

「血が付いている？」

と、山遊が言った。伊津子は写真の裏を見た。小さな赤い痕があった。

「口紅なの。紅筆のキャップが外れてしみにしてしまったのです」

伊津子がバッグに写真を戻したところで、山遊が立ち上った。山遊が自分の部屋に戻ろうとすると、滝も帰ると言い出した。

「まだ、早いじゃないか」

早馬が壁の時計を見て言った。大きな重りを下げた、銀色の時計だった。

「早早、花嫁さんに嫌われたくありませんからね」

滝は立ち上って、鞄を取り上げた。

「いや、本当はまだ仕事が残っているんです。早馬、今日は疲れているだろうから、明日撮影所で会おう」

佐起枝が滝を玄関に送って行った。早馬は残りの茶をすすった。

「明日、親父と会えば、それで、この家にいる全員に会うわけだ」

「皆さんいい人ばかりですね。山遊さんと渋川さんはやさしそうだし……」

「佐起枝は？」

「ちょっと怖そうでしたが、きっとわたしの困るようなことを、助けてくれそうだわ」

「佐起枝だけが、まだ僕のことを子供扱いするんだ。明日、親父に会わせるように言っておこう。僕は朝早いから、親父とも顔を合わせないと思う」

「そんなに、早いの？」

早馬は伊津子を見た。滝がいなくなったので、犬は早馬の足元に身体を寄せていた。早馬は軽く犬の頭を叩いた。

「いや、親父の朝が遅いだけだ。朝食は一緒、判ったね？」

「それなら嬉しい。わたしの寝ているうちにいなくなってしまうのじゃないかと思ったの」

早馬は佐起枝を呼んで明日の予定を話した。最後に鍵の束を受け取ると、立ち上った。

「さあ、君の部屋を案内する番だ」

早馬はホールに出た。伊津子は改めてホールを見渡した。シャンデリアは王冠のような形に造られ、銀色の水滴に似たガラスが複雑な光を放っている。階段の横に背の高い大時計があった。長い振り子がゆっくりと揺れていた。壁には海の風景を描いた油絵が掛っていた。早馬は優雅な曲線で続く階段を、先に立って登った。

二階の廊下に立つと、早馬は廊下を東の奥に向って進んだ。いくつかのドアを通り越して、右側の一つのドアを開いた。

「ここが君の部屋。僕の部屋は、向い側だ」

早馬は前のドアを指差した。

「ついでに、非常口だけ教えておこう」

非常口は廊下の突き当りだった。鍵を外して重い鉄のドアを開けると、鉄の階段が見えた。階段は屋根裏へも通じている。サンルームで見たプールが、非常口の左側に見えた。早馬の部屋はサンルームの真上に当っているようだった。

早馬は非常口を閉めると、伊津子の部屋に戻った。

「気に入らないところがあったら、遠慮なく言いなさい」

「気に入らないなんて……」

部屋には濃緑色の絨毯が敷かれてあった。壁は渋い浅緑の砂摺りで、クリスタルグラスを通す照明が、緑色を基調とする部屋に、爽やかな光を当てている。正面は窓でその手前にライティングデスクがあり、三連スクリーンの右奥に卵黄色のベッドが見える。ベッドの頭の部分にある飾り棚、サイドテーブル、化粧台、キャビネット、いずれも飾りの少ないポリエステルやアクリル材で、幾何学的な線と面の美しさを強調した調度だった。

伊津子はクリーム色の箪笥の扉を開いてみた。ハンガーに伊津子の服が掛けられていたが、一つの扉にはまだ余裕が残っている。箪笥にはあと四つの扉が付けられていた。

伊津子は他の扉を開けて見た。何着ものホームドレスやコート。ネグリジェや水着まで揃えられていた。

「これは？」

「この部屋の物は、全部君の物だよ」

早馬は萌黄色のホームドレスをハンガーから取って両手に拡げて見せた。中国服に似た襟で、右肩から縦に花柄の刺繡《ししゅう》がアクセントになっていた。

「どう、気に入った？」

と、早馬が言った。

「有難う。……でも」

「でも？」

「わたしがこんなにされて、本当にいいものか、と思っているの」

「ばかだなあ」

早馬は伊津子を引き寄せた。

「そういう台詞《せりふ》は、もうそれでお終いにしよう。判ったね」

飾り棚には人形ケースが載せられていた。

ケースの中には伊津子の部屋にあったとおりに人形が並んで、主人を見ていた。人形は隙間なく詰め込まれ、ケースは小さくて古ぼけて見えた。

サイドテーブルに、ポータブルミシンのケースがあった。伊津子はケースに手を載せた。

「変ね、荷物を纏《まと》めたのはついこの前だったけれど、随分長いこと見なかったような気がするわ。人形も、ミシンも、化粧品まで。何だか、遠い昔に戻って来たみたい」

「旅行したためだろうね。それとも、環境が変ったせいかな」

早馬は化粧台に目を移していた。

化粧台にはいつも伊津子が使っているブラシや櫛、クリームや香水の瓶が並んでいた。早馬はその瓶の一つに手を伸そうとした。猫の顔が彫られている、金属製の香水スプレーだった。

「駄目よ」

伊津子は急いで化粧品を引出しに蔵《しま》った。

「全部、安物なの」

早馬は伊津子の手元を見ていた。

「自分の物を悪く言うことも、それでお終いにしなさい」

「本当は持って来たい物がまだあったの。古い卓袱《ちゃぶ》台《だい》、小さいお鍋、お椀、庖丁、俎《まないた》、洗濯機、テレビ……」

「全部持って来ればよかった」

伊津子は笑って首を振った。

「わたし、生まれ変わる覚悟を決めたんです。過去のことは、一切捨ててしまおうと思いました。けれども、捨てられない物もあったんです。人形やミシンや、冷蔵庫……」

「冷蔵庫？」

早馬は部屋を見廻して、小さな新しい冷蔵庫を部屋の隅に見付けた。

「これは可愛らしい冷蔵庫だね」

「お給料を貯めて、やっと買ったところだったの。それで残して来られなかった。この部屋に冷蔵庫なんておかしいかしら？」

早馬は冷蔵庫の扉を開けて見た。中にはビールの瓶だけが何本か並んでいた。

「これはいい。入浴してから飲みに来よう」

早馬は快活にそう言って、部屋を出て行った。

伊津子は窓の傍に寄って外を見た。建物を照らしていた照明はもう消されて、黒い闇だけが拡っていた。

入浴後、伊津子は箪笥の中にあったネグリジェを着てみた。蟬の羽のように薄い生地だった。明りを暗くしても、肌が透けて見えた。伊津子は鏡の前に立って、何度も襞をつけ直した。

2

伊津子にとって、北岡邸での初めての朝は、一本の電話で始まった。

最初、ベルの音は、目覚し時計の音に感じた。伊津子は枕元を探ったが、いつもの手触りがなかった。そのうち、少しずつ自分がどこにいるのかが判ってきた。

伊津子はナイトテーブルの白い受話器を取り上げた。

「もしもし、もしもし」

男のせわしい声が聞えた。伊津子ははっきりと目が覚めた。

「はい、北岡でございます」

「やあ、奥さんなの？」

相手の声は馴れ馴れしかった。

「はい、さようです」

「奥さんね。御無沙汰してます」

伊津子は返事に戸惑った。だが、その声に、聞き覚えがあった。

「相変らず、美容体操やってんの？　トナイトで唄って以来ね。あのときはごめんね。ひでえ酔い方だった。でも、もう怒ってなんかいないよね」

「もしもし……あの」

「何がもしもしよ。寝呆けてんの？　僕よ、セブン中村。忘れちゃ嫌だよ貴緒さん」

「あの……貴緒は去年、亡くなりましたが……」

ぽつんと向うの声が途切れた。すぐにまた、せわしい声が響いてきた。

「そ、そうだった、そうだった……寝呆けてんのはこっちかしら？　何しろ、徹マンが今終って帰って来たところなの」

「はい」

「でも、あんた奥さんと言ったら、そうですと言ったよ」

「そうです。早馬の妻です」

「すると、あんた、貴緒さんの幽霊？」

「いいえ。北岡伊津子と申します」

「すると、早馬君の……あんた結婚したってこと？」

「はい」

電話の相手は飛び上ったようだった。

「そ、そりゃひでえや。僕に何んにも知らせずにかい」

「早馬と代りましょうか？」

「そうしておくれよ。僕、気が変になりそうだ」

早馬は目を覚していた。早馬が電話に出ると、相手は一方的に喋り続けた。早馬の結婚に興奮した調子が収まると、

「前のと、どっちがいい？」

などと明け透けな好奇心を現わす声が聞えてきた。話の途中で相手は電話を切った。早馬は呆れて受話器を置いた。

「喜劇俳優《コメディアン》のセブン中村。知っているだろう？　余程あわてたらしいね。用件も言わないで切ってしまった」

「掛け直しますか？」

「その必要はないだろう。多分、今日撮影所で会うから」

「セブン中村さんとは、映画で共演なのですか？」

「うん」

早馬は多くを語らなかった。伊津子はそれ以上の質問はしなかった。

また、電話が鳴った。今度は伊津子より早く早馬が受話器を取り上げた。

「やあ……姉さん」

早馬の表情がほころんだ。

「……いや。八時には家を出なければならない。うん、いいよ。そう言っておく」

早馬は電話を切った。

「姉の紘子《いとこ》だ。君に会いたがっている。午前中に来るそうだ。僕より行動派でね。考える前に身体の方が動いてしまう」

早馬は時計を見た。

「僕はそろそろ食事にする。君はもう少し休んでいる方がいいだろう」

「いえ、わたしももう起きます」

食事の前、早馬は運動する習慣があるようだった。伊津子が髪を梳《す》き、着替えを済ませて窓の外を見ると、庭のあじさいの間に、白いシャツを着た早馬が駈けている姿が見えた。

伊津子の部屋の窓は東側と北側にあった。東の窓の左にプールの一部が見え、北側の窓の向うはベランダで、屋敷の前の花壇と、周りの樹木の緑が見渡せる。伊津子は窓を開き、ベランダに出て外の空気を吸った。空気は甘かった。澄んだ鳥の声が聞えた。

食堂に行くと、早馬が新聞を読んでいた。

「お早うございます」

みどりがワゴンを押して来た。この大柄な若い女性は、昨夜から、つるりとした顔に、少しも表情を動かしたことがなかった。

食卓の上にいくつもの食器が並べられた。ティーポットは陶製でクリーム色の地肌に緑で薔薇《ばら》の花が細密に描かれ、カップと受け皿も同じセットだった。切り子のタンブラーグラスにはトマトジュースと牛乳が入っていた。鉄板の皿にはベーコンが音を立てていたし、銀の皿にはハムエッグがあった。その他にゆで卵や魚の皿、トーストや黒パン、バターやママレードはいくつもの銀の壺に分けられ、中央に置かれた漆塗りの腰高にはリンゴや香りの高い夏ミカンが載せられていた。

「うっかりしていたけれど、君は和食がいいんじゃなかったかい」

と、早馬が言った。

「あなたと同じでいいわ」

伊津子があなたと言ったとき、食堂を出ようとするみどりの足がちょっと止ったように見えた。

「好きな物を注文するといい。山遊などは、何があっても、漬物と味噌汁がないと目が覚めないんだそうだ」

「でも、こんなに沢山は頂戴し切れないわ」

「じゃ、残して置きなさい」

伊津子は早馬が無造作に部厚いベーコンを口に運ぶのを見た。

伊津子はトーストと牛乳に手をつけただけだったが、早馬の食欲は旺盛だった。自分の前の食物はほとんどなくなった。

「明日からわたしの物はもっと少くするように言います」

と、伊津子が言った。

「そうだね。好きなようにしなさい」

早馬は小さな袋を取り出して伊津子に渡した。金銀の刺繍のある、美しい袋だった。

「君に判を作っておいた。買物に行くようだったら、これで使えるようにしておいた」

袋を開けると、丸い象牙の印鑑が出て来た。伊津子と深く彫り込まれた文字が見えた。

早馬はその判の使える店を教えた。どれも一流の店とデパートだった。

「昼からでも買物に行くかい？」

「……当分、買物には出ません」

「どうして？」

「だって、不自由している物は一つもないし、すぐ買物に出るのは……」

「君はまた他人の目を気にしているね。止しなさい。疲れてしまうよ」

早馬はその他に鍵の束も手渡した。伊津子の部屋の鍵、化粧台、キャビネットなどの鍵だった。

食事が済むと付き人の清水静夫が迎えに来た。清水は早馬の鞄や魔法瓶、バスケットなどを車に運び入れた。伊津子はバスケットを佐起枝が清水に渡しているのを見て、そっと早馬に言った。

「あれ、お弁当なの？」

「そう。どうして？」

早馬は変な顔で伊津子を見た。

「今度から、わたしが作ってはいけないかしら」

「……君は、調理場には入らぬ方がいい。他の人が困るだろう」

「でも、わたしお料理が好きなのよ。貴緒さんはなさらなかったのですか？」

早馬はちょっと難しい顔になった。

「君が好きだと言うのなら……でも、急いじゃ矢張りいけない。少しずつ、君がこの家の習慣を変えるように心掛けるんだね」

「そうします」

早馬は車に乗った。伊津子は佐起枝と並んで車を見送った。いつ来たのか、チーが伊津子の足元に絡んでいた。伊津子は犬を抱き上げた。

「犬をお好きでございますね」

早馬の車が見えなくなると、佐起枝が言った。伊津子は笑顔でうなずいた。

「犬好きの方はすぐ判ります。犬が警戒しませんから。チーは凄く神経質な犬なのです」

「運動不足のせいじゃないかしら」

「最近、チーに構ってくれる人がいなくなりました。亡くなった奥様はチーを大変に可愛がっておいででした……」

佐起枝は、亡くなった奥様と言うとき、特に言葉の調子を強めた。

「亡くなった奥様……貴緒さんでしたわね」

「はい、貴緒様です」

佐起枝は貴緒の名を口にするとき、心持ち背筋を伸した。

「美しい人だったと聞いています」

佐起枝は声を出さずに笑った。

「お美しいだなどと……そんな一言では説明出来ぬくらい、お綺麗でいらっしゃいました」

そして、笑いを引っ込めると、腹立たしげに、

「誰でも貴緒様のことをお美しいとおっしゃる。けれどもその美しさを一番よく知っているのは、お坊っちゃまとわたくしだけでしたでしょうね。貴緒様は自分の魅力をよく心得ていらっしゃって、お化粧も大変上手な方でした。けれども、着飾らない、普段の素顔が、また秀《ひい》でていらっしゃいました。特に裸でいらっしゃるときのお姿は、どんな彫像にも優《まさ》った身体で、思わず溜息の出るほどでした」

「裸？」

「そうです。貴緒様は誰もいないときは、よく生まれたままの姿でプールで泳いでいらっしゃいました。貴緒様は肌に水着の痕が付くのがお嫌いでしたから」

佐起枝は視線を宙に浮かせた。ロスタンのホテルの庭で黒木が見せた表情と同じだった。

「わたくし、初めて貴緒様にお目に掛ったとき、この世にこんなお美しい方がいらっしゃったとはとても信じられませんでした。そして、結婚式……今思い返しても、思い出すほどにあれがこの世にあった結婚式とは思えなくなるのですよ。教会での結婚式は今でもわたくしの心の中で、映画の一シーンのように繰り返し再現して見ることが出来ます。純白の結婚衣装の貴緒様は、優美と言うより、神神《こうごう》しいばかりのりりしさを秘めて、まともに見ることが畏《こわ》いほどでございました。その様子はテレビの番組でも放映されましたが、或る局のフィルムなどは露出が狂った画面で……そうです。貴緒様の美しさは、レンズの目まで狂わしたのですよ」

「わたし、その番組は見ませんでしたわ」

「それはよいことをいたしました。テレビに映された画面などは、どれも似て非なるものですわ。――結婚式に続く披露宴がまた豪華を極めました。芸能関係は勿論のこと、一流の画家や音楽家、政界財界の重要な人たちが綺羅星のように集まり、貴緒様は大胆な柄の振袖姿にお召し替えになりましたが、周囲の人たちや贅沢な衣装に少しも見劣りすることがございませんでした。お坊っちゃまも、無論御立派で、あんなお幸せそうなお顔を、見たことがありません。あれ以上の結婚式は、もう誰だって出来やしません。たとえお金の威光をもってしても、あれほど素晴らしい一組みは、望むべくもありませんわ」

佐起枝は続けた。

「貴緒様はこのお屋敷に移られてからは、一段と女の色香が具《そなわ》り、日一日とお美しくなられるばかりでした。人に衰えを運んで来る、あの嫌な年齢さえ、貴緒様の前では逆に美しさの肥やしにされてしまうようでした。お坊っちゃまも貴緒様をこの上なくお愛しになりました。睦まじいお二人は誰の目からも、いつも羨望の的だったのです。まるで作りもののお雛様のように……」

伊津子は腕が重くなってチーを下におろした。犬は二人の廻りを駈け巡った。

「貴緒様は和服もお似合いで、いろいろな着物をお持ちでした。上品な大島がお似合いかと思うと、小紋なども粋に着こなして、そんなときにはお化粧もそれにふさわしく、変身を楽しんでおいででした。洋服も数知れずお持ちでしたが、わたくしは取り分けて、夜会服のときの貴緒様の姿が忘れられません。貴緒様は人を集めるのがお好きで、毎月一回は必ずこのお屋敷でパーティをなさいましたが、あれは確かお亡くなりになる少し前でしょうか。お坊っちゃまが〈花嫁の叫び〉のクランクインの内祝というので、出演の人たちをお呼びになったときでした。貴緒様のブランデー色の夜会服は、大きく胸を開けて、裾はプリーツの長い襞を引いたドレスでした。腰に金色の造花と細いベルト。ネックレスもお揃いの細い金鎖でした……」

佐起枝はふと伊津子を見た。

「昨日お召しのスーツは〈マドリッド〉でございましたね?」

「そう……でもよく判ったわね」

「〈マドリッド〉は帽子に特徴があります。でもあれは去年のファッションでした」

佐起枝は何んでも見透しだと言わんばかりの調子だった。

「〈マドリッド〉は貴緒様の御贔屓《ごひいき》でしたから。……お坊っちゃまのお見立て?」

「いいえ」

伊津子は強く言った。

「わたし、これまで早馬に服を作って頂いたことは一度もありません」

「そうですわ。それがお坊っちゃまの良いところです。ちょっとした女の子などに、気易く物を買ってやったりなどしない」

佐起枝の言葉には嘲笑的な響きがあった。

「でも、奥様の服の中で〈マドリッド〉は一着だけでしたわね」

伊津子は笑顔を作った。そして、全身の力を抜いた。

「勿論ですわ。わたし、貧乏でしたから。一目でお判りでしょ。わたしの持っている服は大量生産の既製服ばかり。バッグでも靴でも、化粧品だってそうです」

伊津子はちょっと言葉を切った。それから饒舌になった。

「わたし、安いお給料で、一人で生活してゆかなければならなかったんです。住いだって、木造アパートの一間でした。テレビも必要でない番組は見ないことにしていたわ。ええ、電気代を倹約して。だから他人の贅沢な結婚式などに無関心だったんでしょうね。でも、それが下等で卑しいなどと思ったことは一度だってありませんでした。今でも同じです。わたしたちは小さな田舎の教会で、小さな結婚式を挙げました。牧師さんを含めて、教会にいたのは四人だけ。わたしはウエディングドレスさえ着ていませんでした。でも、不満に思ったことは一度だってなかった。早馬はわたしを愛し、わたしは早馬を愛しています。わたしは早馬の妻です。お判りですね？」

「はい……奥様」

佐起枝はびっくりしたように答えた。

「わたしのこれからの生活は大分変るでしょう。貧乏だったとき、自分は駄目だと思わなかったと同じように、豊かな生活になっても、わたしは自分が上等で偉くなったなどとは思わないでしょう。例えば、さっきの朝食——」

伊津子は玄関の石段を一段登って、佐起枝を見下ろした。

「正直のところ、あの量には圧倒されたわ。これまでのわたしの朝食はトーストに牛乳ぐらい。卵でもあれば、いい方でした。朝食抜きのときだってあったんです。ですから、明日からわたしの食事は、半分に減らして下さい」

「貴緒様は、全部お召し上りにならなくとも、食卓の賑やかな方がお好きでした」

「貴緒さんはもうこの屋敷にはいません。早馬の妻はわたしです」

「……はい。おっしゃるとおりにします」

「それから、早馬のお弁……」

伊津子は言い掛けて口を閉じた。

「まだ何か、奥様」

「いいえ。もうありません」

伊津子はそのまま後を見ずに玄関に入った。

自分の部屋の前まで来ると、ドアが開けられ、中から掃除機の音が聞えた。伊津子はそのまま廊下を戻った。階段の登り口に時計があった。古い櫓時計を模したデザインだった。

時計の隣の壁に、油絵があった。

絵は黒い岩を白い波が噛んでいる海の油絵だった。空は暗く、画家は海の荒れ始めた動きを絵筆に捕えようとしていた。

伊津子が自分の部屋に目を移そうとしたとき、その額が動いたようだった。

じっと目を凝らすと、絵は確かに動いていた。伊津子は絵から一歩後退した。額の後から何かの束が、どさりと落ちた。茶色の塊に見えた。それは、じわっとまとまり、床の上にうごめいたが、やがて細長い鎌首を、伊津子の方に持ち上げた。

3

蛇は茶の肌に、歪んだ丸い斑点をいくつも持っていた。伸せば二メートルにはなるだろう。伊津子は蛇の口から針のような舌が出るのを見て、後退りした。

ふいに、伊津子の肩へ誰かの手が掛けられた。伊津子は声を立てたようだった。

「大丈夫、奥さん。恐がることなんかありませんよ」

大輪田山遊の声だった。振り向くと山遊は、眼鏡の奥の目をしょぼしょぼさせていた。

「どこに行ったのかと思って、ずいぶん捜しましたよ。こんなところを散歩しているとは思いませんでしたね」

山遊は無造作に蛇をつまみ上げた。

「南米産のボア。ジャングルに棲んでいますが、大人しい性格です。それにまだ子供でね。蛇はお嫌いですか?」

山遊が蛇を伸してよく見せようとするので、伊津子はあわてて手を振った。

「そうでしょう。顔の色が蒼くなっています。……馴れると可愛いものですがね。早馬はもう出掛けた？」

「はい。さっき」

「それはよかった。早馬に見付かりでもしたら、ここを追い出されてしまいます」

「早馬は、蛇が嫌いですか」

「いや、そんなことはないんです。ただ、僕がこのボアを飼っていることが判ると、ちょっと厄介なことになる」

「なぜでしょう？」

山遊はあたりを見廻した。そして声を潜めると、

「それについて、奥さんにちょっと話しておきたいことがあるんですが、その前にこの蛇を元に戻さなければならない。……どうでしょう。汚いけれど僕の部屋にちょっと寄って頂けませんか？」

山遊は蛇を下げて廊下を歩きだした。伊津子の部屋と反対の方向だった。山遊は上に通じる狭い階段を登った。

「西側の三角の屋根の下が、僕の部屋になっているんです」

と、山遊が教えた。

「東側の屋根の下——ちょうど奥さんの部屋の上が、佐起枝の部屋というわけ。みどりという子は週に四日通って来る」

山遊は三階に登り着くと、木のドアを開けて中に入った。伊津子はドアの外から、そっ

と部屋の中を見た。

「……さあ、どうぞ。散らかっていますが、危険な物はありません。ドアは開け放しにしておいて下さい。風が涼しいし、奥さんもその方が安心していられるでしょう」

屋根裏といっても、部屋は狭くはなかった。ただ西側の壁は斜めの勾配がついて、それだけがいかにも屋根裏という感じだった。ルーフウインドウが開け放されていて、明るい光が部屋を満たしていた。

部屋の中は乱雑だった。窓の下に置かれた机の上には、雑多な書物や紙が積み重ねられ、机から溢れた本は、床の上に山なりに積まれていた。

山遊は部屋の隅から柳で編んだスツールを引き出した。スツールの上部を開けて蛇を入れた。蛇はその他に二、三匹はいるようだった。山遊は蛇の動きに目を細めていたが、元通りに蓋をして部屋の隅に戻した。

「変ったところに蛇を飼っていらっしゃるのね……」

山遊は照れたように眼鏡の縁に手を当てた。

「早馬に知られたくなくてね……。人が物を隠すときには、それにふさわしくないようなところへ蔵っておくものらしい。早馬はこの部屋で、あのスツールに腰を掛けて、僕と話し込んでいたこともありましたよ」

山遊は部屋を見渡し、他のスツールを伊津子の前に持って来た。伊津子はちょっと腰を下ろすのをためらった。山遊は笑った。

「大丈夫ですよ奥さん。この椅子には何もありません」

伊津子が腰を下ろすと、山遊は声を低くした。

「実はあの蛇は、貴緒さんが飼っていたものなのです」

「貴緒さんが？」

「そう。貴緒さんがいた頃には、もっと見事なのが何匹もいましたよ。彼女、元から爬虫類が好きでしたね。蜥蜴《とかげ》とか小さな鰐《わに》、蛙やカメレオン。取り分けて蛇が好きでしたね。貴緒さん自身、自分が蛇と似合うのを知っていた。蛇のファッションとも言いますかね。実際あれは、絵になりました。早馬はこんなことは話さないでしょう」

「ええ……早馬は、貴緒さんのことは、一切わたしに教えてくれませんでした。何かのきっかけでわたしが貴緒さんのことを訊こうとすると、必ず過ぎ去ったことはもうどうでもいいという言葉が返って来るんです。わたし、貴緒さんの写真も見せてもらったことがありません」

山遊はちょっと考えて、

「過ぎ去ったことはどうでもいい――か。それはそうだ」

「早馬といるときは、わたし自分のことばかり喋っていました。早く別れた父や母のこと、卑屈だった小さい頃のこと、苦しみばかりが取り巻いていた青春時代のこと。ですから、早馬の亡くなった奥さんのことや、この家のことは、何一つ知らないんです」

「奥さんは昨日初めてこの屋敷に連れて来られたのですね？」

「そうです。ですから、朝起きたときから、うろうろし通しなんです」

「そりゃ、早馬も思い遣りがない。……もっとも、彼としてみれば、それだけの理由があるんだろうが、奥さんだって、死んだ貴緒さんのことは気に掛るでしょう」

「さっき、佐起枝さんと、ちょっと立話をしました。貴緒さんはこの世の人ではないような美しい人だったそうですね」

「そうだ。佐起枝は貴緒さんの心酔者です。狂熱的なファン。いや、佐起枝の神だと言った方がもっと適切かも知れない」

「わたしが早馬の嫁に来たことが、きっと不満なんですわ」

「そう言いましたか？　佐起枝が」

「明らさまではないんですが、言葉の端端でそれが判ります。わたしは貴緒さんより醜く、貴緒さんより教養もなく、貴緒さんより社交家でなく、貧乏で、無作法で、けちな女なんです」

「佐起枝の言うことは気にしない方がいい」

「気にしませんわ。きりがありませんものね。いろいろな人が、いろいろに貴緒さんのことを考えているのでしょう。わたしはこれからもっと多くの知らない人と付き合わなければなりません。午前中に早馬のお姉様がいらっしゃるそうですわ。わたしはまだ早馬のお父様にもお目に掛っておりません」

　山遊は改めて伊津子を見た。

「奥さんは相当の覚悟を抱いてこの家に乗り込んで来たんですね。僕が想像した以上に、しっかりした人だ」

「――花嫁にとって、亭主の家は化け物屋敷。いつどこで、どんな物が飛び出して来るか判らない……」

　山遊は口を開けた。

「そりゃ、僕が〈花嫁の叫び〉で書いた台詞だ……」

「ちょっと目に止ったんです。早馬がシナリオを旅行に持って来ていたのです」

「いや、全く……当然、僕なんかもお化けの一人でしょう。もっとも、蛇だけには相当びっくりしたらしいが」

「後の蛇はどうなさったんですか？」

「貴緒さんが死んだ後、すぐに早馬が全部を処分してしまいました。爬虫類を扱っているペット店に引き取らせたんです。僕がその役を言いつかっていたので、まあ、二、三匹残して置いたんですが、判れば一大事になります」

「さっきもそれを伺いましたわ。どうしてでしょう？」

「早馬が処分しようと言い出したのは、蛇だけじゃなかったんです。貴緒さんの描いた絵、貴緒さんが好きだった書物、貴緒さんが使っていた家具類、衣類、手紙、ノート、写真……、つまり、貴緒さんを思い出させるような品の一切合財《いっさいがっさい》、残らず全てを処分すると言い出しました。そして、それが現になされているのです」

「可愛相に……」

「奥さんは早馬の気持が判りますか？」

「早馬は、貴緒さんを想い出すのが辛いんだわ。それほど、貴緒さんのことを愛していたのね」

「とにかく、想い出したくないことは確かなようです」

「それで、貴緒さんに関する品は、全部残っていないわけね」

「完全に、ではありません。現にこうして僕は貴緒さんが可愛がっていた蛇を持っている。同じように、佐起枝も貴緒さんが残したノートを一冊大切に保存しているようです」

「佐起枝が？」

「貴緒さんを尊敬していた佐起枝としては当然でしょう。ただし、早馬には黙っていた方がいい。貴緒さんのノートなどはね」

「男性は皆そうなのね」

「皆というと？」

「山遊さんも、でしょう」

山遊はずり落ちそうになった眼鏡を押し上げた。

「僕が、どうして？」

「早馬から聞きましたわ。山遊さんはダンスの名手だったそうですね。それが、きっぱりと舞踊を止めて、ダンスをする玩具の人形を見るのも嫌になったそうですね。……きっと、女性のせいなのね」

「早馬がそんなことを言った？」

「女性のためだとは言いませんでした。でも、わたしにはそれが判るような気がします」

山遊は急に真面目な顔になった。自分の心の動きを隠すように、眼鏡を外して、レンズをハンカチで拭いた。眼鏡を取った山遊の顔に、淋しさが漂っていた。

「わたし、悪いことを言ったようね。山遊さんに嫌なことでも思い出させたら、ごめんなさい」

「なに、いいんですよ」

眼鏡を戻した山遊は、もういつもの屈託のない笑みを口の端に現わした。

「僕の方はけちな恋でね。相手はぶすで我儘な娘。なに、どっちだって構わなかったんだけれど、最後、ナポリにいた僕のところへ、何もかも捨てて飛んで来られなかった。それだけ」

「愛していたのね」

「自分でも死ぬかと思いましたね。でも、僕が本当に愛していたのは、ダンスだったかも知れない。彼女はちゃんとそれを見抜いたんだと思う」

「でも、山遊さんはもう絶対ダンスはやらないんでしょう」

山遊はこのときだけ、真面目な口ぶりで言った。

「そうね。僕がパートナーと組み合ったときは、きっと気が狂っているときでしょう」

「山遊さんのおっしゃることが判りました。わたしは早馬に、あまり貴緒さんのことをあれこれ尋ねてはいけない。そういうことなのですね」

「そうなんです。早馬は今、必死で貴緒さんのことを忘れようとしている。それを変にほじくらない方がいいと思うんです。全ては時が解決してくれる。貴緒さんのことが、笑いながら話し合える日がきっと来ると思う。もし知りたいことがあったら、何でも僕に訊きなさい。知っている限り、奥さんに教えましょう」

「有難う。山遊さんのような人がこの家にいて、本当によかったと思います」

伊津子は山遊を見た。眼鏡の奥のおだやかな目に会って、伊津子は口を開いた。

「山遊さんがそう言ってくれるのを待ち構えていたようですが、一つお訊きしたいことがあります。わたしの部屋、早馬の前の部屋なんですけれど……」

「知っています。前に早馬が話していた」

「あの部屋は、貴緒さんが使っていた部屋ではありませんね？」

「そう……でも、どうして判りました。早馬が教えたんですか？」

「何度も言うとおり、早馬はわたしに貴緒さんのことは、何一つ話してくれません。勿論、貴緒さんがどんな部屋を使っていたかもです。けれど、わたしにはそれが判りました。わたしの部屋には暖炉がありませんでしたし、古い木の扉には傷が残っていませんでした」

「奥さん、どうしてそれを？」

「……教えてくれたのは、元国際公評にいた黒木良介という人でした」

「黒木良介……知っている。早馬に紹介された。一、二度飲んだこともある。今、フリーのルポライターでしょう」

「黒木さんとは偶然にオルリーの空港で出会ったのです。黒木さんはわたしたちの結婚式の取材をしました。結婚式に立ち会ったのは彼だけでした。そのとき、早馬が傍にいないのを見計らって、黒木さんがそっと教えてくれました。――貴緒さんの死因は暖炉にあったガス管が外れたためのガス中毒死で、発見した早馬は、ドアを叩き毀《こわ》して部屋に入ったのだ、と」

山遊は伊津子の話をじっと聞いていたが、

「そのとおりです、奥さん。黒木の話に間違いはありません」

「黒木さんはこうも教えてくれました。貴緒さんの死は、暖房のガス器具から何かのはずみでガス管が外れたための事故死と発表されましたが、屍体が発見された部屋の情況を見ると、事故死ということはあり得ない。貴緒さんの死は、自殺だった。黒木さん達の間では、それを疑う人はいない――とも」

「それも事実です。貴緒さんの死は、事故などではなかった」

「その部屋は、どこでしょう?」

「早馬の部屋の隣です。現在ドアは取り替えられています。材質は同じですが、よく見れば新しいのが判るでしょう。あれ以来、あの部屋は誰も使っていません」

「そのときのままで?」

「いや、知らない人が見れば、ただの空部屋です。さっきも言ったように、早馬は貴緒さんが好んで使っていた品物を、全て処分したんです。奥さんの部屋は、近代的で明るい。だが、貴緒さんが好んだ部屋は、クラシックで装飾の多い高価な家具で飾られていました」

「貴緒さんの寝室には暖炉があると聞きましたわ」

「そう。現在この屋敷は加湿装置の付いた集中冷暖房装置が整っています。もっとも、この屋根裏と物置は別ですがね。昔は暖炉が使われていたんです。そののち、暖炉にはガスストーブが置かれ、暖炉の煙突は塞《ふさ》がれました。屋敷に集中冷暖房が付けられたのは最近でしょうが、ストーブはまだ残されています。春秋のちょっとした寒さに便利なためと、何よりもマントルピースが立派だったためです。貴緒さんは赤く燃える火が好きだったんです」

「赤く燃える火？」

「そう。奥さんの部屋が緑を基調としているのなら、貴緒さんの部屋は、赤の部屋と呼ぶのがふさわしい。絨毯は深い暗赤色、壁は渋い柿色でした。机や飾り棚、箪笥やチェストなどの調度類は好んでチークやクルミ材で、いずれも凝った彫りが自慢でしてね。貴緒さんはベッドやカーテンの配色にも気を付けていた」

「佐起枝は、いつかパーティで、ブランデー色のイヴニングドレスを着た貴緒さんが忘れられないと言っていました」

「そう。赤、褐色、金、そういった色彩の中に身を置くとき、一番自分が際立って見えるということを、貴緒さんはよく知っていました。彼女はその中心にあって一点だけ、真紅のルビーのイヤリングを付けるとか、口紅を鮮紅にするとかして、人人の注意を集めました。まあ、細かな感覚を持つ、演出家としての才能にも優れていたんですね」

「ルビーのイヤリング……」

「あんな大きな石が、よく落ちないもんだと思いますよ」

「耳が落ちないかぎりね」

「それにしても女性がより美しく見せることは、大事業ですね」

そのとき、遠くの方で、重みのある美しい音が聞えた。

「ホールの時計ね」

「そう、僕たちの朝食の時間になりました」

山遊は立ち上った。

「貴緒さんの写真を持っていますか？」

と、伊津子が訊いた。山遊はちょっと考えた。

「いや持っていません。……古い週刊誌なら、捜せば出て来るかも知れない」

「いえ、印刷されたのじゃなく、はっきりとした写真が見たいんです」

「……貴緒さんが美しかったことが、そんなに気に掛る？」

「山遊さんはどうなの？　貴緒さんはそんなに美しい人でしたか」

「そりゃ……真実、僕が今まで出会った中で、最も美しい人でした。知性と感性も豊かでした。僕が書いたシナリオを読んで的確な批評を加えたこともあります。でも、好き嫌いとなると、個人的な好みがあるでしょう」

伊津子は部屋を出るとき言った。

「山遊さんの好みは、矢張りナポリで待ち続けた方だったのね……」

4

「部屋は決りましたか?」

と、食事を終えた順一郎が訊いた。

「はい。東側の、早馬さんの前の部屋です」

「気に入りましたか」

順一郎は、深い皺と白い髪を別にすると、早馬によく似ていた。彫の深い顔で艶のあるピンクの肌だった。モスグリーンの霜降りのポロセーターの襟の中に、黄色いネッカチーフが見えた。

山遊が伊津子を引き合わせると、順一郎は一目で伊津子が気に入ったようだった。順一郎が最初に口にした嘆声は、

「早馬のママによく似ている」

ことであった。

「あなたは絵が好きですか?」

と、順一郎が訊いた。

「はい。自分では描きませんが、見るのは大好きです」

順一郎は目を細めた。

「貴方も絵が好きで、よくアトリエに遊びに来たものだったよ。描かせても上手だった。色彩の感覚に鋭いものを持っていた。何度かモデルになってもらったこともある」

傍で山遊が伊津子をちらりと見た。

「その絵はアトリエにございますか?」

「捨てた覚えはないから、捜せばどこかにあるだろうな」

「何だかその絵がとても見たくなりましたわ」

「見せてあげましょう。私のアトリエにいらっしゃい。——ちょっと、そのビルギットを取ってくれんか」

順一郎はテーブルの上を指差した。伊津子はその意味が判らず、手を宙に遊ばせた。

山遊がティーポットの陰になっていた箱を取って順一郎に渡した。順一郎は中から煙草を取り出して口にくわえた。珍らしい柄の箱だった。

順一郎は煙草に火を付けると立ち上った。

アトリエは南と北がガラス張りだった。天井が高く、張り出しになっている中二階には、額やカンバスや書籍の山が見えた。

部屋の中はイーゼルや描きかけの絵、モデル台、大きな机、ロッキングチェアなどが、絵具の匂いと一緒に、安定した気分の中に、それぞれの位置を守っていた。

順一郎はアトリエの隅から、一枚のカンバスを取り出して伊津子に見せた。

粗いタッチの絵だった。盛り上った絵具に奔放な筆使いが残っていた。大きく波うたせた髪の女性が、椅子に掛けている構図で、膝から腕に這っているのは一匹の蛇に違いなかった。ただし、絵全体が抽象的にデフォルメされているので、女性の細かい顔立ちは、想像もつかなかった。

「さっき、山遊さんが教えてくれました。貴緒さんという方は、赤、褐色、金、そういった色彩のかさなりに身を置くとき、一番際立って見えたそうですわ。この絵を見ていると、そういう貴緒さんの持っていた感じがよく判るような気がします」

「あなたは良い鑑賞眼を持っている」

と、順一郎が言った。

「この絵は真実、それを表現したかった。貴緒の持っていた豪華で魅惑的な空間、磁場とでもいうものをね。もっとも、絵が出来上ったとき、貴緒はこれじゃ自分がモデルでなくともよさそうだったなどと皮肉を言った。いや、怒れない悪態だったが」

「貴緒さんは写実的な絵を期待していたのでしょう」

「あなたもそうだったかな?」

「わたし、貴緒さんの写真も見たことがないのです」

「デッサンなら何枚も描きましたよ。その方はそっくりに描いてある」

順一郎はあちこち画帳をひっくり返していたが、

「はて、いかん」

最後に両手を拡げて見せた。

「あれは、貴緒が気に入ってすっかり持って行ってしまったのだ。年のことは言わないことにしているが、いや、忘れっぽくなった」

伊津子は石膏のトルソーを見ていた。大きく張った乳房と少しよじれた腰が、奇妙な均衡を保っていた。

「お父様は貴緒さんが、お気に入りだったのですね」

順一郎はじっと伊津子を見た。

「早馬は貴緒のことを話さないかね？」

「あまり話してくれません。と言うより、嫌がっているように思えます」

「そうかも知れない」

「でも、わたしは貴緒さんのことをもっとよく知っておきたいと思うんです。素晴らしい人だったそうですね。貴緒さんを知っている、全部の人がそう言います」

「そう、あれは見事な女だった。私は貴緒が赤ん坊のときから知っている。あれは産まれた瞬間から素敵な女だった」

「貴緒さんの赤ちゃんのときを知っていらっしゃるんですか？」

「そう。私は貴緒の父親とは学生の頃一緒だった。鍵島健造という男で、貴緒が産まれたときは、生涯で一番の苦境にあった。貴緒の母は元華族の血統を襲《つ》いでいるとかいうことだが、鍵島のところへ嫁に来るぐらいだから、無論実家は貧しかった。貴緒はどちらかというと、母親に似ていると思う。顔立ちもそうだが、気性の方もだ。もっとも母親のままであるとすると、気位が高く、浪費家で、家系を鼻に掛け、めんつにこだわる嫌な女になっていただろうが、その良い面が出て、貴緒を華麗な女性にしたのですよ。それは健造の持っていないものだった」

「お父様は鍵島健造という方とお友達だったとすると、早馬さんと貴緒さんは、小さい頃から許嫁《いいなずけ》だったのですか？」

「そう、あれは鍵島が立候補して初めて当選したときだった。貴緒がまだ十歳ぐらいだったか。私が応援したのです。すれすれの当選で、当然私の関係していた文化関係者のバックアップがなかったら、危うかったところだ。鍵島は当選に興奮し、酔っていた。私の顔を見ると、貴緒はどうせ人にくれてやるんだ、どこの馬の骨に取られるより、お前の息子の早馬の嫁にやる、と言う。そのとき、鍵島の一番大切な宝物が貴緒だった。半分は冗談のつもりで聞き流していたが、鍵島は本気だった。後年、成長して私の前に現われた貴緒は、大輪の天竺牡丹のように開花していた……」

　順一郎は貴緒をモデルにした絵の方を向いていたが、絵を見ているわけではなかった。

ルポライターの黒木がそうだった。佐起枝も同じ表情になっていた。

「貴緒は美しい女性でした。特に長い眉と大きな眸が印象的だった。形の良い鼻と続く唇のあたりに何とも言えぬ色気があって、笑うと唇の両端が上に反り上るのです。知性のある表情でした。ピアノを弾かせれば舌を捲くうまさ。絵を見せると的確な感想をユーモアを交えて話してくれる。鍵島との約束は酒の上でと思っていたが、そのときには、早馬の方が熱をあげてしまったものです。早馬はまだ駈け出しの役者。秘書の見ている前で、私の方から鍵島の前に両手をついたものでした」

順一郎は伊津子を見た。表情が固くなっているのに気付いたようだ。

「死んだ者のことばかり、喋りすぎたようだな」

「いいえ。貴緒さんのことをいろいろ教えて頂いて感謝しているんです。でも、聞けば聞くほど、自信がなくなりますわ」

「自信？」

「そうです。そんな素晴らしい奥様の役目を代って務める自信がなくなりました」

「そんな気で私の話を聞いてはいけない。また、貴緒と同じ生活をしようと思ってもいけない」

「わたしには美しさも教養もありません。貧乏で野暮ったい女です。早馬さんと旅行をしても、面白く楽しませることが出来ません。食事のときでも、いつもはらはらしていました。わたし何だかとても大変な間違いをしてしまったような気がするんです」

「しかし、あなたは早馬を愛しているのでしょう?」

順一郎はじっと伊津子の目を見詰めた。

「はい。それだけは誰にも負けません。命かけて、早馬さんを愛しています」

順一郎は机の上から大きなパレットナイフを取り上げた。ナイフの先は鋭く尖っていた。

「それがあなたの立派な武器だ。貴緒がいくら美しくとも、もうこの世にはいない。写真も絵も残っていない。勿論、貴緒は早馬を愛することなど出来ないのだ」

「でも、わたしはとても貴緒さんのように、お父様に気に入ってもらえそうもないわ」

「そんな詰らない心配をしていたのかね」

順一郎は笑った。

「安心しなさい。私はあなたが気に入っている。さっきも言ったでしょう。あなたは早馬のママによく似ている」

「わたし結婚する前に、ちゃんとお父様にお目に掛りたかったのです。突然連れて来られて、わたし犬みたいにこの屋敷へ迷い込んで来てしまったような気がしているんです」

「それは早馬の考えだから仕方がない。この家を見せれば、きっとあなたが気後れを起すとでも考えたのでしょう。それともやっと格式張ったしきたりに反抗したい年頃になったのか。早馬は世間知らずだが、あれでも少しずつ成長してゆくようです。親の目から見れば、あなたのような方が早馬の嫁になるというのは、本当に有難いことだと思っているのですよ」

「わたし、早馬さんに貴緒さんのことを忘れさせることが出来るでしょうか」

「出来ますとも。あなたにはその力がある」

「でも……それは容易なことではない。いや、不可能に近いと断言している人がいますわ」

「なぜです？」

「それは……貴緒さんの死が、自殺だったからだというのです」

順一郎はパレットナイフを静かに机の上へ戻した。

「それは——誰から聞きましたか？」

「黒木というルポライターです」

「そういう噂が広まるのも無理はない。あれは私が見ても、自殺でした」

「お父様は貴緒さんが自殺をした原因を御存知ですか？」

「それだけは知らない。早馬にも心当りがないと言う。仲の良かった佐起枝にも判断が付かなかった」

「お父様は現場を御覧になりましたか？」

「部屋はきちんとしていた。貴緒の顔は赤味が差して、呼べば目を開いて起きあがるようだった。事故という発表は、マネージャーの滝岸雄が奔走したためです」

「滝さんが？」

「滝が貴緒の自殺を発表させたくなかったのは、早馬の人気を心配するのが第一の理由。

無論、鍵島健造への気兼ねもあった。滝は逆上のあまり、私の馴染《なじ》みの医者を頼み、嘘の死亡診断書まで書かせようとしたが、これは私が反対した。万一それが表沙汰にでもなれば、もっと取返しのつかぬことになる。だが、滝はどこをどう説得して廻ったのか、警察の発表は事故ということに止った。週刊誌は早馬に大きな同情を寄せていた」

「貴緒さんが生きている最後を見た人は？」

「そう、佐起枝が証言していた。佐起枝はその日、日曜日で、芝居を見に行って留守だっ

たが、帰って来た十一時頃、自分の部屋に入って行く貴緒の後姿を見たと言った」

「……後姿だけで、貴緒さんだということがわかりますか？」

「それに間違いはないと言う。それには理由があって、自分の部屋に入って行く貴緒は、

片手に蛇を下げていたということだ」

「蛇……」

「そう。この絵も貴緒が蛇といるところだ。貴緒は蛇が好きで、サンルームに何匹も蛇を

飼っていたが、そのうちの一匹を自分の部屋に持ち込んだらしい。この家にいる女で、素

手で蛇を持つことが出来るのは貴緒しかいないのだよ」

「その蛇も発見されたのですね。貴緒さんの屍体と一緒に」

「それがどうも変なのだ。その蛇は最後まで発見されず終いだった」

「どこかへ逃げ出したのでしょうか」

順一郎は首を横に振った。

「貴緒が発見されたとき、部屋のドアは鍵が掛けられ、丁寧に内側から掛け金も下されていた。窓も同じ状態だったよ。暖炉は煙突とは塞がれている。冷暖房用の換気孔、これは警察の調べで判ったのだが、細かい金網が張られている上、最近人の手で触られた形跡がないという。浴室もきちんと閉められていた。ドアを毀した後、逃げたのでもない。あんな奴が這い出したら、誰の目にも止らぬはずはない。警察では部屋の中、蛇が這い込めそうなところは全て調べ尽したが、とうとう発見されなかった」

「その部屋には、蛇の這い出す隙間もなかったとすると？」

「佐起枝に見られた後、貴緒が蛇をサンルームに戻したか、とも考えられる」

「蛇の数は、矢張り足りなくなっていたのですか？」

「蛇が何匹飼われていたのかは、誰も知らない」

「警察ではそれをどう解釈しているのでしょう」

「解釈の仕様がないから、そのまま謎として残っているわけだ。だが、貴緒の死が自殺であったとしても、ルポライターの黒木とかいう男の言うように、早馬が生涯貴緒に囚われることはあるまいよ。早馬はそれほどひ弱だとは思っていない。ただ、今のところ、貴緒のことを聞き糺すことはしない方がいいと思う」

「山遊さんもそう言っていました」

「あの男は案外細かなところに気の付く人間だな」

順一郎がビルギットの箱から新しい煙草を取り出そうとしたとき、けたたましい犬の鳴声が聞えてきた。

5

車寄せに白い車が止っていた。

車は軽快なスポーツタイプのツウドアだった。車の外に三、四歳の男の子が両手を振り廻していた。その周りをチーがきゃんきゃん鳴きながら駆け続ける。男の子は石を拾い、犬に投げつけようと構えた。

「チー……」

と、伊津子が叫んだ。

犬は伊津子の方を向くと、一直線に駆けて来て、腕の中に飛び込んだ。

車から女性が降りて来た。明るい印象だった。

「犬をいじめちゃ駄目よ」

「チーが先に吠えたんだい」

男の子は白い目で伊津子を見た。

女性は車のドアを閉めると、伊津子の方に寄って来た。賑やかな色彩のワンピースを着て、左腕に太い赤と細い黄色の腕輪をしていた。犬は女性を見て一しきり吠えた。伊津子は犬の頭を軽く叩いた。

「なかなか馴れようとしないのよ。もっとも明《あきら》がいつも虐待するからだわ」

肉付きのよい、表情の豊かな女性だった。枯草色の髪を後で束ね、赤いリボンで結んであった。

「あなたが伊津子さんね」

はっきりした声で言った。

「わたし、早馬の姉の紘子です。わたしのこと、早馬から聞いているでしょう」

「はい、お待ちしていました」

「思ったより、美人だわ」

紘子は朗らかに笑った。綺麗に並んだ白い歯が見えた。

「早馬がどんな人を選んだか気になってね。でも大丈夫、あなたなら、どんなことでも出来そう。わたしの第一印象はよく当るのよ。気難しいチーもすっかり手なずけているしね。前に犬飼ったことある？」

「いいえ……」

「じゃあ合い性がいいんだわ、きっと。早馬はもう仕事ですってね。今日あたりはまだ家にいると思っていたの。お気の毒にね。でも覚悟していたでしょう。早馬が気狂いみたいに仕事をしているのを。パパは？」

「アトリエにいらっしゃいます。今までお話をしていました」

「どう？　うちのパパ。なかなかモダンでしょう」

「とてもやさしい方なので、よかったと思っているところです」

「うちのパパ、フェミニストだからね。……やあ、佐起枝、お早う」

伊津子が振り返ると、佐起枝がすっと歩いて来た。明が佐起枝の手を引っ張った。

「ねえ、サンルームへ行こう」

「またローラースケートでございますか」

佐起枝は紘子と明を代る代る見た。

「佐起枝、しばらく明を遊ばせて頂戴。わたし、この人とちょっと話したい」

「では、どのお部屋を？」

「ここでいいわ。わたし庭を少し歩きたい。陽気がいいから——あなたは？」

「わたしもそう思っていたところです」

佐起枝は明に引きずられるような形で建物の方に歩いて行った。紘子は後を見送って、

「どうあの人……仲良くやれそう？」

「そうですね……」

「少し口喧《やかま》しいところがあるけれど、気にしなくていいわ。……あなた、先の貴緒さんとはまるで違う感じね」

紘子は改めて伊津子を見渡した。

「早馬さんのママに似ていると、さっきお父様から言われました」

紘子は男のように手を打ち合わせ、声を立てて笑った。

「そうだわ。さっきから、誰かに似ているとは思ったんだ。ママのことを忘れるなんて、わたしもどうかしちゃったな」

「お母様は賢夫人だったと伺いました」

「良く言えばね。でも、わたしに言わせれば、飾り気のない野暮天で、けちだった。……あらごめんなさい。あなたのことを言っているんじゃないのよ」

紘子はゆっくりと歩き始めた。

「わたし、早馬があなたを選んだ気持、判るなあ。あいつの心の中に、ママを求める気持がどこかに残っているんだわ。初めて早馬と逢ったのは一月前だったんですってね」

「……いいえ。あれはもう一年も前になります」

「あら、変ね。わたし昨夜テレビを見ていた。聞き違えだったかしら？」

「インタビューでは、確かにそう答えました。早馬さんと打ち合わせがあったんです。そういうことにして置こうと。でも本当は早馬さんとお付き合いをしてから、一年になります」

紘子は足を止め、もう一度伊津子の顔を見た。

「呆れた……まだ、貴緒さんが生きていた頃だわ」

「でも、その頃はただのお友達として、たまにお付き合いしているだけでした」

「そのこと、貴緒さんは知っていたかしら？」

「早馬さんが教えていれば、ですけれど」

「教えていなかったでしょうね。貴緒さんは早馬をとても大事にしていたから。……でも一年の間、よく他の人に感付かれないでいることが出来たわね」

「それは……早馬さんが、とても慎重だったからです」

「貴緒さんのその後のこともあったしね。そりゃ慎重でしょう。このわたしにさえ、あなたがいるなどということを打ち明けなかったわ。でも見事な韜晦《とうかい》ぶりだわ。ねえ、どういうきっかけで早馬と親しくなったの？　あなたは映画会社に勤めていた、と聞いたけれど、あなたは電話交換手。早馬は俳優。当然、声ぐらいは交しているでしょうが、あまり顔を合わせることはないと思うんだがなあ。早馬が電話で誘惑したってところ？」

「いいえ」

「そうでしょうね。あいつ俳優の癖に、ママに似てくそ真面目なんだから」

「早馬さんと最初に出会ったのは、帝映創立五十年記念のパーティのときでした」

「あのとき――知っているわ。何かで読んだから。凄く盛大なパーティだったんですってね。そのホテルでも開店して以来の豪勢な会だったという記事だった」

「わたしはそのとき、会社からホステス役として会場に廻されたんです。仕事外の強制労働だ、女性蔑視だなどと突っ張っていた女の子もいたけれど、ほとんどは浮き浮きした気持でホテルへ出掛けて行ったんです。わたしも一張羅の服を着て、胸にホステスのリボンを付けて、受付の隅で参会者の案内をしていました」

「それが早馬の目に止ったのね。それとも、あなたがアタックした？」

「いいえ。最初早馬さんに声を掛けたとき、それが早馬さんだということも知りませんでした」

「どうして？　あなた早馬の顔を知らなかったわけじゃないでしょう」

「勿論知っていましたわ。でもそのとき、早馬さんは廊下の隅の赤電話の前で、後向になっていたんです。会が終ろうとする頃でした。会場はむっと暑くなり、煙草の煙と喧しい人声。わたしあまり会場が混乱するので、少し頭が痛くなっていました。廊下に出たくなって、会場を出ると、一人の招待客が赤電話の前で、しきりにポケットを探っていたんです。きっと小銭が不足しているんだなと思い、声を掛けました」

「それが早馬だったのね」

「ところが早馬さんたら、小銭はおろか、一銭のお金も持っていませんでした」

「あいつはときどきそういうことをするんだ。普段そそっかしく見えないだけ、余計始末が悪いのよ」

「いつも女房が適当に財布を用意して、ポケットに入れておいてくれる。その日は時間を気にしていて、財布を確かめずに家を出てしまった、と言うの。随分困っている様子なので、わたし電話に使う小銭と、持ち合わせていたお金を、失礼ですがと言って、そっと貸してあげました。というわけで、話しているうち、早馬さんはわたしの声に気が付きました」

「あなた、いい声をしているわ。はっきりした発声をしながら、冷たくない、色気のある声ね」

「自分では色気があるなどと思ったことはありませんけれど、マイクの通りがいいと言われたことはあります」

「そうでしょう」

「翌日、早馬さんは会社に電話を掛けて来ました。その日、初めてお食事を一緒にしたわけです」

「早馬は昔から偶然が好きだったわ。ロマンチックな運命の邂逅《かいこう》に憧れていた。それは貴緒さんとの出会いでは体験出来なかったもの。早馬と貴緒さんは許嫁だったから」

「それはさっきお父様から伺いました」

「早馬がプロポーズしたのはいつ？」

「貴緒さんが亡くなって、少したった頃でした。……夢のように嬉しかったけれど、最初はとても信じられませんでした。お友達や叔父に相談しましたが、当然、反対の意見の方が多かったんです」

「あなたの御両親は？」

「父と母は小さいときに離婚してしまったんです。わたしは母について、叔父の家で暮すようになりました。その母は、それから二、三年して、交通事故に遭って亡くなりました」

「苦労したのね。その後、お父さんとは会いました？」

「父はどこにいるのかさえ判りません。母が教えてくれなかったからです。わたし、父の顔も覚えていないんです」

「……淋しいでしょう」

「結婚を喜んでくれる人が少なくて。……でも、これからはそんなことを考えている閑はありません」

「あなたの表情は、輝いているものね」

紘子は足を止めた。小道は二筋に分れ、右側の道の奥に古い鉄の格子戸が見えた。門の周りにはシダが密生していた。

「あの門があざみ門」

と、紘子が教えた。

「夏から秋にかけて、紫色のアザミが咲くわ。子供の頃このあたりは、もっと鬱蒼としていた。とても恐くてね、一人じゃあざみ門まで行けなかったのを覚えているわ」

紘子は左側の道を進んだ。少し行くと、一本のアカマツがあった。背丈ほどの高さだが、葉の半分が茶色に変色していた。紘子は枯れかかった葉をむしって、手の中で見詰めた。

「枯れているわ。渋川は知っているのかしら？」

紘子はあたりの樹木を見廻した。葉が変色しているのは、このアカマツだけだった。

「この前来たときは気付かなかったわ。……そうだ。あのときは、早馬がキリを引き抜いていたんで、びっくりしたんだった」

「キリを……抜く？」

紘子は何も言わずに歩きだした。伊津子は足を早めた。

「早馬さんが、どうして？」

「……もしかすると、突飛なことをするわ」

「……もしかすると、そのキリは記念に植えられた木じゃありませんか？」

「知っているの？」

「いいえ。知りません。でも、早馬さんが木を抜くなどというと、それしか考えられません」

「……そう。あの木は、早馬と貴緒さんの結婚を記念して、二人が植樹した木だった」

「あの……」

伊津子は小声で言った。紘子は葉を捨てて、伊津子の方を向いた。

「貴緒さんという方は、素晴らしい女性だったそうですね」

「誰から聞いたの？」

「貴緒さんを知っている人は、一人残らずそう言います」

「まあね……」

紘子は歩き出した。その口元に、かすかな満ち足りた笑みが漂うのを伊津子は見逃さなかった。

「誰もが貴緒さんがこの世にいるということだけで感激したものよ。……でも、そんなことはどうでもいいことじゃない？　死んだ人のことなんか」

　紘子は笑いを消して、

「早くあなたと会えてよかった。ひどく心配していた。いえ、わたしじゃない。うちの亭主がね。苦労性なんだ。一緒に来たかったんだけれど、会社でしょう。可愛相に、会社でこき使われていらしいの。家に帰っても、ぐったりしてね」

「お子様は何人？」

「四人。明が一番末で、あとは皆小学校に行っているわ」

「お幸せな家庭ですわね」

「あなたも、すぐ子供を作った方がいい。若いときの方がお産も軽いしね」

「貴緒さんは、一度も子供を産んだことがなかったのですか？」

「そう……子供だけはなかった。けれどもあの人、自分が子供みたいなところがあったわ。チーをいじめて、プールに放り込んでいるのを見たことがある」

「チーをプールへ？　わたしが聞いたのでは、貴緒さんはチーをとても可愛がっていたそうです」

「誰から聞いたの？」

「佐起枝がそう言っていました」

「……佐起枝ならそうね。あの人、貴緒さんのすることは何でもよく見える質《たち》なんだから。貴緒さんがココが好きだと、佐起枝は自分の部屋にもココを置くようになったのを知っているわ」

「……ココ？」

「クレムドココ。リキュウル。口当りがいいけれど強いお酒よ。佐起枝は貴緒さんが死んでからね、ときどき独りで貴緒さんをしのんでいるわ」

道は建物の方に向っていた。北側の庭を一巡して、紘子は自分の車の傍に戻った。

「あなたの部屋は決った？」

伊津子は建物の二階の右側を指差した。

「わたしも使っていたことがあったわ。窓からの眺めが好きだった。南側のきちんと作られた庭より、わたしの好みに合っていたわ」

紘子は車の横に廻った。

「あなた、車は？」

「持っていません。運転も出来ないんです」

「覚えるといいわ。簡単よ。これからは、車がないと、不自由するわ」

伊津子は改めて紘子の車を見渡した。

「いい車ですね」

「うちの亭主に少し無理を言ってね。今度ゆっくりその手を教えてあげましょう」

そして大きな声を出した。

「すっかり忘れていた。どうしてこうなんでしょうね。あなたに結婚祝いを持って来ていたのに……」

紘子はドアを開けて、車の中から包装した品物を取り出した。包みは伊津子の腕に、ずしりと重かった。

「花器なの。中を開けてごらんなさい。きっと気に入ると思うわ」

紘子は淡白に言った。

伊津子は草の上に包みを置いて包装を解きかかった。身をこごめるのを待っていたように、犬が腕の中に飛び込んできた。犬は腕の中で遠くを見ながら吠えた。

見ると、明が駈けて来た。すぐ後に、山遊が明を追っていた。

明は紘子に駈け寄って、腕を引っ張った。

「ママ、プールに蓋がしてある。プールの蓋、取ってよ」

「この子、泳ぐ気で来たんだわ」

紘子は笑った。

「明ちゃん、泳げるの？」

と、伊津子が訊いた。

「泳げらい」

明はそっ気なく答えた。

「浅いところでも、背は立つかしら？」

「立たなくても、平気だい」

紘子は明の乱暴な口を咎めると、

「……そう言えば、いつもならもうプールは開いていたわね」

と、独り言のように言った。

包装を解くと桐の箱が現われ、箱から丸い陶器が出て来た。全体が深い濃紺で、地肌に抽象化された白い花びらが散っていた。

「素晴らしいわ」

と、伊津子は言った。

「モダンでしょう。薔薇に似合うと思って」

紘子は満足そうに言った。

「芍薬《しやくやく》にもね」

伊津子の言葉に山遊も同意した。

「華やかな花なら何でも。明、こちらへ来なさい」

紘子は明を呼び寄せて、伊津子の前に立たせた。

「この人、今度、早馬のお嫁さんになった人。御挨拶しなさい」

明は上目使いに伊津子を見た。紘子は明の頭を押した。明は逆らい、口をへの字に曲げた。

「行儀よくしないと、早馬のお嫁さんに嫌われるわ……」

「嫌われたっていいやい」

明は敵意のある目で、伊津子を見ていたが、

「早馬のお嫁さんは、この人なんかじゃない！」

言い捨てると、紘子の腕をすり抜けて駈け去った。

6

薔薇の一枝を折ったときだった。

「花をお取りになるのでしたら、鋏をお使いなさいませ」

伊津子が振返ると、佐起枝が立っていた。

「そうね、鋏を持って来て頂戴」

佐起枝は動かなかった。

「お庭のことは、渋川にお言いつけ下さい」

「それでは渋川を呼んで来て下さい……それから」

伊津子は佐起枝に言い付けた。

「この花瓶に水を入れて来て下さい」

佐起枝は花瓶を受け取った。強いて無関心を装うように、伊津子は薔薇の匂いを嗅いだ。

小さな蜂が花の間に羽の音を立てていた。

ほどなく渋川が水を入れた花瓶を抱えて来た。

「黙って花を折っていたら、叱られてしまったわ」

と、伊津子が言った。

「そら、違いまっしゃろ。佐起枝はんが喧しゅう言うことあれへん。このお庭は皆奥さんのものや」

渋川は無造作に花を切っては花瓶に活け始めた。

「紘子はんはアトリエでっか？」

「そう。お父様のところへ行くと言っていました」

「いいお人でっせ。さばっとした。明るうてこれっぱかりも悪気のないお人や」

「貴緒さんは、薔薇がお好きでしたか？」

渋川はちょっと手を止めた。

「貴緒はんでっか……さいですな」

手早く残りの花を花瓶に差し入れると、

「今の季節なら、薔薇よりも朽葉色をした芍薬でしたな。貴緒はんは華やかなお人やったから、どちらかいうと地味な色で大きな花を、身の廻りに置く方がお好きやった。そしてまたそれがようお顔におうつりでしたな」

伊津子は花壇を見廻した。朽葉色の芍薬の一群れがあった。

「――いつもなら、もうプールは開けてあるのですね」

「プール……さいでしたか」

「紘子さんがそう言っていました」

「そう、若旦那はんがそう言わはりませんで、こっちゃもうっかりしとりました」

「毎年、貴緒さんがそう言うのですね」

「そのようです」

「それでしたらプールの準備をしておいて下さい。わたし、いつもの年のようにしておきたいから」

「判りました」

渋川は花を活けた花瓶を持ち上げた。

「お部屋に運びまっか？」

「有難う。自分で持って行きます」

伊津子は花瓶を受け取った。水を入れた花瓶はかなり重かった。万一にも落してはならなかった。伊津子は足元に気を付けながら邸内に入った。部屋へ運ぶのはちょっとした仕事だった。花瓶に気を取られると、足元がおろそかになった。

伊津子は部屋に辿り着き、フラワーテーブルの上に花瓶を置いた。花瓶の中には今集められたばかりの芍薬が溢れるばかりに活けられていた。

伊津子は花の形を整えてから、しばらく見入った。紘子の言うとおり、花瓶は花によく映り、花は部屋ともよく調和した。花の甘い匂いが、静かに満ちてきた。

伊津子はラジオをつけた。聞き覚えのあるロックが響いたが、アパートの部屋で聞き慣れた音質とは違う感じがした。伊津子は恐る恐る音量をあげた。いい音だった。特に高音部の音の張りに満足した。伊津子はラジオをナイトテーブルの上に置き、遠くから音を聞いてみた。

録音テープがあるはずだった。好きな曲を聞きたくなったが、どこにテープが収められているのか聞いていなかった。ライティングデスクやチェストの引出しを開けたが、テープは見当らなかった。佐起枝に尋ねようと、部屋の外に出た。

伊津子は一つのドアの前で立ち止った。貴緒の部屋の前だった。伊津子はドアをじっと見た。山遊が教えてくれたとおり、どの部屋のドアとも同じがっしりした木のドアだったが、そのドアだけは、よく見ると新しい材質であることが判った。

廊下には誰もいなかった。伊津子は試しにノブをそっと廻してみた。滑らかに金属が動く手応えがあり、ドアは抵抗なく内側に動いた。

伊津子は素早く部屋に入り、後手でドアを閉めた。

部屋は暗く、光は窓の鎧板を通す細い光線だけだった。ドアの右に電灯のスイッチがあったが、伊津子は触らなかった。しばらくするうちに目が慣れ、貴緒の部屋の様子が判るようになった。

部屋の広さは伊津子の部屋よりも、明らかに広かった。床には家具がなく、一層広く見える。空部屋独得の、淀んだ空気の臭いがした。

部屋の左側に暖炉だけが取り残されていた。そっと近寄って見ると、暖炉の中には何もなく、砂利を敷いた火床の隅に、小さなガス管の金具があった。試しに栓を開いてみたが、ガスは出て来なかった。

伊津子は栓を元に戻して立ち上った。マントルピースの上には薄い埃だけが載っている。歩くと、部屋に敷かれた絨毯は部厚いことが判った。ところどころに四角な跡が残っていて、ごく最近取り払われた家具の跡に違いなかった。

伊津子は南側の窓に寄って掛け金を外しガラス戸を開き、そっと鎧戸を押した。明るい日光とともに、爽やかな空気が入って来た。

ベランダに立つと、南側の庭園は緑にあふれていた。東側の、芝生にプールを配した平坦さとは違い、池を囲む岩と石が入り組み、緑の変化がひときわ細やかに重なり、その向うには、白い川の面が見え隠れしていた。

伊津子は明るくなった部屋を見渡した。暗赤色の絨毯がただ広く、壁には絵一つ残されていない。寒寒と拡がっている飾りのない壁の中に、ひどく不均衡に、暖炉だけが浮き上っていた。マントルピースは落着いた木製だが、額のような彫刻が豪華だった。その他にはこの部屋の主人を思わせる物は何一つ残っていなかった。

伊津子は浴室のドアの前に立った。木製のドアは、建物と同じ年月を経たものだった。伊津子が押すと、ドアは重みのある手応えを伝えて開いた。

脱衣場は広く清潔だった。脱衣場も同じように、動かせる品はすべて取り払われている。ただ残されているのは、楕円形の大きな姿見だった。

前に立つと、鏡は伊津子の全身を映した。鏡の中の伊津子は緊張していた。伊津子は一つ大きく息を調えてから、浴室のガラス戸を引いた。

浴室を一目見て、伊津子は声をあげそうになった。

浴室は細かな色彩が小波《さざなみ》のように重なり合っている。丸い浴槽は赤紫色のタイルが多く使われて、さまざまな色彩を取り入れながら床に流れ落ち、更に複雑な重奏となって壁から天井に這い上っていった。浴槽は赤紫色の大きな花弁。浴室はそれを囲む無数の花で埋められていた。伊津子は時の経つのが判らなくなった。

伊津子は明りを消して、そっと浴室を出た。部屋のドアに近付いて、ノブに手を伸そうとしたとき、かちりという音を聞いた。小さな音だったが、静かな部屋の空気に、手に取るように響いた。

ドアの鍵が掛けられた音に違いなかった。伊津子はノブに手を掛けようとし、ふと、その手を止めた。ドアの向う側に、人の気配を感じたからだった。

伊津子は息を止めた。両手が汗ばんでくるのが判る。耳に神経を集中させ、ドアの向うの音を聞き洩らすまいとした。向う側でも誰かが、そうしているに違いないのだ。

長い時間がたった。時間にすればそれほどでもなかったのだろうが、全身にしびれさえ感じた。しばらくすると、ドアの向うでごくかすかな息使いが聞えた。壁に耳を当てると、ドアの前を立ち去る足音が、ずっずっというように小さく響いた。

伊津子はまだそのままの姿勢だった。腕時計でたっぷり十分過してから、ノブに手を掛けた。ドアは動かなかった。誰かが外から鍵を掛け、立ち去ったのだ。伊津子は呆然としてドアのノブを見詰めた。

伊津子は部屋を見廻した。何度見ても同じだった。部屋には暖炉しか目に付く物はなかった。

伊津子はベランダに出て外を見た。大声は出せなかった。山遊か渋川の姿を捜したが、誰の姿も見えなかった。

ベランダの右側は、早馬の部屋の前に続いている。伊津子は早馬の部屋の前に行き、窓を押してみたが、どの窓にも掛け金が下りていた。壁は煉瓦で足掛りは悪くなさそうだったが、壁伝いに降りてゆく気持はなかった。

むしろ、窓の上の霧除けに乗れば、屋根にあるルーフウインドウに手が掛りそうだった。窓を叩けば、山遊が気付いてくれるに違いない。

伊津子は思い切ってベランダの縁に登り、霧除けに手を掛けた。そして、壁のレンガを足掛りにしながら、霧除けの上に這い上った。手掛りがしっかりしているので、困難な仕事ではなかった。怖さえあまり感じなかった。

霧除けの上に立って見下ろすと、二階の窓よりわずかに高い視点だったが、庭園の展望は一段と拡がりを見せた。

屋根の勾配の中に、ルーフウインドウが見える。手を伸すと、窓の縁に手が届いた。伊津子は窓に両手を掛け、屋根を登った。

窓は半開きになっていた。伊津子は窓の内を窺った。人のいる気配はなかった。伊津子はそっと窓から中にもぐり込んだ。

伊津子が立った場所は、狭く暗い廊下だった。自分のいる位置の見当はついた。屋根裏の、ほぼ中央にある廊下だ。西側、アトリエの上に進めば山遊の部屋に行き当る。反対側に行けば早馬の部屋の上に出、佐起枝の部屋があるはずだった。伊津子は歩き出す前に、目の前にあるいくつかの木の扉が気になった。

伊津子の目に止ったのは、頑丈そうな木の引き戸で、屋根裏に造られた、納戸か物置きといった感じだった。伊津子は一つの戸に手を掛けた。戸は意外に軽く、力を加えると鈍い音とともに横に動きだした。

部屋は暗くて、埃っぽい臭いがした。壁を探って、電灯のスイッチを見付けた。スイッチを入れると天井から下った裸電球が、橙色の光を放った。

部屋には茶色い木の箱が雑然と積み重ねられている。漆塗りの長持のような箱、古い机、色の剝げた大きな木馬などが目に付いた。ガラス棚の中には古いファッション人形が伊津子を見下ろしている。部屋は北岡家の歴史が詰め込まれている感じだった。

伊津子は注意深く部屋を見廻した。部屋にある品物はいずれも長い歴史を経ていた。だが、貴緒の部屋に残されていたマントルピースに調和するような家具や、貴緒が日常手にしていたと思われるような品物は一つもなかった。

伊津子が物置きから出ると、廊下は元のように静かだった。山遊の部屋の前にある階段の位置は判っていたが、足が自然と反対の方向に向いた。伊津子は佐起枝の部屋への好奇心を、押えることが出来なかった。

佐起枝の部屋の前に立ったとき、伊津子はちょっと目を閉じた。それから、軽くドアをノックした。返事はなかった。間を置いてからもう一度ドアを叩いた。今度も同じだった。伊津子はそっとドアのノブを廻した。そのまま、ドアは開いた。部屋に入る前、伊津子は素早く部屋を見渡し、人のいないのを確かめた。

部屋は山遊の部屋に似ている。山遊の部屋と違うところは、家具がきちんと整理され、一つ一つが清潔だったことだ。花柄のカーテンは真新しく、化粧台には塵一つなかった。そして部屋全体に、甘酸っぱい女性の匂いが漂っていた。

ベッドの置いてある壁に、早馬の写真が貼ってあった。早馬は童顔で、芸能界にデビューした当時のブロマイドだった。

家具はどれも質素で清潔だった。その中に一つだけ、伊津子の目を引いたキャビネットがあった。キャビネットはチーク材で、上段がガラス棚、その下は扉だった。棚には何本かの酒瓶やグラスがきちんと揃えられていた。前面の扉はモザイクで、湖の風景が落着いた色彩で作られてあった。そのキャビネットは、佐起枝の部屋にあるより、貴緒の部屋にふさわしいように感じられた。

伊津子はキャビネットに近寄って、扉を開いた。扉の中は棚が仕切られ、片側にはいくつかの小引出しが並んでいた。伊津子は引出しの一つ一つを引いて中を覗いた。どれにも、こまごまとした品が、きちんと収められている。小さな棚には料理や編み物などの本が揃えられてあった。伊津子は手を触れなかった。品物の少しの狂いが、すぐ部屋の主人に見付かりそうだった。ただ、下段の隅に、雑然と紙の束が重ねられているのが見えた。伊津子は紙の束を引き出した。紙の束は主に古新聞や週刊誌だった。あとはアート紙のカタログや、二、三冊のムックが混り、棚の奥に重ねられたまま、取り忘れられたようだった。伊津子は漫然と紙の束を指先で繰っていたが、紙の間に薄いノートが挟《はさ》んであるのに気付いた。

Ａ４判、表紙は焦げ茶のレザーでおおわれていた。中は黄色のケント紙で罫はなく、デザイナーのスケッチブックといった感じのノートだった。

伊津子は最初のページをそっと開いた。そこには電話番号が数多く書き込まれてあった。横書きの上半分は整った文字が並んでいるが、下の方は後に書き込まれていったようだった。インクの色が不揃いで、字体も気ままであった。ごく親しい仲には名も書かず、ただ、ゴースケとかおいとさんとだけ記された番号もある。

次のページにも電話番号が続いた。この方は商店やデパートが多くなっている。

特徴のある文字だった。字は丸く、一字のうち一本の棒を長く伸す癖がある。それは数字を書くときに顕著で、６や９などの棒がことさら気取った風に長く伸されていた。

電話番号や住所は最初の五、六ページが使われていた。次には雑多なメモが続く。その途中、突然蛇の絵が現われた。

伊津子はノートを閉じた。他の紙の束を元の棚に戻し、キャビネットの扉をきちんと閉め、焦げ茶色のノートだけを持って、佐起枝の部屋を出た。

廊下に立って、非常口に出るドアを見たが、掛け金が下りていた。伊津子はそっと廊下を歩き、山遊の部屋の前から、階段を降りた。

階段の途中、人の来る気配を感じて、伊津子は壁に身を寄せた。二階の廊下を通り過ぎたのは佐起枝だった。伊津子は持っていたノートを、しっかりと背に廻した。

佐起枝は伊津子に気付かなかった。佐起枝は奇妙に気ぜわしない様子で、階段を降りて行った。

佐起枝の来た方角には、早馬と伊津子と貴緒の部屋がある。その一つの部屋に用事があったことは確かだ。伊津子は充分な時間を置いてから、自分の部屋に戻った。部屋は静かだった。だが、佐起枝の部屋で知った同じ匂いが、かすかに漂っているような気がした。

伊津子は素早く部屋を見廻した。化粧台の引出しを引いて中を見た。クリームや香水の瓶、イヤリングなどもそのままだった。伊津子はふとバッグを開けてみた。なくなっている品が一つだけあった。秋子と一緒に写っている、スナップだった。

伊津子はドアに鍵を掛け、机の上に焦げ茶色のノートを拡げた。ページを繰ってゆくと、すぐ蛇の絵が現われた。

克明な鉛筆のデッサンだった。蛇の鱗の一枚一枚が立ち上って見えるほど微細な描写だった。ところどころ紙が毛羽立ち、消しては描き消しては描きしたようで、絵に対する怨念が見えるようだ。動く気配がなく、ただ自分のとぐろに首を乗せているだけの蛇の姿だ。絵の右下にローマ字のサインがあった。気取った字だが、電話番号を書き付けた同じ特徴のある字だった。字はＴＡＫＡＯと読むことが出来た。

貴緒はこのデッサンに、かなりの時間を費したはずだ。しかも絵は一枚だけではなかった。何ページにもわたって、それぞれ違う蛇が描かれている。

蛇の絵は一時期、集中的に描かれたようだった。克明な蛇の絵はあるページまでで、それからは一枚も現われなかった。代ってファッションの画がそれに代っていた。

スタイル画になると、絵の調子がすっかり変ってしまった。蛇の絵を描いたときの、気の遠くなるような細密な筆使いはすっかり影を潜めた。これが同一人かと思われるほど、貴緒の筆は奔放であった。伸びやかな線の上にはどれも鮮かな色彩が重ねられている。伊津子はその一枚に、ブランデー色の夜会服を着ているデッサンを見付けた。

佐起枝が目を輝かせて伊津子に教えたドレスだった。胸の開きが大胆で、プリーツの長い襞を引いた裾だった。腰には金色の造花と細いベルトが巻かれ、金鎖のネックレスもはっきりと描かれていた。

ページを繰ってゆくうち、一枚の紙が床に落ちた。伊津子はその紙を拾いあげた。紙の質はノートと違い、よく見ると五線譜だった。鉛筆で何かの譜が書き込まれている。伊津子は記号の下に書かれてある平仮名を拾い読んだ。

このごろおきふしに
わたしのこころをさらないこと
ひのとりのたまごのなかで
あなたとひとつにもえたち
しんきろうのかいのなかで
あなたととけあい
きんぎんのいとのまゆのなかで
じゅうねんもひゃくねんも

音符の方は読めなかった。ただ、抒情的な感じの小曲らしい感じがした。

伊津子は五線譜をノートの間に戻した。デザイン画は続き、ページを繰るごとに、新しい創意が感じられた。貴緒について語るとき、全ての人は彼女の才能を讃えた。伊津子はその一端を見た。

最後の方のページに、文字があった。演劇の脚本めいた書き方は、それまでにないものだった。文字に目を走らせると、まだ脚本としての体をなさない、メモか心覚えの段階ということが判った。

第一場　出会い
奇遇であること。ロマンチックであることが必要条件。鉄也車で幸子と接触。鉄也ホテルで独りの幸子を見る。どれも陳腐。外か内か。矢張り内。幸子邸内に迷い込む？　幸子独り旅、飛行機？
鉄也の好み——黒い長い髪。若い肌。地味な服。淡いスズラン。ミデアムのステーキ。ユトリロ。アダ　ブランカ。京都。夏の海。鉄仮面。ジンリッキー。フリュート。ゴシックロマン。
幸子の性格——熱愛。献身。多欲。競争心。一見素直。美人にするか？　魅惑的な女。というところ。
第二場　逢い引き
レストラン。雨の降る日。
「命をかけて、あなたを愛します。あなたのためなら、死んでも悔いません」
第三場　密会
バレンタインホテル、スペシャルルーム。ホテルの前を通りかかる鉄也の友人？
第四場　離婚
鉄也の妻。悲しみに打ち砕かれる薄幸の女性。美しき涙。だが鉄也を許せない。悲劇の人。清らかに、誠意にあふれ。
第五場　破局

幸子の愛想づかし、独りになる鉄也。去って行く幸子。

それで全部だった。伊津子は繰り返して特徴のある文字を読み返した。

その後のページを繰ってみた。残されたページは少なく、ほとんど余白だった。

伊津子が最後のページを見渡したとき、ことりという音を聞いた。部屋の外だった。小さな音だったが、神経が緊張しているので、聞き逃すことはなかった。伊津子はドアを細く開けて、廊下を見渡した。廊下は暗く、人影はなかった。

伊津子は貴緒の部屋のドアを押してみた。ドアの鍵は外されていた。そのとき、自分がなぜ貴緒の部屋に閉じ込められたのか、その理由が判った。その人間は、伊津子が自分の部屋に戻るのを嫌ったのだ。

帰宅する紘子を見送るため玄関へ出たとき、佐起枝も一緒だった。佐起枝は意識的に伊津子から視線をそらせていた。紘子の車が動き出すと、伊津子の足元に絡んでいた犬は、いつの間にか見えなくなっていた。

「早馬さんの隣りの部屋は空部屋なのですか?」

と、伊津子は佐起枝に訊いた。

「そうです」

「貴緒さんの部屋だったのですね」

「そうです」

「わたしがあの部屋に移ろうとしたら、あなたは反対しますか?」

佐起枝は何も答えなかった。

7

部屋に入ると、早馬はすぐ伊津子を抱きしめた。

「今まで、何をしていた?」

と、早馬が訊いた。

「お食事が終ってからは、ずっとテレビを見ていたわ。でも、どんな番組を見ていたか、全然覚えていない」

「淋しかったかい?」

「いいえ……」

伊津子は笑い顔を作った。

「僕も早く帰りたかったが、アフレコの最後でね。凄く忙しかった。明日は撮り直しが一部あるだけだから、今日よりは早く帰れると思う」

「明後日は?」

「撮影所でオールラッシュに立ち会った後、テレビドラマの打ち合わせが待っている」

早馬は伊津子を放すと、椅子に腰を下ろした。

「何か飲みますか?」

と、伊津子が訊いた。

「そうだね。ビールがいい」

「リキュウルもありますけれど」

「リキュウル?」

「よく判らないんですけれど、バーにあったお酒を何本か持って来てあります」

「いい、ビールでいい」

伊津子は言われるとおりに冷蔵庫からビールの瓶を取り出した。

「ダビングというと、音楽や台詞を入れるのね」

「うん、音楽や効果音はもう完成しているんだ。今日で台詞のアフレコが全部終り。明日の撮り直しが済むと、すぐオールラッシュが完成する。あとは、撮影所長以下、スタッフや技術関係者が立ち会う、初号試写が撮影所の映写室で行なわれる。そのときは一緒に見に行こう」

早馬は伊津子が注いだビールのグラスを手にした。

「わたし、何だか今度の〈花嫁の叫び〉は見たくないような気がするわ」

「なぜ?」

「だって……琴吹由美さんとの、ベッドシーンがあるのでしょう」

「ある。それが?」

「新聞の芸能欄に出ていたわ。今までに北岡早馬が見せたことのない濃厚なベッドシーンだって。相手の琴吹由美も早馬に負けない熱演で、スタジオの中が暑くなったんですってね」

「そりゃ少しオーバーだよ」

「でも、熱演だったのは本当でしょう」

「藤堂監督が張り切っているんだ。監督さんは今までにない僕の新しい面を引き出そうと一生懸命なんだ。幸子もそれに乗ってね、大いに意欲的だった」

「幸子？」

「幸子というのが、由美君の役の名さ」

「あなたの役は？」

「僕は鉄也。旅行の間、山遊のシナリオを読んでいたじゃないか」

「ええ、でも細かい役の名前まで覚えていなかったわ。山遊さんはどういうところから、登場人物の名前を決めるのでしょう？」

「さあ……名前の付け方など訊いたことはないが、多分思い付くままじゃないのかな」

「あなたは山遊さんの原稿も読んだのですか」

「うん、原稿が出来たときに読んで、感想を訊かれた」

「貴緒さんは？」

「貴緒？」

「貴緒さんも、山遊さんの原稿を読んだかしら？」

「それは――よく知らない」

早馬は苦《にが》そうにビールを飲んだ。

「山遊さんのシナリオはとても面白かったけれど、わたし矢張り試写会には行きたくない。見るのだったら、映画館へ行って、一人で見るわ」

「そんなに、気になる？」

「嫉《や》いているわけじゃないわ。お仕事ですものね。でも、何だかその気になれないの」

「だったら、自由にしなさい」

「貴緒さんならどうするかしら。あなたのベッドシーンを平気で見に行くかしら？」

早馬のコップが空になった。伊津子がビールを注ぎ足そうとすると、

「いやもういい」

と言って、コップを退けた。瓶にはまだ半分以上のビールが残っていた。

「紘子が来たんだね」

早馬はナイトテーブルの上に載っている花瓶を見ていた。

「ええ。午前中に明さんと二人で来ました。結婚記念にと言って、その花瓶を持って来てくれたわ。思いやりがあって、やさしくて快活で、わたしすっかり感激しました」

「あの芍薬は君が活けたの？」

早馬は伊津子の言葉を聞き流すようにして言った。

「ええ。少しバランスが悪かったかしら？　花壇に咲いていたのをわたしが活けました」

「君が……」

「あなた、芍薬は嫌い？」

「いや、嫌いというわけじゃないけれど。庭には薔薇も咲いていただろう？」

「そうね……それで判ったわ。芍薬は貴緒さんが好きな花だったわけね」

貴緒という言葉を聞くと、早馬の顔が固くなった。

「気が付きませんでした」

伊津子は立ち上った。ナイトテーブルの前に立って、花瓶から芍薬を引き抜き、部屋の隅にあるダスターの中へ投げ入れた。

「今度から気を付けます」

「そんな意味で言ったんじゃない」

と、早馬がなじるように言った。

「いいえ、そうです。あなたは今でも、貴緒さんのことを、片時でも忘れられないのでしょう」

伊津子の声が自然に強くなった。

「それは無理もないことだとも思うわ。若い奥さんを亡くした人なら、誰だってそうでしょう。でも、わたしはそれが悲しいの。あなたの場合、とりわけて貴緒さんの思慕が強いのよ。あなたは無理をして貴緒さんのことを忘れようとして必死になっているわ。わたしにはそれがよく見え、余計悲しくなるの。あなたは貴緒さんを忘れようとし、貴緒さんの持っていた品物を全部処分し、結婚記念に植えた樹を倒し、貴緒さんが好きでよく泳いでいたプールを開けようともしない。でも、駄目なの。あなたの心には貴緒さんがしっかりとしみ付いて、ちゃんと生きているんです」

「それは違う……」

「いいえ、そうです。現に今だって、あなたはリキュウルよりもビールがいいと言ってビールを開けたけれど、半分も飲まなかったじゃありませんか。あなたはきっと、こういうときには貴緒さんとリキュウルを飲む習慣があったのね。貴緒さんが好きで、いつも部屋に置く花は芍薬。あなたは芍薬を見てさえ、貴緒さんのことを思い出してしまうのね」

「そんなことはない……」

「いいえ、そうです。わたし、山遊さんから注意をされたんです。早馬は今、必死で貴緒さんのことを忘れようとしている。だから、早馬に貴緒さんのことをあれこれ尋ねてはいけない、って。でも、あなたが、それまで貴緒さんに思慕が残っているとは思いたくなかった。だから、あなたの本当の心が知りたかったの。渋川から、貴緒さんが朽葉色の芍薬が好きだというのを聞いて、わざと芍薬を選んだのです。まさか、花ぐらいであなたが貴緒さんのことを想い出したりはしないだろうと思って。そうしたら、あなたはちゃんと貴緒さんを想い出してしまった……。山遊さんの言うとおりに」

「山遊には、僕の本当の心が判っていない」

「いや、よく判っているわ。さっきも話の中で、あなたは貴緒さんの名が出るたびに、話題を変えようとしていたわ。顔色さえ変ったのが、わたしにはちゃんと判りました。――よく考えれば、わたしだって、あなたが貴緒さんを忘れるための、一つの道具に過ぎなかったんだわ。そのため、あなたは貧乏でみすぼらしく、わざわざ野暮な女の子を選んだ……」

「君は少し疲れているようだ」

伊津子はその言葉を無視した。伊津子は空のコップにビールを満した。早馬は黙ってそれを飲んだ。

「貴緒さんて、素晴らしい人だったんですってね。わたしなんかより、何百倍も、何万倍も！」

「誰がそんなことを言った？」

早馬は手荒くコップを置いた。

「皆よ。皆です。お父様も紘子さんも、山遊さんも黒木さんもラペールズ夫妻も、佐起枝も渋川も全部。それから、この庭にいる小鳥や虫まで。生きていて、一度でも貴緒さんの姿を見たことのある生物は全て貴緒さんに夢中になっています」

「僕だけは違う」

「ロスタンのホテルで、黒木さんが教えてくれました。貴緒さんはこの世のものでないほど美しかった人で、花造りの名人が凝りに凝って咲かせた大輪の牡丹だと形容したわ。早馬さんは絶対に貴緒さんを忘れることはないだろう、とも」

「黒木が、いつそんな話をした？」

「わたしたちが式を挙げた次の朝だったわ。黒木さんはわたしが何も知らないまま北岡家の人間になることを、とても心配してくれたんです」

「………」

「貴緒さんに夢中だった人は、男だけではなかったのには驚きました。今朝、佐起枝と話す機会がありました。わたしが貴緒さんのことを、美しい人だったと聞いていますと言うと、ひどく軽蔑した笑い方をしました。佐起枝にとって、貴緒さんはただの美しい人ではなかったのです。貴緒さんに心酔し敬う気持は人が神に対するときと同じ、いやそれ以上に思えたわ」

「佐起枝は……感情的な女だ」

「山遊さんは感情的な人ではありませんわね。その山遊さんもこう言うんです。――僕が今まで出会った中で、最も美しい人でした、と。お父様だって……」

「親父が？　貴緒のことを話した？」

「お父様だけでなく、誰でも話し始めると、すぐ貴緒さんのことを教えてくれます。お父様は貴緒さんの知性や教養やユーモアを誉《ほ》めたたえておいででした。天性の美しさが、知性で一層磨き抜かれたと、です」

「親父は子供みたいに無邪気なところがある。表現だって、ことさら大袈裟だ」

「紘子さんは女性らしく、わたしに気を遣ってくれました。それでも、貴緒さんのことになると、遠いところを見るような表情になったわ。誰もが貴緒さんがこの世にいるというだけで感激したものだそうね」

「それで、全部かね？」

「全部、というと？」

「いや、貴緒のことを君に教えたのは、それで全部かね？」

「まだいるわ。紘子さんの明ちゃんと、渋川……」

「僕の心は、僕の口から聞いていない」

「聞かなくても、あなたが誰よりも貴緒さんのことを思っていることは判ります」

早馬は伊津子の手を強く握った。

「――いいかね。本当のことを言おう。世の中の誰もかも、貴緒を誉め、夢中かは知らない。だが、僕だけは別だ。僕は貴緒のことを愛したりなどしてはいないんだ」

「嘘でも、そう言ってくれると嬉しいわ」

早馬は伊津子を引き寄せて、じっと目を見た。

「僕は誓って嘘など言わない。信じないかい？」

「……信じるわ」

伊津子は泣きだした。止めようとするほど、涙は止らなくなった。伊津子は背にやさしい早馬の掌を感じた。

「君は今日一日で、いろいろな人に会いすぎ、いろいろな事を聞かされ続けて疲れているんだ」

「さっき、あなたに訊かれて、淋しくないなんて強がりを言ったけれど、本当は淋しくて仕方がなかったの。だって、こんな静かで広い部屋にいたことなど、なかったんですもの。周りは全部知らない人ばかり。話は美しかった貴緒さんのこと……」

「もう、僕の本心を聞かせたのだから、貴緒のことを言うのは止そう。そうだ……」

早馬は伊津子の泣き顔を起して、ハンカチで涙を拭いた。

「撮影所の連中が君に会いたがっているんだ。気晴らしに見に来ないか？」

「でも、お仕事でしょう。邪魔になるわ」

「いや、明日〈花嫁の叫び〉の撮り直しが残っているけれど、仕事は少ししかない。撮影が済んだら、趣向があると監督さんが言うんだ」

「どんな趣向かしら？」

「君を皆に紹介するため、何か企んでいるらしいんだ。僕はあまり乗り気じゃなかったんだが、君のためにその趣向に乗ろう」

「あなた、乗り気じゃないんでしょう」

「周りで騒がれるのを、君が迷惑かと思っていたんだ。撮影所には興味がないかい？」

「興味はあるわ。それなら連れて行ってくれるのね」

「よし、決った」

早馬は伊津子に唇を合わせた。

甘美な時間が重なると、羞恥にかかずらうことも出来なくなった。乱れを知って、なおそれが嬉しく、伊津子はうわごとのように告げたようだった。昏迷が去っても、華麗な酔いは醒めなかった。早馬は新しく濡れた伊津子の頰を、長い指先で拭った。

「あなたの心を聞いて、とても幸せになったの」

と、伊津子は言った。

「今日一日中、不安が増すばかりだったんですもの」

早馬は解かれた伊津子の髪を、指で弄《もてあそ》んでいた。

「僕が貴緒のことを忘れようと努めているのは、貴緒を愛していたからじゃない」

早馬の声には怒りが感じられた。

「誰よりも、僕は貴緒を憎んでいたからなのだよ」

三章　花嫁の毒杯

1

玄関に早馬の車が廻されていた。

よく磨かれた黒い車体に、朝日が尖く反射して伊津子の目を刺した。車の傍にマネージャーの滝岸雄と付人の清水静夫がいて、伊津子の姿を見ると、傍に寄って来た。

「新しい生活には慣れましたか？」

と、滝が訊いた。

「とても慣れるなど……まだへまばかりやっていますわ」

「早馬から聞いています。新しい生活に馴染《なじ》もうと、一生懸命努力しているそうですね。早馬は満足していますよ。表情だって、見違えるほど明るくなった」

「本当にそうなら、わたしも嬉しいんですけれど」

「嘘じゃありませんよ、奥さん。僕はいつも早馬の傍にいるので、それがよく判ります。早馬をよく知っている人も、皆そう言います」

伊津子は面映ゆい気がした。ちょうど渋川の姿が見えたので、声を掛けた。渋川はスコップや、殺虫剤の噴霧器を入れた手押車を押しているところだった。

「早いのですね」

渋川は大まかな顔に笑みを作った。

「いや、怠けとりますのや。昨日も紘子はんに言われましたさかい。東のアカマツがあかんようになっている、虫でも付いとるのやないかとです。これからちょっと見て来ようと思いまんね」

「そう言えば、紘子さんがいらっしゃったとき、気にしていたわね」

「もっと早うせなならんでしたが、今日思い立ったので、植木屋や」

渋川はそう言って、庭の奥に姿を消した。

早馬が山遊と玄関に来たのは、それから間もなくだった。

「山遊さんも一緒ですか?」

と、滝は意外そうな顔をした。

「監督さんが、何か趣向があるらしい。好きだからね、あの人は」

滝と清水が前の席に入り、伊津子、早馬、山遊が後の座席に着いた。

車は門を出ると、静かな道を走った。

「空港から来た道と同じね」

と、伊津子が言った。

「奥さんは、昨日外出されませんでしたか？」

と、滝が訊いた。

「ええ。外に出る用事がありませんもの。荷物を整理したり、テレビを見たりしていました」

「早馬の帰りが待ち遠しかったでしょう」

伊津子は笑っただけだった。

「そのうち、街が恋しくなりますよ」

「そうですね。今までは毎日通勤電車に押し込められていたんですもの。ですから、今、変にどきどきしているんです」

「撮影所は初めてですか？」

「ええ。撮影所で知っているのは、電話番号だけ」

「それじゃ楽しみでしょう。ほら、もうスタジオが見えて来ます」

家を出てから、まだ十分と経っていなかった。

車はひっそりとした住宅地を進んでいたが、滝の注意で左側の窓を見ると、木立の間から、広い平地が低く拡がっている風景が見えた。その中央に、いくつかの大きな灰色のかまぼこ形の屋根が並んでいた。

「もと、撮影所はこのあたりまで占めていましたね。鬱蒼とした丘陵で、時代劇や山道なんかのシーンによく使われたものです。今では敷地は当時のやっと半分ですね」

と、滝が説明した。

伊津子はそれが信じられなかった。車から見渡す土地の拡がりは、そのまま一つの町を作っているほどだった。

車は撮影所のいくつもの建物を迂回して、正面入口から、そのまま撮影所の中に入った。すぐ噴水が見え、伊津子たちはそこで車を降りた。

広場の周りには、事務所や倉庫、食堂などが並んでいた。清水はそのまま車を走らせ、滝は事務所の方に行った。

広場には放射状に道が作られていた。遠くから小型トラックが来て、撮影所を出て行った。トラックの荷台には引越しの荷物のように、いろいろな家具が積み込まれていた。

滝はすぐ戻って来た。

「Aスタだ。僕は奥さんを先に案内して行く」

滝は先に立って歩きだした。途中、早馬は衣装室に入り、滝と山遊が伊津子の両傍に並んだ。

道の両側には、大小の建物が並んでいた。衣装部らしい建物は他にもあった。何段もの棚に、さまざまな小道具を並べた建物があった。床に置いてある金網の中には、本物の犬がいた。

「〈花嫁の叫び〉に使われる小道具が全部集められています」

と、滝が説明した。

「広いわね」

伊津子が言った。右側に大きな碍子と太い電線をからませた鉄骨が建っていた。古い木の板に「危険、触るな」と殴り書きがしてあった。

「発電所です。その向うに見えるのが、ダビング所。その奥に大きなプールがありますよ。特撮に使うプールです。ほら、空が見えるでしょう」

滝の指差す方向に、空の一部が見えた。よく見ると、巨大な壁に、空の色が塗られた塀だった。作り物の空は、本物の空の一部に見えるほどの面積があった。

いくつもの作業所を通り過ぎた。木工場や鉄工場の中では、作業服を着た何人もの人たちが働いていた。

「撮影所というより、ちょっとした工場町でしょう。以前には製材所もありました。セットで必要な材木も作り出していたんです」

作りかけの鉄塔があった。東京タワーを模した模型らしかったが、上部は作られていなかった。もっとも、それで完成品かも知れなかった。撮影所の中に川が流れていた。

伊津子は橋の上にたたずんで水の面を見た。水は濁っていたが、流れは豊かだった。伊津子が立ち止っているので、山遊が戻って来た。

「川もあるなんて思いませんでした」

伊津子が歩き出そうとすると、山遊がバッグを注意した。バッグの口が開いていた。

伊津子たちは、なおいくつかの倉庫やスタジオの前を通り過ぎた。捕方の一団とすれ違った。御用提灯は汚れ、衣装はよれよれだった。小さな赤い鳥居があった。鳥居の奥に稲荷が祀《まつ》ってあった。その横がAスタジオだった。

Aスタジオは撮影所の一番奥に建てられていた。撮影所の中で一際大きいかまぼこ形の建物だ。車の中からすぐ目に付いたのは、このスタジオに違いなかった。中央の屋根近くに帝映のマークが見える。灰色の壁にまだらのしみが浮き出ていた。

スタジオの巨大な扉はがっしりと閉ざされ、滝は横にある細い木の戸を押した。中は暗く、埃の臭いがした。がらんとしたコンクリートの部屋で、更に木のくぐり戸があった。滝はその戸を押した。

「狭いですから、気を付けて下さいよ」

人が一人、こごんで通ることが出来るだけの戸だった。伊津子は恐る恐る戸をくぐった。中は更に暗く、黒い機具が雑然と置かれていた。滝はそっと木の扉を閉めた。伊津子は身を伸して、あたりを見廻した。そこが、スタジオの中だった。

目が暗さに慣れて、最初に見えたのは、張物の裏だった。貫に張られたベニヤ板が、何本もの支木で垂直に立てられている。滝は足を忍ばせるようにして、張物の裏を廻った。反対側のコンクリートの壁は埃で黒ずんで見えた。天井には大きなライトが雑多な向きに下げられていた。

伊津子は滝の後で、三脚や木の台などに気を付けながら歩いた。ある張物の角を曲ると、光の湖が見えた。その中に大勢の人影が動いていた。

　近付くと、そこは教会の中のセットだということが判った。重厚な感じのステーンドグラス、聖壇には清楚な花が満ち、蠟燭には火がつけられ、正面に十字架が見える。中央の通路の両側に椅子が置かれ、式服を着た人達が一隅にかたまるような形で立っている。滝は一番後の椅子に伊津子を掛けさせた。その席には誰も坐っていなかった。

　中央通路には白い布が敷かれ、その上に黒いカメラが据えられていた。セットの中の人達は、それぞれの持ち場に没頭しているようだった。カメラの周りにいる人達は三脚を調整し、巻尺でセットの中の距離を計った。照明の係はいくつものライトを動かし、向きを変え、ライトに白い紙をつけたり外したりしている。天井の渡し台の上には録音係が竿のように長いマイクの位置を定めていた。短い言葉が飛び交い、しきりに手振りが交される。

　セットの中央に、純白のドレスを着た花嫁がいた。女優の琴吹由美だった。由美は化粧箱を持った女性に、ドーラン化粧を直させていた。

　黒い聖衣を着た牧師もいた。牧師はセブン中村だった。牧師は照明係をつかまえて何か言い、口を大きく開けて笑った。

　滝が人や機材の中をくぐるようにしてセットの中に入り、顔見知りに挨拶して廻っている。

「珍らしいかい？」

　振り返ると早馬だった。

　早馬は黒の燕尾服になっていた。ボタンホールに花を差し、白い手袋を持っていた。誰かが早馬を見付け、遠くから声を掛けた。早馬は伊津子の肩にちょっと手を置くと、セットの中へ入って行った。

しばらくリハーサルが繰り返された。時間にして五秒足らずのシーンだが、機械の調整に手間取っているようだった。照明とカメラの間で、打ち合わせが続けられる。中に入って耳を傾けている背の高い男が監督に見えた。監督は最後に二言三言喋ると、聖壇の上に立った。

「よし、本番。位置について」

椅子の両側にいた参列者がどやどやと所定の位置に坐った。参列者は前三列ばかりだった。監督の助手が参列者の位置を細かく正した。聖壇に立ってあたりを見ていた監督が、カメラの傍に戻って、片手を上げる。

「はい、スタート」

スタジオの中がしんと静まり返った。並んで立っていた早馬と由美が背筋を伸した。助監督が手に持っていた小さな黒板をカメラの前にかざした。カメラに小さな赤いランプがつく。黒板には数字が書かれている。助監督が黒板を鳴らして退くと、演技が始まった。

牧師は口をへの字に曲げた。つとめて厳粛な態度を作り出そうとするつもりらしかった。祈禱を終えると、牧師は早馬の方を向いて、目を光らせた。

「……神の教えるところに従い、夫の道をつくし、その健《すこ》やかなるときも、その病めるときも、常にこれを愛し、これを慰さめ、これを重んじ、これを護り……」

牧師はぐりりと目を動かした。

「待った――カットだ」

監督が叫んだ。

「どうしたんだ？」

「これを護り……その次は何でしたかな？」

牧師は頭を抱えた。助監督が急いで牧師の前に脚本を拡げて見せた。牧師は本当に物を飲み込むときのような顔で脚本を読み、カメラや照明の方に向って頭を下げた。

「大丈夫なんだろうな」

と、監督が言った。

「大丈夫です。ちょっとこの、邪念が起ったのです」

再び本番が始まった。牧師は前と全く同じ動きで祈禱を繰り返した。

「……神の教えるところに従い、夫の道をつくし、その健やかなるときも、その病めるときも、常にこれを愛し、これを慰さめ、これを重んじ、これを護り、その命の限り、堅く節操を守ろうとすることを誓いますか？」

早馬の表情が動いた。半ば困惑した目、細かく震える唇。早馬は目を閉じて、大きく息を吸った。

「――誓います」

「カット。OKです」

と、監督が言った。

このシーンの準備は早かった。すぐカメラが移動する。カメラは琴吹由美の前に近付いた。次の撮影は移動撮影だった。カメラが動かされると、由美は牧師の前で誓約を終えた。カメラはクレーンに乗せられ、セットを俯瞰《ふかん》する位置に引き上げられた。これにはかなり長い時間が費やされた。

照明器具は大きく位置を変え、オルガンのテストが行なわれた。琴吹由美は化粧係の前で、何度も顔や衣装を直し、それが終ると、早馬に何か話し掛けては笑っていた。

やがて本番の撮影が開始された。牧師は再び厳粛な表情をこしらえた。

「富田鉄也と三浦幸子は、今、神と来会者のみ前において夫婦の誓約をいたしました。故に、私は父と子と聖霊のみ名において、今よりこの男女の夫婦であることを宣言いたします。それ神の合わせたまいたるものを、人、これを離すべからず……アーメン」

ウエディングマーチが流れた。早馬は由美の手を取った。由美の表情は幸せにあふれていた。二人はバージンロードを静かに歩き出す。参会者の拍手、花嫁の持っている花束が揺れる。顔を見合わせる、早馬と由美。クレーンのカメラは、二人の姿を静かに追う。早馬と由美はバージンロードの終りで立ち止った。カメラの動きも終ったようだが、ウエディングマーチと拍手はまだ続けられていた。やや時間を置いて、

「カット——はい、OKです」

と、監督が手を上げた。

ほっとした空気がセットの中に流れた。解き放たれたように、関係者が思い思いに動き始めた。

「これから、どうなるの？」

伊津子は傍にいた山遊に訊いた。

「予定表では撮影はこれで終りですね。この後、監督さんの趣向とやらが始まるんでしょう」

「そうじゃないの。これから後の映画の筋のことよ」

「ああ、この後の筋ね。鉄也と幸子は新婚旅行に出掛けます。南国の小さな島。そこには木造のホテルが一軒だけあって、五、六組の観光客しかいません。白い砂浜には人影が少なく、ちょっと奥に入ると、密林です。鉄也は犯行の現場としてこの島を選んだのです。恐怖の初夜のシーンでね」

「幸子はそこで殺されてしまうの？」

「鉄也の計画に予期しない邪魔が入るんです。海で溺れかかった幸子が、外国人の夫妻に助けられたり、密林の中で迷ってしまった幸子が現地の少年に救われたりして、結局、その島で鉄也は幸子を殺すことが出来ませんでした」

「それから？」

「二人は鉄也の家に帰ります。鉄也の家は広大な屋敷です。幸子はそこで色色不思議なことに出会うんですが、それでもまだ鉄也に疑いを持つことをしません」

「そのお話は、全部山遊さんが拵え上げた筋なんですか?」

「勿論、全部フィクションです。でも、どうして?」

山遊は変な顔をして伊津子を見た。

「よく、作者というのは、実際にあった事件をヒントにする、と聞いたことがあったわ」

「僕の場合違いますね。どこからどこまで、作り物の面白さを狙っているんです」

「登場人物の、名前なんかも?」

「そうです。いかにも、それらしい名前を選ぶのに苦労しますね」

参列者はぞろぞろスタジオから出て行く。カメラやライトが片端から片付けられていった。

その中で監督が何人かの人達をセットの中央に呼び集めた。助監督が聖壇の上を片付け、どこからかビールとコップを持ち出して来て並べている。

「早馬の奥さん、来ていらっしゃいますか?」

監督はセットの奥に向って呼び掛けた。伊津子が返事をすると、

「早く、ここへいらっしゃい」

と、手招きをした。

監督は伊津子と早馬をセットの中央に並ばせた。重立った人が集るのを監督は目で算えていたが、全員が揃ったのを見定めて、口を開いた。

「〈花嫁の叫び〉はこれで本当のクランクアップとなりました。皆さん、御苦労さんでし

た。ところで、早馬君が結婚したことはもう知っているでしょう。ロスタンの田舎で式を挙げたんだという。俺に言わせりゃ、感心した演出じゃないがね。まあ早馬の方にも色色事情があるんだろう。ところがよく聞くと、披露宴もしないつもりだと言うんだ。それはないやね。俺だってほやほやの花嫁さんを紹介されたい」

監督は伊津子の方を見て笑った。

「というので、クランクアップの祝いを兼ねて、その奥さんを連れて来てもらい、ささやかながら、身内だけの祝賀会を開こうというわけです。見ての通り、ここは教会の中、早馬は燕尾服を着ているしさ。花も沢山ある。オルガンもある。牧師もいる。おい、牧師、セブンはどこだ?」

監督はあたりを見廻した。セブンは人の間から顔を出した。

「へい、監督さん。そういう趣向でしたか。なかなか結構なアイデアで……」

「おい、変な世辞を言うな。さっきのざまは何だ。ぼやぼやするな。早くビールを注げ」

セブンは首を竦《すく》めてビール瓶を手にした。

「由美さん。ブーケを奥さんに渡して下さい。出来れば奥さんにウエディングドレスを着てもらいたいんだがなあ」

「そ、それは困りますわ」

伊津子はあわてて手を振った。だが、無理矢理、ベールだけは冠《かぶ》せられてしまった。伊津子は花束を抱え、早馬と腕を組まされた。

「これでいい」

監督は伊津子と早馬を見比べて満足そうに目を細めた。

「さっきは、早馬と由美君が腕を組んだので、やきもきしたでしょう。いやそうなんだ。判るんだ。心ではきっとそう思っていたんだ。丸ちゃん、乾杯のとき、用意、いいね?」

監督はオルガンの方に声を掛けた。オルガンの向うに、若い女性がいて監督の言葉にうなずいた。

全員のコップにビールが注がれると、監督が乾杯の音頭を取った。

「おめでとう」

ウエディングマーチが軽快に流れた。伊津子と早馬は顔を見合わせた。早馬の表情は明るかった。

「奥さんの元の名は?」

と、セブンが訊いた。

「わたし、松原伊津子」

「うん、それならこうだ。——北岡早馬と松原伊津子は、今、神と来会者のみ前において夫婦の誓約をいたしました。それ、神の合わせたまいたるものを、人、これを離すべからず……アーメン」

セブンが祈禱すると、拍手が起った。

「こいつ、本番よりうまくやりやがった」

と、監督が言った。

早馬はスタジオにいる重立った人たちを、伊津子に紹介した。

藤堂監督の名は何度か耳にして知っていたが、プログラムディレクター、美術主任、助監督、製作担当者などは、皆初めて聞く名だった。

「早馬の奥さん、わたしが思っていたより、ずっと若いわ」

由美が誰かにささやいている声が聞えた。

スタジオにいる人たちは、由美と同じような、好奇な目で伊津子を見た。

「早馬とは、デビュー時代から一緒に仕事をしている」

と、藤堂監督が、伊津子に言った。

「だから、自分の子供のように可愛いんだ。その息子に、嫁が来たということは、娘が一人増えたような気がする」

「監督さん、よかったわね」

と、ウエディングドレスの由美が言った。近くで見るドーラン化粧の由美は美しかった。

「でも、前の奥さんには、そんな言い方はしなかったわ。娘だなんてね」

「馬鹿。前の奥さんの話などするんじゃない」

藤堂はあわてて由美を叱った。山遊もはっとした顔で由美を見た。

「あら、うっかりしたわ」

由美はけろりとして言った。

「ごめんなさい。わたしって、思ったことがすぐ口に出てしまうの。でも、お腹には何もないの」

「いいんです」

伊津子は笑顔を作った。

「本当のことなのだから、気にしていませんわ。貴緒さんのように魅力のある人が、娘だなんて、おかしいですもの」

「ほら御覧なさい。監督さんは貴緒さんに気があったんでしょう」

藤堂はどうすることも出来ないという顔でビールを飲んだ。由美は伊津子に、

「でも、あなた、若い割にしっかりしているわ。きっと早馬を愛しているのね」

「ええ」

由美は驚いたように伊津子を見た。伊津子の返事が思わぬほど確固としていたためだろう。

「何だか暑くなったわ。ねえ、早馬、暑いと思わない？」

「暑いね」

と、早馬は答えた。

「ねえ、早馬の家のプールで泳ぎたくなったわ」

早馬は笑って答えなかった。

「まだプールに水が入れてない？」

「昨日、開けました。プールはいつでも泳げるようになっています。遊びにいらっしゃいますか？」

と、伊津子が言った。早馬は伊津子の顔を見ていたが、

「これから、皆で家に行こうか」

と言いだした。

「本当？　嬉しいわ。早馬の家へはしばらく行かなかったものね」

由美ははしゃいで、早馬の腕を取った。

2

早馬の家に行くことになったのは、藤堂監督とオルガンの丸田久世、俳優では琴吹由美とセブン中村、それに山遊と滝、清水、伊津子、早馬の九人になった。

九人は早馬と丸田久世の車に分乗して、早馬の家に着いた。

玄関で佐起枝とみどりが出迎えていた。佐起枝は笑っていた。明るい表情だった。

「久し振りね、佐起枝」

と、車から出た由美が声を掛けた。

「電話で皆様がいらっしゃるのを知りました。お待ちしていました」

佐起枝は一人一人に挨拶した。

「チー」

由美が声を掛けた。玄関にいた犬は駈けて来ると、由美の傍をすり抜けて、伊津子の腕の中に飛び込んだ。

「あら、お見限りだこと」

由美は不服そうに言った。

「それにしても、伊津子さんよく馴らしたものだわ」

伊津子は笑った。

「あんた、やさしいからだわね、きっと。貴緒さんなんかチーの尻尾を持って振り廻したもの」

「まさか……」

「本当なの。酔うとね、貴緒さんは面白くなるんだなあ」

全員がサンルームに入った。サンルームのガラス戸は一杯に開けられ、芝生が強い陽差で輝いていた。佐起枝とみどりが、手馴れた調子で飲み物を作り始めた。佐起枝はそれぞれの好みを記憶しているようだった。

「楽しそうだね、佐起枝」

と、藤堂が言った。佐起枝は飲み物を作る手を休めなかった。

「こうしてお客様がお集まりになることが、このところありませんでしたわ」

「早馬に奥さんが来て、また賑やかになるね」

佐起枝は伊津子を見た。

「さきほど〈マドリッド〉へ行って来ました。後ほど、お服のことで御相談したいと思います」

藤堂は伊津子の服に目を向けたようだった。伊津子が着ているのは、前から持っていた安物の既製服だった。早馬はそれについては何も言わなかった。

みどりが押して来たワゴンの上には、二つに切られたスイカが載っていた。スイカの中身はくり抜かれ、代りに薄緑色の飲み物で満されている。飲み物の中には透明な氷と、チェリーやミカンが、とりどりの色で浮いていた。

久世と清水はグラスを持って、めいめい自分の飲み物を取り分けた。

早馬と山遊はビールを飲んだ。時計の絵がある陶製のジョッキで、ビールの白い泡を引き立てるように、内側は濃い焦げ茶の地肌だった。

セブン中村と滝はみどりにウイスキーのロックを作らせていた。伊津子は手持ち無沙汰のように、オードブルの皿の位置を変えたりした。皿の上にはカナッペやサラミ、卵やスモークサーモンが載っていた。

「藤堂さんのカクテルです」

佐起枝はミキシンググラスに混ぜた酒を伊津子の方に差し出した。伊津子はちょっとたついたが、カクテルグラスを取り上げ、佐起枝の作った酒を注いで、藤堂の前に置いた。

「やあ、これは有難う」

藤堂はカクテルをちょっと飲み、目を細めた。藤堂はもうほんのりと頬が染っていた。

「何と言うカクテルですか?」

と、伊津子が訊いた。

「アラスカってたかな。ジンが余計に入っているやつだ」

佐起枝は赤いカクテルを作っていた。それは由美のためのものだった。

「こうして皆が集ると、矢張り物足りないんだなあ」

と、由美が言った。

「貴緒さんのこと?」

伊津子が言うと、由美はじっと顔を見詰めていたが、やがてくすくす笑いだした。

「そうだったんだわ。あなた、早馬の奥さんだったのね。すっかり忘れてた、と言うんじゃないけれど……」

「早馬の奥さんじゃ、ぴんと来ないと言うのね」

「失言ならあやまるわ」

「いいんです。気にしていません。貴緒さんのことは、もういろいろな人からよく聞かされています。気にはしません」

「あなた、さばけてる人ね」

「ねえ、こんなとき、いつも貴緒さんなら、どうするの?」

「集りを面白くするわ。貴緒さんは酔うと余計、綺麗になった。色っぽくなってね、朗らかになって、楽しい話題を次から次へと喋って、人を笑わせたわ。ダンスが上手で、いい声で歌を唄ったわ。皆でゲームをしたことがあったわ。貴緒さんが考え出したゲームで、お腹の皮がよじれるくらいおかしなゲームだった。確か……」

「おい、由美、踊ろうよ」

山遊がタンブラーを持って傍に来た。

「だめよ。まだ飲み始めたばかりじゃないの」

「でも、踊ろう」

「山遊、今日は変にしつっこいわね。今、伊津子さんと話しているところなのよ」

「詰らない話は止せよ」

「詰らなくはないわ。伊津子さんに訊かれたんだもの。今は亡き美しい人のこと……ああ、そうか。山遊は早馬と伊津子さんに気を遣っているのか」

山遊は自分でタンブラーにウイスキーを注ぎ足した。由美がアイスペイルから氷を取り出してタンブラーに入れてやった。

「山遊は案外気のやさしいところがあるんだな。でも、もし、わたしが早馬と結婚していたら、同じように気を遣ってくれたかなあ？」

「早馬とだって？」

山遊は大袈裟に、ウイスキーでむせ返るふりをした。

「そうさ。早馬が独りになったときは、チャンスだと思ったんだ。そう思ったのはわたし一人じゃないだろうね。だから、これでも精一杯誘惑したはずなんだがなあ」

「由美が早馬を誘惑したって？」

セブン中村が話に乗って来た。

「どんな誘惑の仕方だったんだ。きっと、由美のことだから、かなり露骨な誘惑だったたろう」

「露骨なもんですか、ねえ早馬」

早馬は笑ってビールを飲んでいた。

「本当は自信がなかったんだわ。わたし、貴緒さんぐらい魅力があって、早馬をひきつける自信がね」

「自信と言えば、高層ビルから飛び降りるってやつね。あれには自信があったんだ」

と、山遊が言った。

「〈高層の弾痕〉のときのことを言っているのか？」

と藤堂が訊いた。

「そう、僕が自信があると言ったのに監督はダミーを使ったでしょう。あれであの映画の値打は半分になってしまった」

「あのビルのてっぺんは地上五十六メートルもあるんだぞ。そんな命知らずな仕事をさせると思うか」

「僕は高いところから飛び降りる、というのが大好きなんです。スカイダイビングは詰りませんね。あれは背中にパラシュートが着いているから。身体に何にも着けず、出来るだけ高いところから飛び降りる方が素晴らしい」

「その代り、二メートルもない馬から落っこちたことがあったじゃないか」

「あれは、猿も木から落ちる、の方です」

「馬と言えば、貴緒さんの乗馬姿、見たことある?」

と、由美が言った。

「おい、由美、踊ろうよ」

山遊が間髪を入れずに言った。

「判っているわよ。いつもダンスが嫌いなくせに。あなた、伊津子さんにおかぼれなんじゃない?」

「いいから踊れ」

「だめ。わたし、泳ぎに来たんだわ」

「じゃあ、早く泳げよ。僕も泳ぐ」

「こんなせっかちな人ってないわ」

それでも由美はカクテルグラスをテーブルに置き、スモークサーモンを口の中に投げ込んで立ち上った。

「伊津子さん、水着貸してくれる?」

「わたしの——合うかしら?」

「いつも人に貸す水着がうんとあったじゃない?」

由美は早馬に言った。

「あれは……もうない」

「どうしたの?」

「貴緒の持っていた衣類は、一まとめにして、どこかへやってしまった」

「駄目ねえ、早馬は……」

「わたしの部屋にいくつか水着があります。でも、身体に合うかしら」

と、伊津子はすらりとした長身の由美の身体を見て言った。

「大丈夫、合わせちゃうわ。でも、男物はあるんでしょうね」

由美は早馬に言った。

「それはあるよ。僕の部屋の、いつもの洋箪笥の引出しだ」

佐起枝はうなずいた。そうして伊津子に言った。

「奥様の水着は?」

伊津子は立ち上った。

「自分で探して来ます。衣装の場所を変えたから」

伊津子はサンルームを出て、二階への階段を登った。佐起枝も黙って後からついて来た。

伊津子は自分の部屋に入ってドアを閉めた。

伊津子は自分の水着を取り出したが、どれも野暮ったい柄だった。早馬が用意してくれた適当な柄の水着をまとめて部屋を出た。

ちょうど、佐起枝が早馬の部屋から出て来たところだった。だが、佐起枝はすぐに歩き出そうとしなかった。表情がこわばって見えた。伊津子はしばらく佐起枝を見ていた。そうして声を掛けた。

「どうしたの？　早馬の部屋に、何かあったの？」

「いいえ……」

佐起枝はやっと声を出しているようだった。その声もかすれていた。

「何でもございません」

佐起枝は小さくまとめた布を抱えて、階段を降りて行った。

伊津子はしばらく早馬の部屋のドアを見ていた。無論ドアなどに異状はなかった。伊津子はドアを開けてみた。部屋を見渡したが、特に変ったところはないようだった。洋簞笥はドアに近いところにあった。伊津子は一つ一つの引出しを開けて見た。どの引出しにも、ただ早馬の衣服が重ねられているだけだった。伊津子は引出しを元通りに閉めて、早馬の部屋を出た。急いだので一着のブラジャーが腕からずれて、足にからんだ。

サンルームに戻ると、由美が待っていた。

「目に付いたものだけ持って来たわ。気に入るかしら？」

伊津子は持って来た水着を拡げて見せた。

「いいのよ、あれば」

由美はその中から、セパレーツの水着を無造作に取り上げると、更衣室の方へ歩いて行った。久世は残っていた黄色い水着を手に持った。

伊津子はそれとなく佐起枝を見た。佐起枝は伊津子に背を向けていた。それが、わざとのように見えた。早馬や山遊の姿がなかった。藤堂と滝だけが酒を飲んで話していた。

「早馬たちはプールに行きましたよ」

と、藤堂が言った。

「監督さんたちは？」

伊津子が訊いた。

「われわれは薬臭い水を飲むより、ここでこうしていた方がいいんです」

藤堂が答えると、滝が後をついだ。

「むしろ、年のせいと言うべきでしょうか。こちらには御遠慮なく」

伊津子は残った水着を持って、サンルームにある更衣室のドアを開いた。

更衣室はロッカーとシャワー室に分れていた。伊津子が更衣室に入ると、由美がロッカーの前で水着と格闘しているところだった。

「駄目だわ」

由美は水着のブラジャーを着ていたが、パンツが小さすぎるようだった。

「ビキニならどうにかなりそうなんだけれどね」

伊津子の水着は腰がすっかり隠れるのだった。

「ビキニはありませんでした」

「あなた、意外に瘦せているのね」

「他のはどうかしら」

由美は他の水着がどれも身体に合わないと知ると、すぐに諦めた。

「とても、無理ね。いいわ、タオルだけ頂戴」

「タオルだけ？」

「そう、タオルだけ。水着なんかなくったっていいんだ」

伊津子は目を丸くして由美の顔を見た。

「本当に——いいの？」

「貴緒さんと二人だとね、いつも何にも着ないで泳いだものよ。その方が、ずっと面倒臭くないものね」

「今日は、皆がいるわ」

「皆と言っても、身内でしょう。平気よ。あなたもそうしたら？」

「わたし……とても駄目」

「そうね。わたしと違うものね。わたしは、いつでも嘘の世界にいるわけでしょう。張り物のセットの中で、ドーランをうんと塗って、ときにはお淑《しと》やかなお嬢様になったりするでしょう。そうしていると、たまには本当の裸のままの自分になりたくなるときがあるのよ」

「皆さん、そうかしら？」

「わたしだけかもね」

話しているうちに、由美はブラジャーも取り去った。豊かに整った乳房だった。由美はタオルを腰に巻いたままの姿で、更衣室を飛び出した。

久世はどうにか黄色いセパレーツを着終えていたが、肌に深く食い込んだ水着が不満のようだった。由美がタオルだけでプールに行った姿を見て、

「わたしも、そうしようっと」

と、水着を脱いでしまった。

「わたしの田舎では、水着なんかで泳いでいると、かえって恥しかったわ」

久世は由美よりも小柄だが、引き締った身体だった。身体に合わない水着を着ているより、確かに美しい姿に違いなかった。

「奥さんも、そうしたら？」

久世はそう言い残して更衣室を出て行った。

伊津子は慎重に、二人の残して行った紺のセパレーツと着替えた。おそろしく野暮ったい姿に違いなかったが、裸のまま外に出る勇気はなかった。

更衣室を出ると、もうプールに水しぶきが上っている。伊津子はプールサイドにあるベンチに、ぼんやりと腰を下ろした。

プールサイドにセブンが立っていて、伊津子を見付けた。セブンは赤い海水パンツで、

肋骨《あばらぼね》の見える胸を出していた。

「やあ、奥さんは完全武装ですか」

「わたし、由美さんたちみたいに、身体に自信がないのよ」

「そうかなあ。そうは見えませんがねえ。お婆さんになってからでは、ああいう真似は出来なくなりますよ」

セブンは泳いでいる由美を目で追っていた。

プールの水は質量が感じられないほど透明だった。青いプールの底に、ラインの白さが眩しく揺れ、無数の小波《さざなみ》が銀色に光った。その中を由美の白い裸身が滑るように動いていた。その後を小柄な久世が追う。二つの身体は澄んだ水の中で、入り組んだ曲線を見せた。

「健康だね」

と、セブンが言った。

「健康なことは、美しい……」

他のラインには早馬が軽いクロールで泳いでいた。早馬の後には山遊が続く。山遊の泳ぎはブレストだが、早馬にせまるほどの速度があった。

一泳ぎすると、由美がプールから上って来た。濡れた髪を後にはねあげて、

「今年初めてでね、あまり息が続かないよ」

「酔ってるからさ」

と、セブンが言った。

「このところ、運動不足だわ、きっと」

由美はプールサイドに立って、屈伸運動を始めた。由美の身体は柔軟だった。掌を地に着けると、猫のように背が丸くなった。

久世がプールから上って来た。

「水、冷たくないかい?」

と、セブンが訊いた。

「暖いわ」

「そうかなあ、とても冷たそうに見えるがなあ」

「本当よ。外に立っているより、水の中の方が暖いわ」

と、由美が言った。

「そうかなあ」

セブンは並んで立っている由美と久世を見比べた。

「好かないね」

と、由美が久世に言った。

「……本当に。セブンさん、泳ぐ気がないみたい」

二人は顔を見合わせて、じりっとセブンに寄った。

「おい、何をするんだ……」

「もっとよく、見せてやろうと思って、ね」

二人は駈け寄ると、セブンの身体を押した。

「この、臆病者」

セブンは伊津子にすがろうとした。その前にセブンの身体は重心を失っていた。セブンはかろうじて伊津子の腕をつかんだが、そのまま横倒しに水に落ちて行った。

伊津子はセブンの腕を放すことが出来なかった。何か叫んだようだったが、自分の耳には聞えなかった。身体が宙に浮くのと、全身の皮膚に衝撃を受けるのと同時だった。次の瞬間、目の前が真っ白になった。

伊津子は夢中で水を掻いた。鼻の奥に水が入ったらしく、刺されたような痛みが頭を貫いた。次には信じられないような圧力で、水が喉に押し寄せた。水は容赦なく喉を締めつけた。

セブンの腕はとうに伊津子の手から離れていた。足がプールの底に着いたようだが、蹴り上げても顔は水面から出なかった。そのとき、手に誰かの身体が触れた。伊津子は懸命にすがり付いた。両手に力を入れると、水面から顔が出た。呼吸したくとも、喉が詰っていて、ひいひい言うばかりだ。それは束の間だった。次に信じられないことが起った。

伊津子がつかんでいた身体が、水の底に引き込もうとするのだ。その力は強く、伊津子を水の中に沈めた。伊津子はぐんぐん深く沈んでゆくのを感じた。

その力はいつまでも止ろうとしなかった。このままでは殺されるに違いない。伊津子はすがっていた手を放した。身体は自由になったが、浮き上ることは出来ない。苦しさの中で、伊津子は多勢の殺意を感じた。それは絶望的に伊津子を襲い、抵抗は不可能だった。伊津子の意識が消えかかった。

そのとき、後頭部が押し上げられるのを感じた。誰かの手に違いなかったが、伊津子の腕はそれをつかむことが出来ず、空しく水を掻くだけだった。

「もう大丈夫、温順《おとな》しくしていらっしゃい」

伊津子の耳に、はっきり言葉が聞えた。声は耳元で聞えたが、首は動かせなかった。声の聞えるのは、耳が水中から出た証拠だった。目をしばたたくと、青い空が見えた。伊津子は手足の力を抜いた。

支えは後頭部の首の付け根だったが、伊津子は仰向いたままプールの端に引かれて行った。

「もう、大丈夫、立てますよ」

と、声が言った。

伊津子は足を伸そうとしなかった。首の腕が伊津子の向きを変えた。伊津子は向き合った人にすがり付いた。それは山遊だった。

何本もの腕が伸びてきて、伊津子をプールサイドに引き上げた。伊津子は引き上げられると、ぐったりと全身の力が抜けた。

「呼吸しているか?」

誰かが言った。山遊がプールの中から答えた。

「大丈夫だ。多少、水を飲んだでしょうが、吐かせるほどでもないと思う」

伊津子は目を開けた。多勢の人が伊津子を覗き込んでいた。伊津子は身体を起そうとした。

「まだ、身体を動かさない方がいいわ」

と、久世が言って、タオルを掛けた。それでも伊津子は上体だけを起した。

「本当に大丈夫なの？　水を飲んだ？」

と由美が言った。

「ごめんなさい。わたし、あなたが泳げるものとばかり思っていたの」

「僕もだ。それが判っていたら、あんな心中の真似なんかするわけがない」

セブンも心配そうに言った。

伊津子の鼻から水が戻った。伊津子はむせたり咳いたりした。涙も流れていた。伊津子はタオルを顔に押し当てた。誰かが背を撫でていた。早馬だった。

「今どき、とんかちだなんて、珍らしいものね」

伊津子はわざと笑ってみせた。心臓はまだどきどきしていた。

「僕は初めただ遊んでいるだけだと思った」

と、早馬が言った。

「山遊さんが気付いてくれなかったら、死んでいたところね」

「まさか……死ぬなんてことはないでしょう」

山遊はプールから上って来た。

「僕は奥さんが、泳げないというのを聞いて知っていたからね」

「一時は殺されるかと思った」

と、伊津子が言った。

「殺されると思ったのは僕の方ですよ。だって、奥さんは僕を沈めて、浮き上ろうとしたんだから」

「……思い出したわ。溺れている人にすがり付かれたら、一度深く沈むんですってね」

と、由美が言った。

「その通りです。奥さんには少し気の毒でしたがね」

藤堂がブランデーをグラスに入れて持って来た。ブランデーを飲むと、やっと人心地がついた。

「これから、プールの傍は、あまり一人歩きしない方がいいな」

誰かが独り言を言った。

3

「早馬と伊津子の結婚を祝うパーティ」を「溺死を免れた伊津子の幸福を祝うパーティ」に変えようと言い出したのは藤堂監督であった。藤堂は酔っていたがまだ飲み足りないようで、このまま散会してしまうのも何か後口が悪いと思ったのに違いなかった。

場所はプールサイドの芝生の上に移された。由美と久世が芝生に寝そべって、気持良さそうに背を陽に当てて、動きたがらなそうだったからだ。伊津子も快活に振舞った。ときどき自分からプールの浅いところに入ったりもした。

早馬は傍に来ると、

「あまり気を遣うことはないよ。疲れたらいつでも部屋に帰って休んだ方がいい」

と注意した。

「疲れているように見える?」

伊津子はその度に言った。

「わたし、楽しいんです。皆さん、面白い人ばかりですから」

陽が傾くと、皆はサンルームに戻った。伊津子は水着を着替え、由美と久世も服を着た。

その頃には、ウイスキーを飲み続けていた藤堂監督はもうすっかり良い機嫌になって、再びパーティの名称を変更することを提案した。藤堂が持ち出した新しい名称は「急死した美しき貴緒を悲しむパーティ」と言うのであった。

呂律《ろれつ》のおかしくなった藤堂は早馬の腕を取って、くどくどと喋った。

「なあ、早馬。俺は悲しいぞ。俺はお前がまだ学生だった頃から知っているんだ。だから、お前は自分の子供みたいに可愛いんだ。その息子に嫁が来るということを聞いたとき、親父のように心配したもんだ。北岡早馬の嫁は世界一の花嫁でなければならねえ。そうしたら、本当に世界一の花嫁が来た。まさかと思ったが俺はびっくりしたね。ひっくり返った。俺は無数の女をこの目で見ている。貴緒は今までに俺が知っているどんな女よりも見事だった。貴緒の……」

傍で聞いていた山遊が立ち上って、伊津子に声を掛けた。

「奥さん。踊りましょう」

気が付くと、バーの横にあるプレーヤーに小さな光がついて、スピーカーから音楽が流れていた。由美と滝が組んで踊っている。リードしているのは由美に見える。久世はセブンと組んでいる。その組はなかなか見事なステップだった。

「やい、山遊。奥さんをどうしようと言うんだ」

藤堂は大きな声を出した。

「どうする気でもありません。奥さんと踊りたくなっただけです」

「何、踊りたいだって？　お前は生涯踊らない男になったはずじゃねえのか？」

「気分が変っただけです。さあ、奥さん……」

山遊は伊津子の手を取ろうとした。

「やい待て。……貴緒のことは、奥さんにも聞いておいてもらいたいんだ」

山遊は聞えないふりをした。伊津子が言った。

「監督さんは酔っているのよ。逆らっては悪いわ」

「さすがだ。さすが早馬の妻だ」

藤堂がわめいた。

「山遊もよく聞いておけよ。初めて貴緒を見たとき、こりゃ、しまったと思ったんだ。早馬より早く俺が貴緒と逢っていたら、今頃はきっと名女優になっていたんだ。俺が手掛けて育ててあげて、何本もの大傑作が出来たはずだ。あったら名馬に出逢っても、伯楽は指をくわえて見ているだけとは。俺は悔んだね。残念であった。無念だ。だが、早馬は息子。その息子に世界一の花嫁が来たんだ。喜ぶべきだと思いなおしたんだ。やい早馬。その貴緒を、何だって殺した？」

「殺した？」

さすがに、早馬も気色ばんだ。

「ねえ、早馬」

甘えた声がした。由美は早馬と藤堂の間に割込んで、藤堂に尻を向けた。

「踊りましょう」

否応なかった。早馬は由美に手を取られて立ち上り、ステップを踏み始めた。

「おい、由美。待て」

早馬の肩越しに由美が笑った。藤堂は水差しの水をグラスに注ぎ、一息に飲むと、大きく息を吐いた。伊津子は空のグラスに水を満してやった。藤堂はまじまじと伊津子を見た。

「ねえ、奥さん。俺の言うことを聞いてくれよ。早馬は貴緒を殺したんだ。という意味は、貴緒が……」

今度は山遊が伊津子の腕を取ると、有無を言わさず立ち上らせた。

「おい、山遊。お前正気か。本当に踊ろうとするのか。おい、貴様は……」

山遊は振り向きもせず、伊津子を部屋の中央にリードした。山遊のステップは的確で軽く、リードにやさしい心やりが感じられた。伊津子は山遊の足が悪いとは、とても信じられなかった。

「彼は酔うとしつっこくなる。気を悪くしませんでしたか?」

「気を悪くなんかしませんわ。誰が、どんなに貴緒さんのことを思っていようと。そりゃ、最初は気になっていました。けれども、わたし、教えてもらったんです」

「何を?」

「早馬が、貴緒さんのことなど、少しも愛していなかった、ということをです」

「それは本当?」

「早馬の口から聞かされました。それ以来、わたし貴緒さんのことが全然気にならなくなったんです」

「そりゃ……どういうことだろう」

「理由は教えてくれませんでした。でも、理由なんか、どうでもいいと思ったんです」

由美は早馬を抱きしめるようにして踊っていた。足はほとんど動かさなかった。由美は踊っている山遊を見ると、びっくりしたように言った。

「山遊、気が狂ったの?」

「勿論さ」

と、山遊が答えた。
二、三曲終ると、山遊は伊津子を席に戻した。
「山遊、もっと踊れ」

藤堂が言った。

「お前の気が済むまで、ぶっ倒れるまで踊れ。由美が相手になれ」

山遊はにやっと笑って由美を呼んだ。

「今日は一体、どうなっているんだ？　でも、山遊と踊れるとは思わなかった」

山遊は由美と曲を選んだ。やっと一枚のレコードが選び出され、プレーヤーに乗せられた。曲が始まると、二つの身体は突然躍動した。それは本物の競技用のダンスだった。

四つの脚は目にも止らぬ入り組んだ動きを始めた。伊津子は床の存在が感じられなくなった。床のあることが不自然なまでに、二つの身体に重さがなくなっていた。由美は勝負に挑んでいるときの表情になった。由美は身体がきりきりと廻されたとき、小さな悲鳴をあげた。

曲が終ると二人は正面を向き、由美は片膝を折っておじぎをした。

伊津子は我に返った。そして手を叩いた。由美の額から汗が流れ落ちているのが見えた。

「よくやった。貴緒へのいい供養だ」

藤堂が唸った。

「こっちへ来て、一杯飲め」

由美の息は火のようになっていた。由美は酒よりも水を欲しがった。伊津子が注いだグラスの水を一息に飲んで椅子に坐り込んだ。

「山遊、以前より上手になったみたいだ」

と、由美が言った。

「馬鹿言え。上手になってたまるか」

山遊は笑った。

「じゃあ、以前はわたしを真面目に取り扱わなかったんだ」

「何をごちゃごちゃ言っているんだ」

藤堂が銀色のマドラーを持って立ち上った。

「踊りの次は、歌だ。おい、丸ちゃん、ピアノを弾け」

久世は立ち上って、ピアノの前に坐った。すぐ、軽快な曲が流れる。だが、藤堂は不服そうにマドラーでテーブルを叩いた。

「おい、違うぞ。何のパーティだと思っているんだ。〈急死した美しき貴緒を悲しむパーティ〉だってことを忘れてるのか」

曲が変った。藤堂はマドラーを指揮棒代りに振り立てて、皆の方に向いた。

合唱が始まった。貴緒が作曲した歌だった。早馬は歌わなかった。伊津子の方に心配そうな視線を送った。伊津子は微笑みを返した。気にしない、という意味が判ったのか、早馬はうなずいた。

　このごろ起き伏しに
　わたしの心を去らないこと
　火の鳥の卵の中で
　あなたと一つに燃え立ち
　蜃気楼の貝の中で……

　藤堂は目を閉じて、マドラーを振り続けた。歌が終っても藤堂はマドラーを置かなかった。ピアノのメロディは長く続いた。

「……貴緒は天才だった」

　やっと藤堂は身振りを止めて、演歌を続けて歌い出した。悪くない声だった。代って、滝が歌曲を歌った。意外なことに本格的な発声だった。だが、長続きはしなかった。すぐ、セブンにバトンタッチした。

　セブンは最新流行のフォークソングを歌い出したが、途中で歌詞を忘れてしまい、由美に応援を求めた。由美もその続きを思い出せなかった。

「ねえ、下手な歌を歌うより、毒杯ゲームをやらない？」

　由美は最後にそう言った。

「おお、毒杯ゲームがあったのを忘れていたぞ」

藤堂の目が輝きだした。

「毒杯ゲーム……って?」

伊津子は傍にいた山遊に訊いた。

「毒と言ったって、本物の毒じゃない。このゲームの毒は、酒のこと」

「お酒だって、本物の毒よ」

と、由美が言った。

「おそらくは由美の言うとおりさ。酒は毒かも知れない。けれども、ここで酒と毒とを同じに扱ったら、ゲームの説明がこんぐらかってしまうじゃないか」

「こんぐらかる程、難しいゲームじゃないわよ」

「少し黙っていてもらいたいな。俺は奥さんにゲームのルールを教えようとしているんだ」

山遊は由美の言葉を制止した。由美は佐起枝に何か話し掛けた。毒杯ゲームの準備をしようというのだろう。

「このゲームは、グラスと酒とミキサーが必要です」

と山遊が説明した。

「初めにゲームに参加する人数分だけ、同じグラスを用意するんです。そして、最初に親になった人が、あのバーで皆に見えないようにミキサーを全部のグラスに入れます」

「ミキサー？」

「お酒に割る、アルコール分のない飲み物よ。ソーダとかコーラのね」

　久世が傍に来て伊津子に答えた。

「そして、その一つだけに、ジンやウオツカなどのお酒を、誰にも判らないように混ぜるの。このグラスが、毒杯っていうわけね」

　山遊が後を継いだ。

「全部のグラスのうち、一つだけ酒の入ったグラスが出来ると、参加者の前に運ばれます。親の席からトランプを配るときと同じ順で、参加者一人一人は自由にグラスを一つずつ手に取り、最後のグラスが親のものになる。そこで、親は誰の前に毒杯が行ったかをカードにメモしてテーブルの上に伏せて置きます。これでゲーム前段階は終り。次に参加者は誰の前に毒杯が置かれたかを予想して、その前にチップを置くんです」

「賭けるわけね」

　と、久世が言った。

「全員がチップを置き終えたところで乾杯。乾杯が済んでからも、チップを置き直してもいいんです」

「つまり、乾杯で飲み物を飲めば、参加者のうちの一人だけは、自分が毒杯を飲んだことが判るわけね。その人が他の人のところへチップを多く積んでいたとしたら、損をしてしまうわけだから、そのチップを取り戻すことが出来るんです。けれども、あまり露骨に取り戻せば、自分が毒杯を飲んだことが判ってしまうでしょう。それでは、かえって自分の前に他の人のチップが移されて、負けになってしまうの。このところが難しいのよ」

山遊が説明を続けた。

「二度目のチップの置き替えが済んだところで、親がテーブルに伏せたカードを表向にし、誰が毒杯を飲んだかを公開します。外れたらチップは親に取られてしまう。当ったら、毒杯を飲んだ人から何割かの配当が取れるんです。次のゲームでは、毒杯に当った人が親になります」

「もし、毒杯が当ったけれど、それ以上お酒が飲めなかったら？」

と、伊津子が訊いた。

「その人の負け。全員にチップを支払わなければならないわ」

「面白そうね」

「面白いわ。貴緒さんが発明したゲームだもの。あれ、いつだったかしら。藤堂さんと、滝さんがとうとう最後に飲み潰れてしまった。貴緒さんがいたときだったわ。あのときはダブルでしたのね」

「ダブル？」

「毒杯を二つ作ったわけ」

佐起枝がテーブルを片付け始めた。新たに赤く彩色されたリキュウルグラスが、十ばかりワゴンに並べられた。

「毒は何にしようか。ラムやテキラだと面白いんだがな」

と、由美が酒瓶を見渡した。

「いかん、今日はどうあっても、リキュウルだ。クレムドココだ」

藤堂が大声で言った。

「まだ、貴緒を悲しむパーティが続いているわけね」

と、伊津子が言った。

「そうさ。パーティはまだ続いているぞ。追善ゲームだ」

藤堂は立ち上ってバーの方に行き、酒棚を見渡して首を傾げた。

「おい早馬。ココがないじゃないか。クレムドココが……」

「なければ、飲んじゃったんでしょうね、きっと」

早馬は口少なに答えた。

「貴緒が好きだったココがねえとはなあ。追善だってえのになあ……。山遊、お前の部屋にココは置いてないか」

山遊は手を振った。

「ありませんよ、そんな洒落た酒は」

「酒は酒だが、リキュウルと言えないかね」

そのとき、佐起枝が藤堂の傍に寄って、何か言った。それを聞くと、藤堂は驚いたように佐起枝を見た。

「おう、ココがあると？　佐起枝の部屋にか？」

「でも、口を開けてありますわよ」

佐起枝は小さな声で言った。早馬に気兼ねでもしているような調子だった。

「残りでも何でも、ありゃいいんだ。そうか……佐起枝もときどきは貴緒のことを想い出すわけなんだな」

佐起枝はすぐサンルームを出て行った。

藤堂はまめまめしくみどりを呼んで指図した。テーブルの上が片付けられ、テーブルを囲んで椅子が並べられた。早馬がゲームに使う、葉書ぐらいのカードと鉛筆を、テーブルの上に置いた。由美が全員の前に、ゲーム用のチップを配った。佐起枝が一本の瓶を抱えて、サンルームに戻って来たときには、藤堂監督が一組のトランプを切り混ぜていた。

佐起枝は瓶を藤堂の前に差し出した。

「貴緒さんのために……」

藤堂はトランプをテーブルに置き、ココの瓶を手に取った。

「佐起枝、感謝するぞ。矢張りこれでないと、貴緒の供養にならん」

藤堂はココの瓶を透かして満足そうに言った。

肩の丸味が強く、特徴のある形をした、茶色の瓶だった。黒地に金で押された豪華なラベルが、貼ってある。

「少ししか飲んでいないじゃないか。早速、始めよう。佐起枝も、無論仲間だ」

佐起枝は滝の横に腰を下ろした。

藤堂は全員がテーブルに着くと、人数を算えた。

「九人か……半端だな」

テーブルにいるのは、早馬と伊津子、山遊と佐起枝、琴吹由美、丸田久世、セブン中村、滝、それに藤堂を加えた九人だった。

「清水はどうした?」

「読書室にいます。読む本があると言っていましたよ」

と、山遊が言った。

「まあいい。九人でも十三人でも俺は平気だ。さあ、親を決めるぞ」

藤堂はココの瓶をワゴンの上に置いて、トランプを揃え、全員に一枚ずつ引かせた。早馬がダイヤのKを引き、それが全員の中で一番強いカードだったので親になった。

早馬はワゴンを押してバーのカウンターの向うに入った。カクテルはすぐ出来て来た。早馬の隣にいた滝が一つのグラスを手にした。何気なく手にしたグラスを取ったようでもあり、よく考えた末、選んだようでもあった。伊津子もグラスを取り、中を覗いた。グラスの中の液体は、炭酸水のような泡立ちがあった。グラスに彩色された赤のために、液体の色は判然としなかった。ただ、わずかに揮発性の臭いがした。

全員にグラスが配られると、

「さあ、チップを出して下さい」

と、早馬が言った。

由美がくすくす忍び笑いした。滝は呆けたように煙草を輪にした。セブンは上目使いに皆を見渡した。早馬は白いカードに何やら書き付け、裏向にして机の上に置いた。すでにゲームが開始され、心理的な作戦が行なわれているようだった。

各々のグラスの前にチップが置かれた。伊津子の前には二つのチップが並んだ。佐起枝が置いたのだった。伊津子は由美の前に自分のチップを置いた。

一番多くチップを集めたのは、忍び笑いをしていた由美だった。あとは滝の前に十ばかり、それで全部だった。

「終りましたね」

早馬がテーブルの上を見渡した。

「じゃあ、乾杯にします」

全員が立ち上った。

「さて、誰が毒を飲むのかな?」

藤堂は面白そうに全員を見渡した。藤堂に限らず、全員が全員の心を探るような目だった。

伊津子はグラスを持ち上げようとしたが、指が震え、グラスを滑らせた。グラスが倒れ、中の飲み物がテーブルの上に散った。

「ごめんなさい」

伊津子はあわててダスターを取ってテーブルの上を拭いた。飲み物は床には落ちなかった。山遊がたっぷり飲み物を吸った紙のコースターを取り替えた。

「固くならないで。ゲームなんですから」

と、山遊が言った。

「有難う。判ってはいるんですけれど、毒杯と思ったらつい……」

グラスの中は空になっていた。

「カットで、撮り直し？」

と、由美が藤堂に訊いた。

「構わない。続けよう」

藤堂は自分のグラスを放さなかった。

「奥さんは始めてだから、無理はないさ。続けて、このゲームはリハーサルにする。ただし、誰が勝っても、チップは元に戻す。いいね。さあ、乾杯だ」

伊津子はグラスを取り上げ、飲む真似だけをした。全員の参加者は互いを気にしながらグラスを空けた。

「さあ、賭けて下さい」

と、早馬が言った。

これからがゲームの山になるのだった。由美は静かに手を伸して、自分のチップを滝の前から、自分の前に移した。それを見て、何人かが、チップを由美の前に移し終えた。

伊津子は勝手が判らないまま、由美の前に置いたチップをそのままにしておいた。

「いいですね。ではショウダウンします」

早馬はカードを表向にし、書かれた名を読み上げた。伊津子の名だった。何人かが、嘆声をあげた。

「グラスを倒したの、あれも演技のうち？」

と、セブンが訊いた。

「いいえ……わたし何も知らないんです」

「あれでひどく迷わされたなあ」

結局、ゲームに勝ったのは、毒杯を飲んだことを、佐起枝にしか当てられなかった伊津子。毒杯を飲んだ伊津子を当てた佐起枝、そして、毒杯を飲まなかったにもかかわらず、自分の前にチップを集めた由美の三人だった。約束どおり、チップは元に返された。

「詰んないの。快勝だったのにね」

と由美が言った。

「奥さん、これでゲームの要領は判ったでしょう。じゃあ、いよいよ本番、いいですね。毒杯が当った奥さんが親になります」

藤堂が言った。

「どんどん行きましょう。毒の強い奴を、きゅっと行きたいからね」

セブンは伊津子をせかせた。

伊津子は何気なくサンルームの時計を見た。午後四時を過ぎていた。事件はそれから数分後に起った。

4

伊津子が運んだグラスを、最初に手にしたのは左隣にいた久世だった。

久世の選び方は慎重だった。久世は全部のグラスの上に指を遊ばせていた。ただ、リキュウルのグラスを欲しがっているのか、そうでないのかは判らなかった。

「奥さん、毒杯の作り方、うまいわよ。どのグラスも分量がきちんと同じだもの」

全員がグラスを取った。

「チップを置いて下さい」

と伊津子が言った。チップが動き出すのを見て、伊津子はカードと鉛筆を取り上げ「佐起枝」と書き付けて、テーブルの上に伏せて置いた。

今度は伊津子の前にチップが集まった。

「と、いうことが、よくあるものです」

と言いながら、滝も伊津子の前にチップを重ねた。佐起枝の前には由美がチップを置いた。

「わたしって、透視能力があるんですって」

「それにしちゃ、いい男がいないみたいだ」

とセブンが言った。

「判らない人ね。わたしは男をさけているんだ」

全員がチップを出し終えたところで、伊津子はグラスを持った。多くの視線が伊津子の手元に集ったが、今度は大丈夫だった。伊津子は音頭を取った。

「乾杯……」

伊津子はそっと佐起枝を見た。佐起枝は一度にはグラスを空けなかった。何だか苦《にが》そうな表情だった。

チップの交換が行なわれた。伊津子の前にあったチップの半分が、佐起枝の前に移動した。

「奥さん、佐起枝をちらちら見ていたからね」

隣にいた久世がそっとささやいて、くすりと笑った。

伊津子はテーブルの上のカードを返し、佐起枝の名を呼んだ。

「こりゃ、ひどい」

と、セブンが叫んだ。

「やられたね。ありゃ、どうしても、ココを飲む顔じゃなかったんだ。完敗だ」

「この、ぺてん師め」

と、藤堂もわめいた。

大勝したのは佐起枝と由美だった。どういう配当の計算か判らなかったが、佐起枝と由美のチップが多くなった。計算係は滝であった。賑やかな感想が交されている間、佐起枝がグラスを集めてワゴンに載せ、バーに運んでカクテルを作りなおした。

佐起枝がカクテルを運ぶとき、ちょっとよろめいた。

「しっかりしろよ。どじを踏むと、遊んでやらないぞ」

と、藤堂が言った。

同じように、全員の前へグラスが置かれた。

今度チップを集めたのは久世だった。

「続いて二人女性が毒杯を飲みましたからね」

と、滝が説明した。藤堂がじろりと横目で滝を見て、

「君は理論的でありそうで、実はまるで違うんだな。俺は山遊に賭ける」

佐起枝はカードに字を書いてテーブルの上に置いた。置くより、落すという感じだった。同時に鉛筆も捨てるように置いた。

「…………」

佐起枝が何か言ったようだった。だが、伊津子には聞えなかった。佐起枝はグラスを取り上げた。

全員立ち上ってグラスを口に当てようとした。

「待って！」

伊津子は叫んだ。自分の声が、頭の奥でびんびん響いた。

「どうしたんだ?」

藤堂が険しい顔になって伊津子に言った。

伊津子は口がきけなかった。伊津子は佐起枝を見た。佐起枝は歯を食いしばっていた。

「奥さん……」

山遊が言ったときだった。グラスがテーブルに落ち、割れる音がした。

「佐起枝――」

隣にいた滝が急いでグラスをテーブルに戻し、佐起枝を支えようとした。佐起枝は滝をはねのけるようにして床にうずくまった。

「病気かしら?」

久世が言った。

病気だとしたら、異常な発病に違いなかった。内臓を吐き出すような佐起枝の呻吟《しんぎん》が続いた。伊津子は自分の肌が粟立つのを覚えた。

何人かが佐起枝を取り囲んだ。

「居間のソファーに寝かせよう。それから、医者だ」

と、早馬が言った。

滝とセブンが佐起枝を抱き起した。佐起枝の口から血の泡が出ていた。部屋にいたみどりが加わって、佐起枝をサンルームから運び出した。

「一体、どうなっているんだ」

と、藤堂はバーに入って行った。

「ゲームも終りね。飲み直しましょうよ」

由美はテーブルの上のグラスを片付けようとした。

「由美さん、ちょっと待った」

と、山遊が言った。鋭い言葉だった。由美は出しかけた手を引っ込めた。

「山遊、血相を変えて、どうしたっていうの？」

山遊は由美に構わなかった。藤堂がココの瓶を取り上げて、別のグラスに注ごうとしているのを見ると、いきなり藤堂に飛びかかってココをもぎ取った。

「これに触っちゃいけません」

「何だと？」

「監督さん、ちょっとここへ来て下さい」

山遊は瓶をカウンターの上に置いて、藤堂を自分の椅子の傍に連れて来た。山遊は皆を見廻した。サンルームに残っているのは、由美と久世、早馬に伊津子、山遊と藤堂の六人だった。

「誰もテーブルの上の物に触らないようにして下さい」

と山遊が言った。由美は不審そうに山遊を見た。

「何があったのよ。佐起枝が本物の毒杯を飲んでひっくり返ったとでも言うの？」

山遊は由美の顔をちょっと見ただけだった。傍に連れて来た藤堂に向って、最後のゲームのときに取った自分のグラスを指差した。

「監督さん。この中の飲み物の臭いを嗅いでごらんなさい」

藤堂はじっとグラスを見ていた。そして、無言でグラスに顔を寄せた。

「ほんの少しですけれど、違うような気がしませんか?」

と、山遊が言った。藤堂は顔を上げて、

「違うな……ココの匂いはするが……」

顔がこわばっていた。さっきからの酔いも吹き飛んだようだ。

山遊は隣りの久世のグラスに顔を寄せた。

「これはただのシロップだ」

山遊は同じ調子で、全員のグラスを嗅いで廻った。山遊にうながされて、早馬を初め、全員がテーブルに残されたグラスの臭いを確かめて廻った。伊津子も恐る恐る皆に従った。九つのグラスのうち、八つまではシロップの甘い香りがしていた。最後の一つ、山遊の前のグラスだけが、違う臭いだった。最初のゲームで、伊津子が手にしたのと、同じ臭いだった。

「変でしょう」

と、山遊が言った。藤堂は事の重大さに気が付いたようだった。

「変だな。ゲームで各自が取った九つのグラスのうち、八つまでは同じシロップが入っている。山遊が取った一つだけは臭いが違っている。つまり、最後に山遊が手にしたのが毒杯というわけだ……」

山遊は、佐起枝がゲームで毒杯を当てた人の名を書き、テーブルに伏せておいたカードを指差した。藤堂が言った。

「これを起して見ようか」

「そうですね。でも、気を付けなければいけません」

早馬はポケットからマッチ箱を取り出した。マッチ棒を抜き出して、カードの下に入れそっと表向にした。カードには山遊の名が書いてあった。乱れた字だった。

「最後のゲームで、佐起枝が作った毒杯は、確かに僕の手元に廻って来たんです」

「だが、それはココの匂いじゃない。何か、別のものが混り込んでいる」

藤堂は目をぎょろりとさせた。

山遊がテーブルの隅に寄せられたダスターに顔を寄せた。

「……同じ臭いです。奥さん」

伊津子はぎくっとして山遊を見た。

「ゲームが始まって、最初に毒杯を手にしたのは奥さんでしたね。その毒杯は、これと同じ臭いがしませんでしたか？」

「わたしも、さっきからそんな気がしていたんです。でも、全く同じだったかどうか……」

「奥さんがこぼした飲み物はまだダスターにも、コースターにも残っています。どれも、同じ臭いがしますよ」

「すると、ココの瓶が怪しいというわけだ」

藤堂はバーに寄って、カウンターの上のココの瓶を見詰めた。

「開けてみよう」

藤堂はハンカチを取り出し自分の手に巻いて栓を開け、瓶の口に鼻を寄せた。

「やっぱり、こいつだ」

早馬や山遊も臭いを確かめた。栓を元通りに閉めると、藤堂はハンカチをポケットに戻した。

「もともと、ココの瓶の中に、何か別の物が混ぜられていたんだ」

「恐いわ……」

と、久世が身を竦ませた。

「ココに毒が混ぜられていたのね。毒杯には、本物の毒が入っていたわけね」

「毒と決ったわけじゃない」

と、山遊が言った。

「よく、落着いて考えてごらん。毒であるわけがないことが判るだろう。ゲームでは九つのグラスのうち、毒杯は一つしか作らないんだ。その杯は誰の手に行くか判らない。現に、最初の毒杯は奥さんが手にし、二度目は佐起枝が飲み、三度目は僕の前に置いてある。もし、人を殺すためだったら、こんな馬鹿なことをするわけがない」

「違うわ。犯人は佐起枝一人を殺すのが目的だったのよ」

久世は譲らなかった。

「だから、佐起枝の部屋に忍び込んで、佐起枝が飲むはずのココの瓶の中に毒を入れたのよ。犯人はそのココが、こうして毒杯ゲームに使われるなどとは思ってもいなかった。そうじゃない？」

「そうすると、もし最初のゲームで、もし奥さんが毒杯をこぼさずに飲み干していたら？」

「奥さんが佐起枝みたいになっていたでしょうね」

伊津子は自分が青ざめているのが判った。

「三度目の乾杯が、もう一秒でも早かったら？」

「山遊さんも佐起枝みたいになっていたでしょうね」

「馬鹿な！」

藤堂は大声で言った。

間もなく佐起枝を運んだセブンがサンルームに戻って来た。

「――先生が来ましたよ。今、佐起枝を診ています」

「どんな工合だ？」

と、早馬が訊いた。

「大分悪そうなんだ。今、救急車を呼んだところだ」

「病名は？」

「むずかしいことを言っていた。何でも、延髄麻痺症とか。はっきりした診断はまだ出ていないがね」

早馬は腕を組んだ。

「このことを、教えるべきだろうか？」

「冗談じゃない」

たまたま帰ってきた滝が手を振った。

「延髄麻痺症なら、延髄麻痺症でいいじゃないか。北岡早馬の家で、毒杯ゲームの最中、本当の毒薬が混入して人が死んだ。犯人はゲームの参加者の一人である。いいかい、こんなことが拡まってみろ。悪くすると、早馬の俳優生命にもかかわることだぞ」

「わたしは反対だわ」

今まで、黙って話を聞いていた由美が言った。

「わたし、山遊さんの意見に賛成だから、滝さんに反対するの。もし、佐起枝を殺した毒殺魔がいるとしたら、絶対こんなゲームの最中に特定の人を殺すことなどあり得ないと思うわ。だって、毒杯が誰の手に渡るか、誰にも予想出来ない状態だったんですもの。きっと、そのココは変質しただけなのよ。だから、中身をよく調べてもらって、毒なんか入っていないということを証明してもらった方が、すっきりとするんじゃない？」

「そりゃ、俺だって、そんな馬鹿げたことがあるわけはないと思うさ。だが、万一ということがある。万一、あのココに毒が検出されたら……」

「犯人は狂人だってことも考えられるわ」

と、久世が言った。

「犯人は誰が死のうと関係なく毒を仕込んだのよ。誰が毒杯に当ろうと構わない。犯人はそのスリルを楽しんでいたってわけ」

「そんなこと、考えられるか」

セブンが大声で言った。

「俺も今日に限って、由美に賛成だ。この際、ココを調べてもらって、はっきりさせよう。その方が気持がいい」

顔が青く、真面目な表情だった。滝が言った。

「最近、佐起枝は庭の手入れをしなかったかって、先生が訊いているぜ」

滝は早馬と伊津子の顔を見比べた。

「佐起枝は庭の手入れはしません」

と、伊津子が答えた。

「庭の手入れは渋川がしています」

「だが、どうして庭の手入れなど訊かれたんだ？」

早馬は不審そうに言った。

「何だか、農薬中毒の疑いがある、ってね。先生が言うんだ。きっと名医だぜ、あの先生は」

「農薬中毒……」

「殺虫剤で使われる薬だってね。その原液は猛毒だそうだ」

一時間後、佐起枝の死亡が宣告された。

後日、屍体解剖によって、佐起枝の体内から、農薬ホリドールの分解生成物が多量に証明された。

同じ農薬ホリドールは、ココの瓶の中、山遊の前に残されたリキュウルグラスの中、テーブルの上に残されたコースターとダスターからも発見された。園芸器具を置いてある物置からは、農薬ホリドールが発見され、その毒性が確認された。

5

警察の訊問はサンルームで行なわれた。

伊津子が呼ばれてサンルームに入ったとき、多勢の捜査官が働いていた。サンルームで特に訊問が行なわれたのは、目撃者のそのときの状態の記憶を、正確に訊き取ろうとする、捜査官の考えのようだった。

伊津子の訊問に当った警察官は二人だった。

一人は中年の男で、平凡なサラリーマンという感じだが、目があらゆる物に対して、興味津津という風に動いていた。これが捜査主任警部で風見と言い、もう一人は風見より若く、眼鏡を掛けた小柄な男で、樋口と言う名だった。

由美と久世とセブンは、訊問が終ると、報道陣の目を逃れて、裏門に廻された清水の運転する車で帰宅していった。藤堂監督と滝は早馬の家に泊ることになった。みどりは相変らず表情を動かさなかったが、態度がすっかり落着きを失っていた。

「伊津子さん、とおっしゃいましたね」

と、風見警部が訊いた。目が伊津子の頭の先から爪先まで、何度も往復した。

「そうです」

伊津子は疲れていた。刑事たちの好奇心に対抗する自信がなかった。伊津子は言葉少なく答えた。

「結婚する前のお名前は？」

「松原といいます」

「お齢は？」

他の捜査官は伊津子の存在に無関心のようだった。スタジオのスタッフたちの動きにも似たところがあった。

「……わたしの齢まで言わなければなりませんか？」

風見警部はそういう伊津子を珍らしそうな顔で見た。

「いや、失礼な質問でしたか。ただ、早馬さんと、ちょっと齢が開いているかな、と思っただけです」

「でも、ちょっと開いているかな、という程度でしょう。常識の範囲内ですわ」

「なるほど。で、結婚される前は？」

「帝映の電話交換室に勤めていました」

「はあ。それで早馬さんとお知り合いになったのですね。テレビを拝見しましたよ。年の割によくテレビを見る方です。結婚されてまだ間もない。で、どうでしょう。新しい生活はうまくやっておりますか？」

「うまくやっていますとも。早馬は親切にしてくれますし、生活に何一つ不自由することはありません」

「そうでしょうとも。それで、佐起枝さんとも？」

「勿論です。わたしが来る前から、家事のことは佐起枝が一切手掛けていました。わたしが来てもそれは変りません。わたしの知らないことは、佐起枝が全部教えてくれます」

「佐起枝さんは早馬さんが子供だった頃から、この家で働いて来たのでしょう」

「そうです」

「それで、佐起枝さんは早馬さんとあなたとの結婚を、どう思っていたでしょうね？」

「どうって……それは、判りませんわ」

「例えば——あなたの言い付けに反抗的であるとか、家の仕来たりに口喧《やかま》しいとか、そういうことです」

「そうしたことは一度もありませんでした」

「では、非常に好意的であったわけですね」

「非常に、ということもありませんでした。ごく普通だったと思います」

「ところで、立入ったことをお尋ねしますが、佐起枝さんのところに男が来たことがあったとか、好きな男がいるとかいうようなことを聞いたことがありますか？」

「一度もありません」

「では、佐起枝さんのことを嫌ったり、憎んだりしている人間のことは？」

「全然ありません」

風見は伊津子の答えにいちいちうなずいていた。おそらく、同じ質問が何度も繰り返されたことだろうが、風見の言葉には事務的な調子が感じられなかった。

「早馬さんの先の奥さんは、死亡したのですね」

「そう聞いております」

「死因は事故死。……さっきから気に掛っているのですが、一軒の家で短期間のうち、続けてこういうことが起るのは、普通考えにくいことなのですよ」

「そうでしょうか」

「そうなのです。それで早馬さんの先の奥さん……何と言う名前でしたか……」

「貴緒さんです」

「そう、貴緒さん。あなたはその貴緒さんを知っていますか？」

「噂には聞いておりました」

「あなたは、早馬さんと結婚する前に、貴緒さんの死亡したことは知っていたのでしょう?」

「知っていました」

「それで、その死因について、気にしませんでしたか?」

「貴緒さんの死が、事故死だということですね。気にはなりますが、結婚する前、それ以上のことをあまりよく知りませんでした」

「早馬さんは、特にその事故について、奥さんに話をされたことがありますか」

「早馬はその事故をあまり話したがらないようなので、深くは聞いておりません」

「……実は、あの事故が起ったときにも、私が担当したのです。あの事故にはいろいろ納得出来ない点がありましてね」

「貴緒さんの死は、事故などでなく、自殺だったかも知れない、ということですか?」

「ほう……」

風見警部はちょっと驚いたように伊津子を見た。

「……それは、誰に聞きました?」

「早馬の知り合いで、ルポライターの黒木という人からです。大輪田山遊さんからも同じことを聞きました」

「それを聞いたとき、どういう気がしましたか?」

「お気の毒だったと。貴緒さんは美しく、賢い人だと聞かされていましたから」

「恐い、とは？」

「思いませんでした」

「……それでは、今日、佐起枝さんが死亡した前後の様子を聞かせて下さい。最初に、皆さんが撮影所から戻って来られたのは、何時でしたか？」

伊津子は一つ一つ、思い出した通りを話した。風見は時刻表のような図を作っていて、それに、伊津子の話を聞きながらチェックしていった。

「……奥さんの記憶は正確ですよ。皆さんの話ともよく一致しています。なお、一つ二つ確かめさせて頂きますが、毒杯ゲームに使われるリキュウル、クレムドココを特に指定した人は誰ですか？」

「藤堂さんです」

「他の人は？」

「わたしの記憶では、他にココのことを口にした人は、一人もいませんでした」

「何故、特に藤堂さんはココを欲しがったのでしょう？」

「それは――いつもこういうとき、ココを使う習慣だったからだと思います」

「それなのに、今日に限ってココがなかった。こんなに酒瓶が並んでいるのにね。どうしてでしょう？」

「それは……早馬が他の酒と一緒に、ココを取り除いたからだと思います」

「ほほう……どういう理由ででしょう？」

「ココは貴緒さんが好んで飲んでいたお酒だったからです。早馬は貴緒さんの死後、貴緒さんを想い出させるような遺品は、全部処分してしまいました」

「そういうことでしたか。いや、その気持はよく判ります。そのココを、何故、佐起枝さんが持っていたと思いますか？」

「佐起枝は、貴緒さんを愛し尊敬していました。ときどき独りでココを飲み、貴緒さんのことを追想していたのだと思います」

「なるほど、亡くなった人を愛惜するのに、男と女の違いなのですね。……それで、早馬さんは佐起枝さんがココを持ち出そうとするのに反対はしませんでしたか？」

「しませんでした。むしろ、自分のことより、藤堂さんがあまり貴緒貴緒と騒ぐので、わたしの方に気を遣ってくれていたようです」

「佐起枝さんは一人で自分の部屋に行き、一人でココを持って来たのですね？」

「そうです」

「そのとき、佐起枝さんの態度や表情に、変ったところがありましたか？」

「ありません。普通の佐起枝でした」

「ココの瓶はどこに置かれましたか？」

「すぐに藤堂さんが受け取り、ラベルを見て満足しました」

「藤堂さんはココの栓を外しましたか？」

「いいえ、外から見ただけです」

「その瓶はどこに置かれました？」

「ワゴンの上です」

「その後、ゲームになるまで、ココの瓶に触れた人はいますか？」

「……いません」

「一番最初、親になったのは早馬さんでしたね。早馬さんがカウンターの向うでカクテルを作るまで、ココの瓶はワゴンの上に載せられていたわけですね」

「そうです」

「早馬さんがカクテルを作るところを見ていましたか？」

「見ていました。けれど、上半身だけです。手元はカウンターの陰になっていて、見えません」

「そうでしたね。早馬さんの作ったカクテルを一番最初に手にした人は誰でしたか？」

「滝さんです」

「滝さんは、一個のグラスを手にしたとき、グラスを慎重に選びましたか、それとも、無造作に取りましたか？」

「両方のように思いました」

「両方？」

「あとで判ったのですけれど、そのときからゲームは始まっていたんです。自分の本心が判らないように、皆さん仮面をかぶったような顔になっていたんです」

「奥さんは何人目でグラスを手にしたのですか？」

「……四、五人目だったと思います」

「奥さんはどんな気持で、そのグラスを手にしましたか？」

「ゲームに使われたグラスを見れば判りますわ。グラスは赤い色をしていますから、外から見ただけではどのグラスにココが入っているのか全く判りません。わたしはワゴンの上から、手に当ったグラスを偶然取っただけです」

「偶然……ですね。端の方のグラスでしたか、それとも真中？」

「……端だったと思います。取り易い位置にありましたから」

「では、こういうことは考えられませんか？　毒杯は奥さんの取り易い位置に置かれてあった、とは？」

「早馬が毒杯をわたしに渡そうとしたとおっしゃるのですか？」

「いや、私達はいろいろな可能性を考えているだけです。その可能性の中に、早馬さんが奥さんに毒杯を取らせることが出来たか、出来なかったかをお訊きしているのです」

「そんなこと、絶対に不可能ですわ。わたしの前に誰がどのグラスを取るか、判っているのは神様だけでしょう」

「そうですねえ……それで、毒杯を取ってから、これは毒杯らしいことは判りましたか？」

「後で考えると、そうだったような気がします」

「ということは？」

「ちょっと、揮発性の臭いがしたからです。でも初めて飲むお酒だったたし、そのときには特に変った臭いだとは思いませんでした」

「そのゲームは誰が一番チップを集めましたか？」

「由美さんでした」

「奥さんの前にはチップが置かれました？」

「少しだけ」

「誰が置いたのでしょう？」

「佐起枝です」

「佐起枝さん……」

風見はグラフに文字を書き込んでいった。書き込みが終ると、全体の表を見渡した。

「そこで、奥さんがグラスを倒したのですが、それは故意に倒したのではないですね。例えば、これ以上酒を飲みたくない、というような気持で」

「グラスが倒れたのは、偶然でした」

「もし、グラスが倒れなかったら、と考えましたか？」

「あとで知って、恐ろしくなりました」

「そこで、繰り返しの質問のようになりますが、早馬さんと奥さんとの結婚に反対した人はいると思いますか。今日、この家に集った人でなくとも……」

「……いません。わたしの知る限りの人は全部わたしの結婚を喜んでくれました。もっとも、心配してくれたお友達は何人かいました。勿論、好意的な意味でです。その友達も、わたしが結婚することが決ると、皆祝福してくださいました」

風見はしきりに首を傾げていた。事件そのものの納得がゆかぬ風だった。

「二度目のゲームは奥さんが親で、毒杯を作ったのですね？」

「そうです」

「最初にグラスを取ったのは？」

「久世さんです」

「久世さんの選び方はどうでした？」

「全部のグラスの上に指を遊ばせて、ちょっと迷っている風でした」

「あとの人は？」

「めいめい、取り方は勝手でした。端から取る人もあれば、真中から取る人もいました」

「毒杯は、佐起枝さんに渡ったのですね？」

「そうです」

「佐起枝さんが毒杯を飲むのを見ていましたか？」

「全部の人の飲み方を見ていたのです。佐起枝の方も注意していました」

「特に変った点は？」

「佐起枝は一度にグラスを空けませんでした。ちょっと、苦そうな顔をしたな、と思いました」

「二度目のゲームで、チップはどこに集りましたか？」

「最初、わたしの前に多かったのですが、乾杯が終ると、半分のチップは佐起枝に移動しました」

風見はチップの移動に興味を持ったようだった。伊津子はチップの数も精《くわ》しく話さなければならなかった。チップの配当は答えられなかった。風見はグラフに字を入れ続けた。

「三番目のゲームが最後のゲームになりますね。親になって、佐起枝さんがカクテルを作った。そのとき、変ったところは？」

「変ったところと言えば、出来たカクテルを運ぶとき、ちょっと佐起枝がよろめきました。それを見て、藤堂さんがしっかりしろという声を掛けたのを覚えています」

「佐起枝さんは何かに躓《つまず》きでもしたのですか？」

風見はサンルームの床を見渡した。

「いいえ。膝の力が抜けたような感じでした」

「今度チップを集めたのは？」

「久世さんでした」

風見はそこでもチップの数を訊いた。

「そこで三度目のグラスが配られる——と。そのときの様子はどうでした？」

「一回目と、二回目と同じでした。特に変ったようなことがあったとは思えません」

「山遊さんがグラスを選び出したときのことを思い出せますか？」

伊津子はちょっと考えた。

「……さあ。一回目と二回目と、記憶が交っていますが、山遊さんの場合、いつもあまり考えない方だったと思います」

「その後、佐起枝さんはカードに名を書いたのですね」

「そうです」

風見はそのカードを伊津子に見せた。佐起枝の絶筆だった。乱れた文字で山遊の名がやっと読めるほどだった。

「それから、乾杯の直前、佐起枝さんが倒れたのですね」

「そうです」

「その後、ゲームに使われたグラスに手を触れませんでしたね？」

「ええ……山遊さんが自分のグラスの臭いがおかしいと言い出したので……」

「ココの瓶は？」

「藤堂さんが一度だけ手に持ちました。けれども、すぐ山遊さんが取り上げてしまいました」

「……山遊さんという人は、どういう感じの人でしょう？」

「とても親切で、思い遣りのある方です。わたし山遊さんにいろいろな面でずいぶん助けてもらいました」

「山遊さんに敵というような人は？」

「聞いたことがありません。あの人柄で、敵がいるなどとはとても考えられません」

「……有難うございました。奥さん。大変参考になりましたよ。また質問するようなことがありましたら、御協力下さい」

風見はグラフの上に鉛筆を置いて言った。

「刑事さん。佐起枝は本当に毒で殺されたのですか？」

と、伊津子が訊いた。風見は伊津子の顔をじっと見た。

「全ての情況がそうです。奥さん、あなたも一時は殺される立場に立ったんですよ。それをいつも忘れぬようにしていて下さい。もしかして、奥さん、この家に来てから危険な目に遭ったことがありますか？」

伊津子はそれには答えなかった。


伊津子がサンルームを出ると、早馬が心配そうな顔で寄って来た。

「長くかかったね」

早馬は伊津子の肩に手を廻した。

「いろいろ訊かれたの」

「どんなこと？」

「全部……わたし、恐い……。お願いだから、独りにしないで」

早馬は伊津子の髪を撫でた。その後で、明日、伊津子を撮影所に連れてゆく約束をした。

早馬は撮影所の試写室で〈花嫁の叫び〉のオールラッシュに立会う予定だった。

「警察は明らさまには言わなかったけれど……」

伊津子は早馬の胸の中で身体を震わせた。

「わたしが作った毒杯を、佐起枝が手にしたのは事実だったのね」

そのとき、ホールの大時計が時を鳴らし始めた。時計の鐘は六つ鳴った。

四章　亡妻の饗宴

1

撮影所の広場の傍に映写室があった。

映写室は飾り気のない四角な建物で、コンクリートの壁が埃っぽい灰色にくすんでいた。映写室の中は薄暗く、空気は冷たかった。正面にむきだしの長方形のスクリーンがあり、百ばかりの座席に、技術関係者が思い思いに場所を占めていた。

伊津子は初めて会う撮影所所長や音楽家を紹介された。藤堂監督、セブン中村の姿も見えた。早馬が自分の隣に伊津子を坐らせた。その横に同じ車で来た山遊と滝と清水が並んだ。

すぐ、フィルムが廻された。

音楽と音響効果のまだ入っていないオールラッシュのフィルムは、奇妙に乾いた感じで、鋭く物語を運んでいった。音楽の有無に関係なく、その乾いた感じは藤堂監督の狙いでもあったようだ。

これまで、青春映画に多く出演してきた早馬とは、確かに大きな違いがあった。フィルムの画調は暗く、一シーン一シーンに何重にも深い意味が盛り込まれていた。

昨日撮影された教会の場面は、最初の部分だった。

セブン中村の牧師が映し出された。カメラは低い位置からセブンの上半身を捕えていた。

「……その命の限り、堅く節操を守ろうとすることを誓いますか？」

鉄也役の早馬のクローズアップになった。早馬の目は牧師を見ていなかった。眸《ひとみ》がこまかく揺れ動いた。眸の中に、邪悪な影が差していた。早馬の口元がぴりぴり震えた。見られるのを嫌うように目を閉じ、大きく息を吸う早馬――。

「――誓います」

牧師は無表情で幸子役の由美の前に立った。

「……を誓いますか？」

由美の横顔がクローズアップされた。

由美はただ無邪気な表情だった。澄んだ目で前方を見詰め、頬が輝いていた。

「――誓います」

牧師の祈禱が終ると、同時録音のオルガンが鳴った。ウエディングマーチの中を、早馬と由美は腕を組んだ。参会者の拍手。花嫁のブーケ。

カメラはバージンロードを進む二人の姿をゆっくりと追った。それが、オーバーラップされ、夕暮れの湖畔の風景が映し出される。華やかな結婚式から、一転して暗く陰惨な回想シーンだった。

湖畔の樹木は黒く、水は淀んでいた。何に驚いたか、鳥が一斉に飛び立つ。

早馬は恐ろしい形相で歯を噛みしめている。目が吊り上り、額からは汗が吹き出している。早馬の両腕は、若い女性の白い喉を、ぐいぐいと締めつける。

ハンドルを放して伸びてくる腕の中に、女性は媚びるように笑いながら、身体を寄せたのだ。その腕が首に巻き付いても、まだ早馬の本心は知らなかった。急激な力が喉に加えられたとき、女性の表情は恐怖に変った。すでに声は立てられない。目が大きく見開かれ、唇は苦悶に歪む。髪が振り乱れ、こめかみに青筋がふくれ上る。女性の細い指が空をつかみ、痙攣が起りかかった。早馬はなおも力を加える。

湖の面を見ている人影があった。シルエットで女性ということだけ判る。

力のなくなった女性を助手席に転がし、そっと車の外に出る早馬。あたりを窺うが、湖畔の人影には気が付かない。早馬は運転席に戻り、車を始動させる。

エンジンの音に、ふと人影が振り返った。いぶかしそうな琴吹由美の横顔。

湖畔の沿道をゆっくりと進む乗用車。ドアが開かれ、早馬が道に飛び出す。車はそのまま柵を突き越し、湖に落ちてゆく。

身をかがめ、じっと湖面に見入る早馬。ふっと振り返る。

木の間隠れに去ってゆく由美。駈ける早馬。立ち止ってはあたりを窺い、また動物のように駈ける。はっと身体をかがめる。早馬の目の前をクリーム色の車が横切った。車を運転する由美。早馬は急いで手帖を取り出しナンバーを書き取ろうとするが書く物がない。マッチを燃やし、その軸で書き付ける。

レンタカーの会社の事務室。早馬と係員。

「そのナンバーは、確かにうちの会社の車のものです。昨日一日の契約でした」

「その人の住所を教えて頂けませんか？」

「住所？」

係員は早馬の顔を見た。

「……ちょっと、お礼がしたくて」

「彼女、美人でしたね」

係員は微笑し、気軽に帳簿を繰る。

昼下りの都心の画廊。由美が画の前に立って、ドイツ人と話している。遠くで二人を窺っている早馬。

他の女店員が早馬に近付こうとする。早馬はそっと画廊から出て行く。

大きな総合病院から出て来る由美。早馬、植木の陰から現われ、由美の後を追う。由美の足は早い。早馬は何度か呼び止めようとするが、なかなかきっかけがつかめない。由美は人の流れの中にまぎれてしまう。

都心のホテル。パーティの受付。「東彩会創立五十周年記念パーティ」と書かれた立札の横に由美が立っている。参会者が次次に受付を通る。遠くで様子を見ている早馬。やがて、心を決めたように受付に近付く。由美の前に会費を置く。

「――お名前は？」

由美は早馬を見た。他の客と応対するときと同じ笑顔だ。

「富田鉄也……」

由美は名簿に目を通す。おびただしい名が並んでいる。由美は富田鉄也の名が見付からない。別の行に富田鉄也と書き込む。その行には三、四人の名が同じように書かれている。

「御署名を……」

早馬は筆を持つ。軸を斜に持つ癖のある書き方。

「会場へ、どうぞ……」

由美はちょっと早馬を見、すぐ他の客に向う。安堵する早馬。

広いパーティの会場は、多勢の人でごった返していた。早馬は会場の隅に立って、独りで水割りを飲んでいる。

東彩会会長の挨拶。退屈して時計を気にしている早馬。

「洋画界における東彩会の位置は、ここ数年飛躍的な……」

受付。由美と仲間の女性。

「もう、お客様も多くないわ。忙しかったから、お腹が空いたでしょう」

「ええ……」

「ここはわたしだけで大丈夫よ。一杯飲んでいらっしゃいよ」

「そう……さっきから喉がからからなの。すぐ戻るから、そうしたら交代ね」

ハンドバッグを持って会場に入る由美。

早馬は入口の方に歩いている。年寄りの男が早馬に突き当った。早馬の持っていたグラスが水しぶきを上げた。

「あら……」

由美と顔が合う。

「失礼……」

早馬はハンカチを取り出し、由美の服を押えようとする。由美は早馬からハンカチを取り、ちょっと腰のあたりを叩く。

「ごめんなさい。ふいに人が突き当ったものですから……」

その老人は人混みにまぎれて、もう見えなくなっていた。

「大丈夫。服には大してかからなかったようよ」

由美はハンカチを畳んで早馬に返す。早馬はハンカチをポケットに入れ、目礼して過ぎようとすると、

「あの……」

由美がじっと見詰めている。

「あなた、失礼ですが、先週津軽へ旅行なさいませんでしたか?」

ぎくりとする早馬。

「……どうして？」

「さっきから気にしていたんです。絵の方でなくお目に掛ったような気がして……」

「じゃあ、違いますね。僕は先週ずっと東京でしたから」

「じゃ、人違いね。ごめんなさい」

「でも、そんなに似た人がいるとは気になりますね。その人と話をしたのですか？」

「いいえ。通り掛りで覚えていただけ。その人、十三湖に向う途中のドライブインで休んでいたのを見ていたわけ。車は黒っぽいコンソルテクーペＧＨＬ一二〇〇。その人、若い女の人と一緒だったわ。奥さんかしら？」

「じゃあ、違うな。僕は独身だ」

パーティの受付。由美が戻って来た。

「お待ち遠様……」

「ねえ、今あなたと話していた人、誰？」

由美、笑って答えない。

「ねえ……誰なのよ」

相手の女性はそのままパーティの会場に行く。受付に由美一人になったとき、早馬が現われる。

「……もうお帰りですか？」

「うん……ねえ、君の電話番号、教えてくれない？」

た。

「わたし――いつも事務所にいますわ」

広い画廊。由美が客を案内している。ふと、視線が止る。早馬が画廊のドアを押していた。

喫茶店。早馬と由美。

「……じゃあ、あなたは、絵のお仕事をしているわけではないのね」

「そうなんです。あの日、パーティの会場を間違えたんです。僕の会場はもう一階上だったわけ」

「道理であなたの名前が名簿になかったわ。会計に言って、会費をお返しするように言いましょうか？」

「いや、いいんです。お酒を飲んでしまったし、あなたと知り合いになることも出来た……」

湖畔の昼。トラックのクレーンが、湖から車を引き上げる。車から大量の水が流れ落ちる。何人もの警察官が車を見守っている。

「おっ！　屍体があるぞ」

地面の上に車が降される。ドアが開かれる。忙しく動く警察官たち。

一人の警察官が上司に報告する。

「屍体は二十三、四の女性です。頸部に爪痕が認められます――」

由美の電話。睡そうに目をこすりながら受話器を取り上げる早馬。

「ああ……」

　由美の真剣な顔。

「富田さん。朝の新聞、見た？」

「いや……まだ」

「大変なのよ。十三湖で、湖に落ちた車が引き上げられたわ。中に一人の女性が発見された。……いいえ、扼殺屍体なの。殺人事件だわ。いつか話したでしょう。津軽のドライブインでわたしが見かけた男と女。車種も同じなんです」

「……ちょっと待ってくれ。今、新聞を読むから。十分後に電話をする」

　あわてて新聞を取りに行く早馬。記事を前にして腕を組む。すっかり目が覚めている。電話のダイヤルを廻す早馬。

「……記事を読んだ。それで君は殺人事件の現場にいあわせたの？」

「今思い出すと、ごく近くにいたと思うんです。わたし、十三湖の北側でレンタカーの車を止め、夕日の落ちるのを見ていたんです。あたりはとても静かで……ええ、そのとき物音を聞きました。あれは……車が湖に落ちる音だったんだわ」

「人は――見なかった？」

「見たわ……」

「…………」

「走って行く男の姿。それは、ドライブインで覚えていた男に違いなかった」

「どうしてそれを今まで教えなかった?」

「まさか、殺人など起ったとは思わなかったの。ねえ、どうしましょう?」

「……津軽で、君のことを覚えていそうな人はいる?」

「多勢いるわ。レンタカーの店員、宿屋の人、皆仲良くなったわ」

「……十三湖で出会ったことは?」

「それは誰にも教えていない。ただ、十三湖を見物したことは皆知っているわ」

「じゃあ、警察は君が目撃者になっている可能性があることを聞き出すと思うな。……とするとこれは警察に届け出た方がいいと思う」

「矢張り、そうなの?」

「僕が一緒に行こう。その前に、もっと精《くわ》しくその話を聞きたい」

警察署。警察官の前に早馬と由美がいる。

「……それは捜査にとって、有力な証言です。それで、その男の年頃は?」

「……百七十センチぐらいで……」

由美はちらちら早馬の顔を見る。

早馬と由美は警察署を出た。早馬の車の中。

「ねえ……犯人は捕ると思う?」

「さあ……」

「捕ったら、わたしのことを怨むかしら」

「…………」

「恐いわ……」

早馬、由美の肩を抱き寄せる。

「ねえ……今晩、お食事に誘って……」

レストラン。早馬と由美の席。由美はワインを飲みながら、黒い万年筆を弄《もてあそ》んでいる。

「それ、君の？」

早馬の訝しそうな顔。

「十三湖で、拾ったの。よく見えないけれど、どこかのビルの落成記念ね。軸に彫ってあるわ」

「どうしてそれを警察に？」

「教えればすぐ犯人は捕ってしまうわ。わたし、犯人に怨まれるのが恐かったの」

由美はバッグに万年筆を入れ、ぱちんと蓋を閉めた。

ホテルの一室。ベッドの上に裸の早馬と由美がからんでいる。細く開いた瞼の底から光る早馬の鋭い目。

「……もう、君を放さない」

「嬉しいわ……」

由美は目を閉じたまま早馬の愛撫に身を委ねている。やがて、由美の息使いが乱れ、深い喜びに沈んでゆく。

ベッドの上で腹ばいになっている由美。顎を枕に乗せ、じっと前方を見ている。

「何を考えている？」

横で早馬が訊く。

「殺された女のこと……」

「殺された女？」

「彼女も、こうしたことがあったかしら？」

早馬、無言で由美をあおのけにする。

画面はオーバーラップされた。

同じように抱擁している二人。新婚初夜の南国のホテル。早馬、勝利の表情。

「疲れているね」

「あら、どうして？」

「なにか、元気がないみたいだ」

「そんなことないわ。時差ぼけかしら。ねえ……」

「なに？」

「手加減などしちゃ、嫌よ……」

由美、激しく早馬にすがり付く。

南国の海辺。必死に浜へ泳ぎ着く由美。片脚から血が流れている。外国人の夫婦が由美を取り囲む。

「鮫《シャーク》だ……」

口口に叫ぶ。早馬が人を掻き分ける。由美の濡れた顔に恐怖が襲っている。

「あなた……」

海を見下ろす断崖の上。早馬と由美が並んでいる。夕日が沈みかかっていた。

「本当に鮫だった？」

「夢中で、判らなかったわ」

早馬、崖の縁に立つ。

「海が綺麗だ。ここへ来てごらん」

「恐いわ」

「僕がいるから大丈夫」

由美、淋しく笑って顔を横に振る。

場面が空港になったときだった。山遊の隣にいた清水の傍に人影が寄って来て、何かささやくのが判った。清水はそっと席を立って、入口の方に歩いて行った。伊津子は清水のことが気にかかった。

スクリーンでは、税関の書類の前に立って、早馬がポケットを探っている。

「ペンを他の荷に入れてしまった。君、万年筆を貸してくれないか」

由美はバッグを開けて、早馬に黒い万年筆を渡す。万年筆の軸をじっと見る早馬。

「これ、まだ持っていたの？」

「そうなの」

「気味が悪くない？」

「いいえ。それをバッグに入れて持っているようになってから、わたし、ずっと運がいいのよ。だから、大切にしているわ」

早馬のサインが終ると、由美はさっさと万年筆を取り返し、バッグの底に戻す。

清水が帰って来た。早馬に何か耳打ちをする。うなずく早馬の顔が、曇ってくるのが判った。

「ちょっと、電話をしてくる」

早馬は伊津子に言い残すと、早足で映写室を出て行った。

「何かあったんですか？」

伊津子は清水に訊いた。清水は顔を固くしていた。伊津子に話していいか惑っている風だった。清水はそっとあたりを見廻した。早馬の中座を気にしている人はいなかった。清水は映写室の人にはばかるように伊津子にささやいた。

「渋川から電話があったんです。渋川が庭の手入れをしていて、土の中からよくない物を掘り出したらしいんです」

「よくない物？」

「そう。渋川は屍体を掘り出したんです」

「屍体……」

伊津子の耳に、スクリーンの声が、ふいに遠いものになった。時間の経過も判らなくなった。気が付くと、早馬が戻って来ていた。

「すぐ帰らなければならなくなった」

「どうしたって？」

山遊が訊いた。

「家に警察が来ているんだ。精しいことはよく判らないが、どうも家の庭に屍体が発見されたらしい。警察を呼んだのは親父だ」

滝が目を丸くした。

「そ、それは本当か？　一体、誰が屍体を発見したんだ？」

「渋川だよ」

早馬は唇を嚙んだ。

「そ、そうだった。あいつ、昨日から庭の手入れをしていたんだ……。それで、どうして最初に早馬に知らせなかったんだ？」

「僕はスタジオに入っているから、すぐに捕らないと思ったそうだ。それで渋川は親父のところへ電話をしたんだ。親父はすぐに警察に通報してしまった」

早馬は伊津子をうながして歩きだした。滝は早馬を追うようにし、伊津子の後に山遊がついていた。スタジオの扉の前で、伊津子は早馬に追い付いた。先に扉を開けて外に出ていた滝が早馬に話した。その言葉は伊津子の耳にこう聞えた。

「……で、あいつの身元は判ってしまったのか？」

早馬は答えなかった。

外に出ると、初夏の昼の陽差しが眩しかった。

2

車から出ると、みどりが緊張した顔で玄関に立っていた。

みどりの隣に見知らぬ男がズボンのポケットに両手を突っ込んで並んでいる。背の高い男で、ちぢれ毛の髪を伸した、色の黒い男だった。伊津子が早馬の隣に立つと、男はゆっくりとポケットから手を出し、ぎごちなく頭を下げた。細い顔は物憂そうな表情だったが、悪い感じはしなかった。

「北岡早馬さんでいらっしゃいますね」

と、男は言った。紺の背広がやや型崩れしているが、茶のネクタイは真新しい。

「警視庁の三田と申します。今度、この事件の担当の一人として働くようになりました」

「事件……」

早馬は眉をひそめて言った。

「そうです。遺憾なことに、これは事件なのです。お宅の敷地内から、埋められた人間の屍体が発見されたのですからね。立派な事件です。早馬さんのお隣の方は、奥さんでいらっしゃいますか？」

「はい」

伊津子は答えた。伊津子は背の高い早馬と山遊と三田に囲まれて、見上げるような姿勢になった。

早馬は山遊と滝と清水を、三田に引き合わせた。三田は一人一人を見渡した。ぶしつけにじろじろ見るようなことはなかったが、額の奥でじっと観察するような態度だった。

「親父は？」

早馬はみどりに訊いた。

「アトリエです。さっきまで現場においででしたが、疲れたとおっしゃって……」

「渋川は？」

「まだ、現場だと思います」

「その、現場というのは？」

「お屋敷の東の奥です」

と、代って三田が言った。

「ほら、低いアカマツがありますね。屍体はその根元から発見されたのです」

早馬は不快そうに言った。

「それなら家の周りを見てもらえば判ると思いますが、塀は生垣であまり手入れが行き届いていませんから、庭に入ろうと思えば誰でも入れますよ。きっと誰か知らない者が隠れてそんなことをしたに違いない」

「そうなんです。私もお屋敷の周りは見せてもらいました。裏に門が一つあります。あざみ門というのだそうですね。あざみ門には厳重な鍵が掛けられているわけではない。おっしゃるとおり、その気があれば、誰でも屍体の一つや二つそっと埋めることが出来るでしょうね。ところが……」

三田は内ポケットから黒い手帖を取り出してページを繰った。

「早馬さん。あなたは三栗達樹という人を御存知でしょう」

「知っています。音楽の作詞家です」

「あとの方は?」

山遊と滝と清水は、知っていると答えた。伊津子は黙っていた。三田は手帖をポケットに戻すと伊津子の方を向いた。

「奥さんはどうです? 三栗達樹という人ですが」

「名前は聞いたことがあります」

「そう。うちの刑事も、名前を知っている人がいて、助かりました」

「すると、屍体というのは?」

と、早馬が言った。

「そう。三栗達樹である可能性が濃厚なのです。屍体の服のポケットから、同じ名刺が何枚か見付かったわけです。それに、屍体を発見した渋川さん、お父さんの順一郎氏なども、三栗達樹を知っていて、服装などから、多分彼に間違いはないだろうと言ってくれましてね」

　早馬と滝は顔を見合わせた。三田はその二人を興味深そうに見た。

「御迷惑とは思いますが、ちょっと現場に立会ってもらえないでしょうか?」

　言葉は丁寧だが、三田は腕を伸し、否応なく早馬達を現場に連れて行こうとする態度になった。

「行って見ましょう」

　早馬は伊津子が歩き出そうとするのを押し止めた。

「君はいい。君は関係ない」

「わたしも行きます」

　と、伊津子ははっきりと言った。早馬は逆らわなかった。

　三田が先頭で歩き出した。玄関を過ぎると、車寄せに何台かの黒い乗用車やパトロールカーが目に付いた。三田はちらりとプールの方を見た。プールには青い水がたたえられていた。

「今、早馬さんは奥さんに、君は関係がないといいましたね」

　と、三田が言った。

「そうでしょう。彼女は僕の家に来てから、わずか四日目です」

「勿論、それは知っています。その言葉は私にはこう聞えましたよ。――君は関係がない。

関係のあるのは僕たち、だとね」

早馬は答えなかった。

小道の先に、何人もの人影が見えた。その一人一人の動きが、スタジオ内の人の動きに重なった。人人の間に灰色の担架が見えた。伊津子の足はそれ以上進まなくなった。現場まで十メートルはあった。

山遊が伊津子の隣に並んだ。

「奥さん、無理をすることはないんです。ここで待っていた方がいい」

自分もそれ以上近寄ろうとしなかった。

三田は一人の警察官に話し掛けていた。昨日、捜査に来た風見警部だった。風見は伊津子たちに気付いて、遠くから軽く頭を下げた。

アカマツの根元が大きく掘起され、黒い土が盛り上げられていた。その傍に渋川の姿も見えた。他の警察官はそれぞれ現場を撮影し、巻尺で距離を計り、板の上に乗せた紙に書き込みをしていた。

早馬が担架に近寄った。滝と清水も傍に寄った。二人の警察官との間に、しきりに会話が交されているようだ。

担架に掛けられた布が外された。遠くから、屍体は黒い塊りに見えた。

「本当に三栗達樹という人なのかしら」

と、伊津子が言った。

「判らない」

山遊がうなるように言った。

「もし、あれが三栗達樹だとすると、困ったことになりそうです。僕たちはよく三栗達樹を知っている。さっき早馬が言っていた、屍体を埋めた犯人は外部の者という考えは成り立ちにくくなってしまう。当然、警察は犯人は内部の者だという考えに傾くでしょう」

「犯人はこの家に住んでいる者？」

「まだ決ったわけじゃありませんがね。そう考えられてもおかしくはない」

「同じ名刺を何枚か持っていたと言っていたわ」

「そうですね。まず、三栗には間違いなさそうです」

「事務所へは連絡を取ったのかしら？」

「さあ……」

そのとき、三田が伊津子の方を見た。

「山遊さんと言いましたね、ちょっと……」

そして手招きをした。山遊は伊津子の肩に手を置いた。

「奥さんはここにいなさい。僕だけちょっと行って来ます」

山遊は小走りで現場に向い、他の人達に交って担架の中を覗き込んだ。

しばらくすると、全員は現場を離れ、伊津子の方に歩いて来た。

「皆さんにお訊きしたいことがあります」

と、三田が言った。風見警部がそれに補足した。

「お一人ずつ、お話を伺いたいわけなのです」

「それじゃ、応接室がいいでしょう。あとの人はサンルームで待つようにしましょう」

と、早馬が言った。

「早速、御協力下さって、ありがとうございます」

三田は濁った声で礼を言った。

一同はサンルームに入った。最初に早馬と二人の刑事が応接室に出て行った。伊津子は落着かなかった。傍にいた山遊に訊いた。

「本当に三栗達樹という人でしたの？」

山遊は煙草に火を付けていた。

「屍体はかなり腐爛していた。けれども間違いないね。あれは三栗だ。犬歯に見覚えがある光る金属が冠《かぶ》されていた」

「俺は彼の指輪を見たよ。あれは三栗に違いがない。別になっていた服にも覚えがある。派手なチェックの柄でね」

と、滝が言った。

「別になっていた服、と言うと？」

伊津子の疑問には、山遊が答えた。

「屍体は裸だったんです。下着も着ていない丸裸でね、三栗の衣服は、その屍体の上に掛けられていたそうです」

「埋められたのは、いつ頃かしら？」

「半年から、一年前だと言っていましたね。解剖されれば、もっと精しいことが判るかも知れない。三栗が失踪した時期と、ちょうど合うんです」

「三栗さんが失踪したのは……」

「そう、十月《とつき》ばかり前でしたね」

「貴緒さんが事故で亡くなったときと重なっているとき教えてくれた人がいますわ」

伊津子が言い終ったとき、全員の視線が集まるのを感じた。

「それは……誰です？」

沈黙のうち、山遊がそっと言った。

「ルポライターの黒木さんです」

「黒木——ね。確かに貴緒さんの死と、三栗の失踪が重なっている。それを指摘する人は何人もいるでしょうね。けれども、それがどういう暗合かは、誰も判っていないと思います」

「滝さんも？」

ふいに伊津子が言った。滝がさっきからそわそわしていた。伊津子の言葉で滝は顔を赤くした。

「僕が？　そんなこと、何も知りやしませんよ。ただ、驚いているばかりです」

「屍体は、殺されたものなんですか？」

伊津子は山遊に訊いた。

「判らない。が、特に目立った外傷は見付からなかったようだね。専門的なことはよく判らないが」

みどりがお茶を運んで来た。みどりの顔は蒼ざめて、茶器を運ぶ手がすっかりこわばっていた。

「みどりなら知っているでしょう。三栗さんはよくこの家に来ましたか？」

と、伊津子が訊いた。みどりは持ち上げたティーポットを、取り落さんばかりにした。

「いらっしゃったことはありますが、よくということはありません。三栗さんがお見えのときは、きっと他のお友達と御一緒でした」

「早馬と三栗さんとは、どの程度のお付き合いだったのですか？」

伊津子は畳み掛けるように訊いた。みどりは答えなかった。代りに山遊が言った。

「あれは三年ばかり前だったかな。早馬の主演する映画の主題歌を三栗が担当したのが知り合うきっかけになったのだから。だが、特に仲良しだったというんじゃない。みどりの言うとおり、この家に来るときは、いつも誰かと一緒だったな」

「貴緒さんとは親しかったんじゃありませんか？　三栗さんはトナイトでよくピアノを弾いていたそうですけれど」

「トナイトでのことはよく知らない。僕はあまり行ったことがありませんから」

みどりは茶を入れ終ると、急ぐようにしてサンルームを出て行った。

「三栗という人は、どんな人だったんでしょう?」

伊津子は山遊に訊いた。

「僕が知っている三栗は、新進の作詞家。新鮮な感覚の詞が多くありました。ちょっとバタ臭い好みでね。彼の作る詞は学生なんかに好まれているんです。三栗は若い頃、ロックバンドを作って、そのリーダーだったのが、そのまま職とするようになったんですから、若い人の心をつかむのは得意でしょう。奥さんは三栗の写真を見たことがありますか?」

「いいえ……知っているのは、名前と、二、三の曲だけです」

「色の白いなかなかの男前でね、垢抜けしているというより、態度は気障に近いんだが、不思議にそれがよく似合っていた。女性との噂は絶えないが、まだ独身。家は自由が丘にあって、両親と妹が一人いる。そんなところですかね、滝さん」

滝は額に手を当てて、

「私が知っているのも、その程度ですね。加えるとすると、陽気な性格で、かなり気まぐれだった、ということぐらいかな」

「歌はうまかった」

と、山遊が付け加えた。

「そう、いい声をしていた。一時、歌手を志望していたこともあったんじゃないかな。楽天家でね。だから、われわれには、全く三栗が失踪した理由が判らなかった」

「その理由が今判った。彼は死んでいたのだから、姿を現わさなかったわけだ」

「三栗さんは、殺されたのでしょうか？」

伊津子の足元に、いつの間にか犬がからんでいた。伊津子はビスケットの一片を犬に与えた。

「何とも言えない。しかし、三栗は墓地ではなく、庭に埋められていたんだ。まあ、殺されたと見るのが自然でしょうね」

「人に怨まれたりするようなことは？」

「それはどうだろう」

山遊は滝の方を向いた。滝は首を振った。

「三栗が人に怨まれたりするとは考えられないな。金を持っているとも思えないし。あるとすれば……」

「女性関係かな」

早馬がサンルームへ帰って来た。早馬の後にいる風見を見付けて、犬がしきりに吠え立てた。風見は遠くから、

「滝さん、ちょっとお願いします」

と言った。滝は立ち上ったが、表情が硬直していた。すれ違った早馬が滝を見て、わからぬくらいに細かく首を横に振った。

早馬はどっかりと伊津子の隣に坐った。むずかしい顔色だった。

「どんなことを訊かれた？」

　と、山遊が言った。

「いろいろさ。だが、三栗の屍体がこの家から掘り出されたことについては、何も知らないと答えるしかなかった」

「渋川はどうして屍体など掘り出したのだ？」

「アカマツが枯れ始めたので、根元を掘って根を調べようとしたらしい。最初、三栗の服が出て来たのでおかしいと思い、掘り続けているうちに、屍体の一部が出て来たのだそうだ」

「三栗は殺されたのか？」

「警察ではそう見ている」

「警察は今度のことを、どう考えていると思う？」

「三栗の殺されたことについて、関係者はこの家にいると思っているようだ。とに角、厄介なことになりそうだ」

「嫌な日だったな」

「腐った屍体と対面したんだからな。だが、三栗の歯にあれがあったので助かった」

「犬歯のプラチナね」

　と、伊津子が言った。早馬は伊津子に笑ってみせた。

「それと指輪がなかったら、もっと長い時間嫌な面会をしていなければならなかっただろうね」

3

「伊津子さん、とおっしゃいましたね」

と、三田が訊いた。

「そうです」

「結婚する前のお名前は？」

「松原と申します」

「お齢は？」

伊津子は三田と風見を交互に見た。

応接室には三人の他誰もいなかった。三田はことさら声を低くして話した。ドアの向うで聞き耳を立てても、中の話は聞き取れないだろう。

「……そういうことでしたら、昨日こちらの刑事さんにすっかりお話ししてありますわ」

三田は風見の顔を見た。

「いや、失礼しました。ただ、早馬さんと、ちょっと齢が開いているかな、と思ったのです」

「昨日、こちらの刑事さんからも同じことを尋ねられました」

「なるほど、いや、判りました。結婚されたのは——これも存じております。テレビでね。奥さんは、同じ帝映に勤めていらっしゃった関係で、早馬さんとお知り合いになった。そうでしたね」

「はい」

「ところで、今日、この家の庭で、三栗達樹の屍体が発見された。このことを、どうお思いになりますか？」

「どうって……ただ、驚いているばかりですわ」

「そういう予感をされたことがありますか？　例えば、この家の庭に屍体が埋められてある、などの噂を聞いたとか、三栗達樹が殺されたとかいう話を耳にしたとかの……」

「いいえ。全く夢にも思ったことがありません。この庭に屍体があるなどとは」

「奥さんは三栗という人を知っていましたか？」

「ええ。有名な作詞家ですから」

「名前だけですか？　早馬さんに紹介されたようなことは？」

「いいえ。早馬はいつも仕事のことはあまり話したがらないのです。正式に結婚してから昨日初めて、撮影所で一緒に仕事をしている人たちを紹介されたのです」

「そう、今日は早馬さんと、撮影所で一緒でしたね」

「はい、昨日ああいうことがあったものですから、独りでこの家にいるのが恐くて、早馬に撮影所へ連れて行ってと頼んだのです」

「三栗達樹は以前、早馬さんの主演する映画の主題曲の詞を作っているそうですがね……」

風見は手帖の間から四つに折った紙片を取り出して、そっと拡げた。

紙片はひどく汚れていて、湿気があるようだった。やや厚手の無地で、何やら文字が見えた。風見は紙片を伊津子の方に押した。

「三栗氏のプラン手帖の間に挟《はさ》まっていたものです。詩か、歌の文句のようですがね」

伊津子は紙片に書き込まれている文字を読んだ。

このごろおきふしに
わたしのこころをさらないこと
ひのとりのたまごの中で
あなたと一つにもえたち
しんきろうの貝のなかで
あなたととけあい
きんぎんの糸のまゆのなかで
十ねんも百ねんも

「この詞に記憶はありませんか?」

伊津子は何度か読み直した。

「あります」

「ほう……この詞を聞いたことがあるのですか。最近ですか？」

「最近です。夕べでしたから」

「夕べ……すると、荒垣佐起枝さんが死んだ？」

「少し前でした。藤堂監督が貴緒さんをしのぶのだと言い出しました。それで、貴緒さんが作曲した歌を歌おうということになって、この歌の合唱になったのです。それでよく覚えています。確かにこの詞でした」

「歌を歌ったというと、この詞には曲が付けられていたのですね」

「そうです」

「誰の作曲でしょう」

「貴緒さんの作曲だと思います。藤堂さんがしきりに、貴緒は天才だったと誉《ほ》めていましたから」

三田は軽く指先でテーブルの端を叩いていた。次の質問の言葉を選んでいるようだった。少しして、三田は慎重に口を開いた。

「――奥さんが北岡家に嫁がれて来て、まだ四日、ついこの前だということはよく承知しています。その上で、こういう質問をするのですが、いかがでしょう。北岡家というのは、世間一般の家庭と比べて、どこか不自然な点や、よそとどうも変っている、と思われた点がありますか？」

伊津子の答えは決っていた。だが、三田の調子と合わせるために、少し間を置いた。

「……それは、見る物聞く物、全部と言っていいくらいです」

「と、いうことは？」

「わたし、こんなことを言うのは、大変羞しいことなんですけれど、今まで、とても貧乏だったんです。小さな下宿の一部屋に住んでいて、着る物や食べ物を倹約しなければ生活出来ませんでした。ですから、この家に来て、いくつもある部屋や広い庭、プールや花壇、奉公人などに囲まれていることが、全部新しい経験なんです」

「なるほど、奥さんのお気持はよく判ります。では、どうでしょう。そうした生活の陰で、普通でないものをお感じになったようなことはありませんでしたか？」

「普通でないもの……」

「邪悪なもの、私が言うのは、犯罪の臭いといいますかね。この家の中に悪い心が感じられるというようなことです」

「犯罪の臭い……これが犯罪の臭いかどうかは判りませんが、早馬の先妻、貴緒という人の死が、普通ではなかった、ということは聞いたことがあります」

「そう、貴緒さんの事故死――実は、あの事件の担当だった者から、事情はよく聞きました」

三田は大きく腕を組みなおした。

「いや、全く納得のゆかない事件です。われわれもずっとそれを考え続けていたところです。もう一度、あの事故死を調べ直す必要があるのじゃないか、と」

「三栗さんの死と、貴緒さんの死が、関係があるのでしょうか」

「さっき、三栗達樹氏の屍体を見て来たところですが、外傷はない。はっきりとした検視の結果を待たなければ判りませんが、三栗氏もガス中毒死と考えられる可能性もあるわけです」

「三栗さんも、ガス中毒死？」

「奥さん、これはあなたにだから話すのです。他の人に喋っては困ります。警察が貴緒さんの死も洗い直すようだなどとね。いいですか、これから、もし、不審なことがこの家に起ったら、どんな小さなことでも私に電話をしてください」

「わかりました」

　今まで黙って伊津子を見ていた風見が口を開いた。

「奥さんは、最近早馬さんが変ったと思ったことがありますか？」

「いいえ……」

「早馬さんのことを、どう思っていますか」

「わたしは早馬を尊敬しています。立派な人だと思っています。勿論、愛しております」

「いや、有難うございました」

　風見は立ち上った。

「奥さん、恐れ入りますが、山遊さんを呼んで来て下さい。私、犬は好きなんですがね。

あのテリアだけには、お手上げです」

伊津子はサンルームに戻って、山遊に風見の言葉を告げた。山遊は立ち上ると、軽い伸びをした。

「奥さん、警察の訊問はしつっこかったですか？」

山遊は煙草の箱をポケットに押し込んだ。

「いいえ」

伊津子は首を振った。山遊はさてと言うようなことをつぶやいてからサンルームを出て行った。

「詞のようなものを見せられましたわ」

伊津子は早馬の隣に腰を下ろした。早馬は沈んだ表情で黙ってうなずいた。

「三栗の詞だよ」

滝がしわがれた声で言った。

「あれは、三栗の作詞で、貴緒さんが曲を付けたものだ」

「警察に教えたのか」

「仕方がない。伊津子さんだって訊かれたでしょう」

「ええ……わたし、知っていることは話しました。いけなかったかしら？」

滝は低い声で言った。

「その他は何も知らないの一点張りにしよう」

「だが、どこまでそれを押し通せるだろう」

「早馬、気の弱いことを言っちゃいけないよ。早馬はあくまで何も知らないんだ」

「貴緒のことを、洗い直すかも知れない」

「洗い直されても、もう何も残っちゃいないさ」

滝はちょっと伊津子の方を見た。

「伊津子を気にすることはない」

と、早馬が言った。

「いずれ、伊津子にはすっかり話そうと思っているんだ」

「しかし、早馬、それは……」

「大丈夫、伊津子の口から洩れることは決してない。僕は伊津子を信じているよ。僕が秘密だと言えば、絶対に守りとおすだろう」

「何だかよく判りませんけれど、わたし、あなたのことなら、何でもします」

早馬は伊津子の手を取って言った。

「こういうことになった以上、君に話しておかなければならないことがある。警察が帰ったら、僕の部屋へ来てくれ」

4

警察の訊問が一通り終る頃、伊津子はアトリエへ珈琲を運んだ。

「佐起枝とこういう別れになるとは思わなかった」

早馬の父、順一郎は、呆然として言った。

「よく気の付く女だった」

伊津子は順一郎に言った。

「今度からわたしが佐起枝の代りになります。どんなことでも申し付けて下さい」

順一郎は微笑んだ。

「そう、伊津子がいることを忘れていたよ。わしは本当に運の強い男だ」

早馬は警察の訊問が終ると、滝と部屋に籠って、仕事の打ち合わせを始めることになった。

伊津子は自分の部屋に入ったものの、一人ではいられなかった。窓から外を見ると、警察官の姿は見えなかった。伊津子はバッグを持って、庭に出てみた。

あざみ門の方へは足が向かなかった。伊津子は漫然と花壇の間を歩き、まだ行ったことのない西側の庭に向った。つつじの植込みの角を曲ったときだった。

「奥さん、お出掛けですか」

伊津子は声を掛けられた。びくっとして振り返ると、太い木の陰から小柄な男が姿を見せた。樋口という眼鏡を掛けた警察官だった。

「……いえ、ちょっと」

伊津子は元の道を引き返した。いつどこにいても、誰かがじっと観察しているに違いなかった。伊津子は庭を歩く気がなくなった。

伊津子がホールに入ると、早馬が読書室に入っていく後ろ姿が見えた。伊津子は緊張がゆるむのを感じた。読書室のドアを押すと、早馬は書棚に向って本を拡げていた。

「打ち合わせは終ったの？」

早馬は口の中でぶつぶつ言っていた。

「独りだと、心細いの……」

伊津子は腰に手を廻して、身体の向きを変えようとした。伊津子の方を向いた早馬は、眼鏡を掛けていた。

「あらっ……」

眼鏡の奥で、山遊の目が笑っていた。

「間違えられて、光栄です」

伊津子はあわてて山遊の傍を離れた。

「済みません。庭に独りでいたら、警察の人に突然声を掛けられたので、すっかりびっくりして、それで早馬に似た後ろ姿を見たので、つい……」

「まだ、警察が残っているんですね」

「そうなんです」

「ちょうどいい。僕も奥さんと話がしたかったところです。掛けませんか?」

山遊はラウンジチェアをすすめた。伊津子が椅子に掛けると、山遊は手にした本を元の書棚へ戻した。

「何を調べていたのですか?」

「僕は農薬の知識がなかったんです。それで、ちょっと、ね」

「わたしがいて、邪魔ではなかったんですか」

「いや、本があるのだけ判れば、いつでも読むことが出来ます。それよりも、奥さんと二人だけの時間を持つことの方が重要です」

山遊は伊津子の前に椅子を引いて来て腰を下ろした。

「農薬というと……佐起枝のことを調べようとしているのね?」

「その前に、奥さんに話しておきたいことがあります。今日、掘り出された、三栗達樹のこと」

「三栗達樹という人は、本当にこの家の誰かに埋められたのですか?」

「僕はそう考えます。この家の中で、三栗と最も密接だった人間がいます」

「早馬……?」

「いや、早馬はただの知人。もっと、深い関係にあった人間がいます」

「それは？」

「貴緒さんですよ」

山遊はそう言うと、じっと伊津子の顔を窺った。

「警察は貴緒さんの死亡した時期と、三栗が失踪した時期が重なり合うのを気にしていたわ。でも、それだけで、貴緒さんと三栗が深い関係だったとは言えないでしょう」

「勿論です。奥さん、昨日あなたは、早馬は貴緒さんのことなど、少しも愛していなかった、と言いましたね」

「言いました」

「それは、早馬の口から、直接に聞いた言葉ですね」

伊津子は膝のバッグに力を入れた。

「早馬の言葉は、もっと強い調子でした。——僕が貴緒のことを忘れようと努めているのは、貴緒を愛していたからじゃない」

「愛していない——とすると？」

「反対に、誰よりも僕は貴緒を憎んでいた、とです」

「そうか……早馬は貴緒さんを憎んでいたのか。それは、早馬が貴緒さんと三栗の関係を知っていたからですか？」

「そこまでは話してくれませんでした。早馬は貴緒を憎んでいたと言うだけで、とてもつらそうでした。わたしはそれ以上のことを訊く気持にはなれなかった。早馬の本心を知っただけで、わたしは充分に満足でした。それからは、他の人がどんなに貴緒さんを誉めようと称えようと、平気でいられるようになったんです。ですから、昨日藤堂監督が酔ってしつっこく貴緒さんを讃美するのにも、ただ笑って見ていられたのです」

「そうでしたか。すると昨日の僕は、ただの道化だったわけですね」

「飛んでもない……」

伊津子は真剣に言った。

「山遊さんの気持が、どんなに嬉しかったか口では言えません。人がいなかったら、わたし泣いていたでしょうね。あの日の山遊さんを、一生忘れませんわ。早馬もきっと、同じ気持だったでしょう」

「そう言われると僕も踊った甲斐があります。すると、矢張り早馬は二人の関係を知っていたのかな?」

「本当に二人は深い関係だったのですか?」

「証拠があります」

山遊はそう言うと、低い声で唄い始めた。

「――この頃起き伏しに、わたしの心を去らないこと……」

貴緒が作曲した曲だった。

「今まで気付かなかったんだなあ。無理もない。耳で聞いて覚え、文字にした詞を見たことがなかったから。ところが昨日、三栗の屍体と一緒に発見されたノートから、この詞が見出された。三栗の書いた文字で、です。それを警察に見せられたとき、僕は三栗の心を知ったんです」

「それなら、わたしも刑事さんから見せられました」

山遊はポケットから手帖を取り出した。本の間に挟んであった紙片を抜き取って、伊津子に示した。

「思い出しながら僕が書いたものです。字の使い方は原文のまま。そうですね」

伊津子は何行かの文字に目を走らせた。

　このごろおきふしに
　わたしのこころをさらないこと
　ひのとりのたまごの中で
　あなたと一つにもえたち
　しんきろうの貝のなかで
　あなたととけあい
　きんぎんの糸のまゆのなかで
　十ねんも百ねんも

「これが?」

伊津子は山遊を見た。

「少し、変でしょう」

「どこが？　文句が違っているんですか？」

「いや、文句は僕たちが覚えている詞と変りがありません。変だというのは、文字の使い方ですよ。漢字の選び方と言った方が判り易いかも知れない」

「漢字……」

「三栗は何だって火の鳥を〈ひのとり〉と平仮名を使ったんでしょう？」

「知らなかったのかしら」

「三栗は作詞家ですよ。少なくとも文字を使って食べている男です。──でもまあいい。人間には度忘れということがありますからね。でも、三行目と五行目と七行目は、もっと変じゃありませんか」

言われて、伊津子はもう一度山遊の書いた詞に目を通した。

「……本当だわ。〈中〉という言葉が、仮名と漢字で、ちゃんぽんに使われているわ」

「そうなんです。三栗はどうして〈たまごの中〉〈貝のなか〉〈まゆのなか〉と、それぞれ違う表記を使い分けたのでしょう」

「度忘れとは考えられませんね」

「気紛れでもないようです。三栗は特定の言葉に、漢字を使う必要があった。それが証拠に僕はこの詞に使われている全ての漢字だけを拾い出して見ました。紙の裏を御覧なさい」

　伊津子は紙を裏返した。同じ山遊の文字で、いくつかの漢字が並べられていた。

　中、一、貝、糸、十、百。

「一目瞭然でしょう。中、一、貝を一つの漢字にまとめると〈貴〉の字になります。同じように〈糸、十、百〉も集めると〈緒〉の文字が出来上ります。三栗はこの詞の中に〈貴緒〉という名を隠していたわけです。――奥さん、この詞の漢字は、ただの言葉遊びとして片付けられますか？」

　伊津子は山遊の書いた「貴緒」という文字をじっと見た。

「……もっと深い意味が感じられますわ。この詞には、三栗の貴緒さんに対する、深い心情がこめられているようですね」

「詞は三栗が作り、曲は貴緒さんが作曲している。貴緒さんは三栗の心を受け入れた、と言っていいでしょう」

「二人の関係は、どこまで進んでいたと思いますか？」

「無論、二人が殺されるようになるほど、深かったと思います」

「……早馬は、裏切られていたのですね」

「僕も、今、貴緒さんに対する考え方が変っています。美貌と才能に隠れて、身勝手なことをする、本当は、悪女ではなかったか、と。それで、奥さんに頼みがあります」

「どんな？」

「早馬が貴緒さんに愛がなかったなら、全て訊き出すことが出来るでしょう。早馬は貴緒さんと三栗を殺した人間を知っているに違いない」

「山遊さんはそれを知って、どうなさるの？」

「早馬と奥さんの力になります。今、きっと早馬は独りで思い悩んでいるに違いないんだ。このままでは、早馬が駄目になってしまう」

「早馬が駄目になる、だなんて。わたし、気が変になりそう……」

「だから、僕たちは警察より前に、結論を出さなければならないんです。早馬の口から、どんな怖ろしい事実が判っても、奥さんは堪えられますね？」

「……そのつもりです」

伊津子は固くバッグを抱きしめたまま、立ち上った。

5

伊津子が部屋に入ると、早馬はすぐにドアに鍵を掛け、掛け金を下ろした。

早馬の部屋は美術関係の書物が多かった。それと、整理された脚本とアルバムが、広い本棚のかなりの部分を占めていた。飾り棚にはいくつものトロフィーや楯が並び、ガラスケースにはファンからの贈り物らしい民芸品や人形などがぎっしり入れられていた。

早馬は窓に立って、指先でカーテンに隙間を作り、外を覗いた。伊津子も早馬と並んで庭を見下ろした。屍体の発見された現場は庭の奥で、樹木のために見えなかったが、何人かの警察官はまだ現場に残っているはずだった。さっきまで、塀の外から報道陣のカメラが、この建物をしきりに狙っていた。

早馬は伊津子を椅子に坐らせた。伊津子は早馬の顔に心労の影を見た。

「二、三日前、僕は君に、貴緒を愛してはいない、と言ったことがあるのを覚えているだろう」

「覚えています。わたしがこの家に来た、次の夜のことです」

と、伊津子は答えた。

「僕は貴緒を憎んでいる、とも言ったはずだ」

「そうでしたわね。憎んでいたから貴緒さんのことを忘れようと努めているのだと」

「そして、そのことを、君はどう思った？」

「半分は信じられなかったわ。だって……わたしの出会った全部の人が貴緒さんを誉めたたえ、貴緒さんの死を残念に思っていたのですもの。でも、わたしはあなたの言葉なら、どんな言葉でも疑いません。これには、きっと二人だけの間に何かがあったに違いないと思っていました」

「何かがあった……そうなんだ。これから、そのことを話そうと思うんだ。いいね？」

「よく聞いているわ」

「今、こうして話すのさえ腹のたぎる思いなんだ。……本当のことを言うと、貴緒の死は、事故などじゃなかったのだ」

「事故などでない……とすると？」

「貴緒の死は、心中だった」

「心中――」

「貴緒はあの日、自分の部屋の中で、三栗達樹と心中したんだ……」

早馬は唇を噛んでいた。伊津子は早馬の膝に手を置いた。早馬はその手を握った。力のある掌だった。

「これで、僕が貴緒を憎んでいた理由が、はっきりと判ったはずだ」

「でも……どうして」

「貴緒は僕に復讐したんだ。僕が地位を失い、未来を失い、崩れ落ちる。そのためには、自分の生命まで犠牲にする女だった。貴緒は僕ばかりではない。僕の父や自分の父ぐるみ、復讐を計ったのだよ」

「そんな恐ろしい……貴緒さんに少しでもそんなところがあるなどと言った人は、一人もいなかったわ」

「確かに――貴緒は美しく才能が豊かで誰にでも愛される女だった。特に僕と結婚する時期の貴緒の美しさはどんな人間をも放心状態にさせてしまうほどだった。だからその当時、貴緒に想いこがれ、貴緒も好きだった男の一人や二人いても不思議はない」

「貴緒さんには恋人がいたのね？」

「いた。貴緒の父、鍵島健造の秘書をしていた男だった。僕は知らないが、有望な青年だったということだ。二人の愛は激しかった。貴緒はもともと情熱的な女、男は無論、貴緒に夢中だった。けれども、鍵島健造はそのころ、すでに貴緒を北岡順一郎の息子に嫁にやる約束をしていたんだよ」

「お父様からお聞きしたことがありますわ。鍵島さんの選挙に、お父様が大変力になったのですね」

「それを知っているから、二人はかえって激しく燃え盛ったと思う。だが、相手の男も貴緒も大人だった。結局、貴緒は僕のところに嫁いで来たが、貴緒の述懐によると、彼女自身はそのとき死んでしまい、現在の自分は、魂の抜け殻と同じだといった」

「貴緒さんは……そんなひどいことをあなたに言ったのですか」

「貴緒の母親は元華族の出身なんだ。気位が高く、浪費家で、見栄の強い性格は、その母親譲りだった」

「お父様はそうはおっしゃいませんでしたわ。その、良い面が出たので、貴緒さんが華麗な雰囲気を身に着けることが出来たのだと」

「他人にはそうかも知れない。だが夫の目を欺せるものじゃない。外見では、僕に従順を装っていたが、貴緒の心はよく判った。貴緒は結婚した当時、独りになると、普通とは思えないような克明さで、蛇の絵ばかり描き続けていた」

「貴緒さんは、一度もあなたに心を開かなかったのですか?」

「一度も。そのとき、すでに貴緒の復讐は始まっていたんだ。虚栄心の強い貴緒は、僕の妻という地位には満足していた。だが、それはあくまで利用するためだけにあったんだ。僕と一緒のパーティなどでは、他人が羨やむような妻の演技を続けたが、家に戻ればただの冷たい女に戻ってしまうんだ。僕はそれを誰に言うことも出来なかったよ。言えば嘘だと思われるに決っているからね。貴緒の演技は、そりゃ美事なものだった」

「それが、どうして三栗さんなどと？」

「鍵島健造の秘書をしていた、貴緒の恋人が病死したからだ。その男の死で、貴緒の人生は、また一つ大きく変ったんだ。僕の地位と財を使い、積極的に人生を享楽しようという考えになった。貴緒の僕に対する態度は変らなかったが、貴緒の姿は明るくなった。贅沢な服を盛んに注文し、気に入った家具を買い込んでは自分の部屋を飾り、終いにはナイトクラブを作って、自分はその女王様のように振舞ったものだよ」

「あなたは、それを黙って見ていたのですね？」

「そうするよりなかったんだ。僕は仕事で忙しく、家を空けていることが多かったからね。僕のいない留守には、この家の中でも、貴緒は放縦な遊びに明け暮れていたに違いないが、利口な女だから、僕には何一つ尻尾をつかませなかった。佐起枝もその仲間の一人だと思うが、とうに貴緒にまるめこまれていたから、不利なことは一つも教えなかったね。マネージャーの滝だってその一人だろう。滝は貴緒の使う金に関して、ずいぶん助けになってやっていたはずだ」

「三栗さんと逢っていたのも、その頃なんですね？」

「とは思うが、僕は間抜けなことに、とうとうあの日まで、それを知らなかったんだ」

「あの日？」

「そう。貴緒と三栗が心中した日、までだ……」

早馬は口が乾いてきたようだった。だが、気にする閑がない様子で話を続けた。

「――あれは去年の秋の初め。残暑がぶり返した、というほどではないが、曇って、変になま暖かな日だった。僕はロケで浜松に行っていたんだ。撮影は順調に進んで、予定より一日早く切り上り、僕はそのまま帰宅した。こういう場合、いつもだったら、大抵家に電話を入れることになっているんだが、その日はどういうわけか電話を入れる気がしなかった。僕が電話をしなくとも、滝が一緒だったら、彼が帰宅を知らせたに違いないが、ちょうど滝はロケ先に来ていなかったんだ。僕が電話をせず帰ってみる気になったのは、留守の日の貴緒のことが日頃気にかかっていて、それを確かめたいという心が働いていたことも事実だった。男らしくない行動だと思うかも知れない」

「いいえ。当然だと思います」

「たまたま、高速道路で事故があってね。日曜日だったことも重なり、道路はひどく渋滞していた。夕方家に着くはずのところが、家に着いたのがもう夜中になってしまった。佐起枝はまだ起きていて、突然の帰宅にちょっと驚いた様子だった。だが、家の中は静かで普段と変るところがない。佐起枝は当然のこととして、貴緒を起しましょうかと訊いた。

だが、もう貴緒を起す気はなくなっていた。何しろ、車で疲れていたしね。僕はそのままにしておくように佐起枝に言い、部屋に入って入浴すると、ぐっすり寝込んでしまった。貴緒と三栗の心中を知ったのは、翌日の月曜日の朝だった」

早馬は唇を舌でしめし、喉を動かした。

「電話のベルで起されたんだ。まだ早いようで、なかなか起きられなかった。受話器を取り上げると、佐起枝の声がした。二階の廊下にガスの臭いがすると言うんだ。そう言えば、わずかに僕の部屋もガスの臭いがするようだった。僕は急いで廊下に出てみると、確かに佐起枝の言うとおりだ。佐起枝も二階に上って来て、貴緒の部屋に電話をしているのだが、呼出音が続くだけだと言う。貴緒の部屋のドアは固く閉ったままだ。貴緒の部屋に違いない、と佐起枝はもう目を血走らせている。ドアを叩くが返事はない。最後に僕はドアに体当りした。何度目かで鍵が毀《こわ》れ、ドアが開くと、貴緒の部屋からガスがあふれ出した……」

早馬は言葉を切った。伊津子は黙って冷蔵庫の扉を開けた。

「ビールがいいな」

と、早馬が言った。伊津子はビールを取り出した。コップに注ぐと、早馬は一息にビールを乾した。

「……そのときのことは、ありありと覚えている。僕は佐起枝に、遠くに離れろ、と言い、部屋に入って窓を開けた。どの窓にもカーテンが引かれ、掛け金が下りていた……」

「掛け金……」

「そう、間違いはない。僕の制止もきかず、続いて部屋に飛び込んで来た佐起枝も確認している。後になって警察の捜査では、ドアの鍵と掛け金も、僕がドアを毀すまではしっかりと掛けられていたことが確認されたんだ。ガス洩れの原因はすぐに判った。暖炉にあったガスストーブの管が外れていて、音を立ててガスが洩れていた。僕は急いでガスの元栓を閉めた。そして、ベッドを見た」

「貴緒さんがいたのね？」

「そう、貴緒が横になっていた。だが、貴緒一人ではなかった。裸の貴緒に添うようにして、もう一つの屍体があったんだ。それが、三栗達樹だった……」

早馬は新しく注がれたコップのビールを飲んだ。

「思わず目が眩んだ。二つの屍体は毛布を大きく跳ねのけ、淫らな姿態を曝らしていた。直接のからみ合いそのものを見せつけられたのと同じだった。二つの屍体には苦痛の表情はなく、貴緒などは唇にまだ快楽の笑みが残っているようだった。屍体は冷たかったが、身体の色はうす紅色に染まり、その美しさが新しい衝撃となった」

「お父様も、貴緒さんは呼べば、すぐに返事をするようだったとおっしゃっていたわ」

「いかにも貴緒らしい。自分の死まで装うことを忘れなかったんだ。佐起枝が貴緒にすがり付いた。そして、蘇生の余地のないのを知ると、すぐ警察に通報しようとしたが、僕は押し止めた。うっかりすると、これは貴緒の思いのままになる。そう思ったからだ。僕はすぐ滝に電話を掛けた。滝は自宅でまだ寝ていたが、貴緒と三栗の心中を聞くと、一ぺんに目が覚めたようだった。そして、このことを知っているのは誰と誰だと訊いた。僕と佐起枝だけだと答えると、屍体には誰にも手を付けさせるな、他の誰にもこのことを教えるな、無論佐起枝には口止めをしておけと言って電話を切った。滝はそれから間もなく、車を飛ばして僕の部屋に来たんだ」

「結局、貴緒さんと三栗の心中を見たのは、あなたと滝さんと佐起枝の三人だけだったのね」

「そう、その日、風向きが幸いしたのか、貴緒の部屋のガスの臭いは、他の誰にも気付かれなかった。もしガス洩れに気付いて騒ぐような人間がいれば、別の口実を用意していたが、その必要もなかった。滝はいつもの調子で大汗を掻きながら現われたが、僕の部屋に入ってドアを閉めると、盛んに飛んでもないことをしてくれたと繰り返した」

「滝さんの考えも同じだったのね？」

「そう。これが表沙汰になれば、僕の俳優生命も終りだという予想は同じだった。女房を寝取られた上、他の男と心中されてしまった男。このスキャンダルが世間に拡がれば、僕を使ってくれる会社など、一つもなくなってしまうだろう。そうなれば早いものだ。すぐ僕などは忘れ去られるのは目に見えるようだ」

「まさか、あなたが……」

「君は僕を買いかぶっているね。だが、現実はそんなものだ。新人はどんどん出て来るし、お客さんは移り気だ。この社会は冷酷で厳しいんだ。現に僕はちょっとしたことがきっかけで、どんどん取り残され、凋落してゆく人を何人もこの目で見ている。幸いなことに、僕がそういう立場に立たされても、急に生活が困窮するわけではない。また、この仕事に未練があるわけでもない。けれども、滝の立場は深刻だったよ。僕がいなくなれば、滝の生命も終ったと同じだろう」

「よく判るわ」

「貴緒の勝利が目の前にぶら下っていた。犬の子をくれるように、自分の心も知らず許嫁《いいなずけ》の約束をしてしまった父親の鍵島健造、そして、品物のように自分を欲しがった北岡順一郎、自分と恋人を引き裂いて身体をまかせなければならぬ北岡早馬。この三人に対して、貴緒は一度に復讐をせまったのだ。そのためには、自分の生命さえ絶つのをためらわなかった貴緒の心が恐ろしかった。貴緒は自分の怨恨を晴らそうとし、それが成りつつあったのだ」

早馬は割れるほどコップを強く握りしめていた。

「心中とは論外だ——滝は部屋の中をぐるぐる廻った。結論は一つだった。滝は三栗の屍体だけを処分し、あと現場を作り変え、貴緒の事故死と見せるように、部屋を整理してしまおうと言った」

「あなたはそれに同意したのね」

「そうだ。貴緒の思いどおりに、復讐を成功させまいと考えた。むざむざと貴緒の手に乗るものかという思いだったね。三栗の屍体と持ち物は、一応空部屋に隠し、乱れたベッドを直し、貴緒にはネグリジェを着せた。そのときナイトテーブルに、ウイスキーの瓶と二つのコップが載っているのに気付いたんだ。どちらのコップの底にも、薄く色のついた液体が残っていた。ウイスキーの瓶を透かして見ると、四分の一ほど残っていて、底に何かの沈澱物があった。滝はそれを見て、睡眠薬に違いないと言った。結果的に、滝の言ったことは当っていた。滝は、三栗という男は心中に同意するような男じゃない。生きるのが楽しくて仕方のない奴だから、これは貴緒一人の考えによる心中で、三栗はその巻き添えを食ったのだと主張した。あとで、その証拠も出て来たよ」

「証拠？」

「三栗が着ていたスーツの内ポケットから、スケジュール帖を見付けた。その内に、次の日に発つ新幹線の切符が出て来たんだ。だが、僕は三栗を少しも気の毒だなどとは思わなかった。滝もそう言った」

「佐起枝は？」

「佐起枝も同じだ。彼女は貴緒の信奉者だから、貴緒の死を肉親の者以上に悲しんだ。僕は佐起枝に、以前から三栗との関係を知っていたんじゃないかと詰問した。予想はしていたことだが、佐起枝は貴緒がそうしていたことは、全く気が付いていなかった。貴緒らしい用心深さだ。貴緒は三栗との密会に、人目につきやすいホテルなどは使わなかっただろう。僕の留守、自分を引き立たせるために飾られた貴緒の部屋が忍び逢いの場所になったのだろうが、三栗はあざみ門から、非常階段を使って、貴緒の部屋に通って来たと思う。

日曜日、佐起枝は劇場に行っていて留守。みどりは休み。密会はそうした日を選んで続けられてきたに違いない。佐起枝が最後に貴緒を見たのは、その日の十一時頃だった。貴緒が蛇を持って、自分の部屋に入って行く後姿を見ているんだ。その日、貴緒は同窓会に出席していたから、三栗が忍んで来たとすれば、その後だろう」

「貴緒さんは、蛇を？」

「貴緒は元から爬虫類の好きな女だった。その蛇がどういう使われ方をしたかは知らないけれど、きっと情事のアクセサリーとして、快楽の味付けになったと思う。警察は貴緒の部屋から蛇を見付けることは出来なかったが、多分騒ぎの中でどこかへ逃げて行ったのだと解釈した」

「深くは捜さなかったのですか」

「いや、捜査は徹底していたと思うが、蛇に重要な意味があるとは思えないしね。そのままになった」

「あなたが三栗さんの屍体を運んだとき、ドアから這い出したのじゃないかしら？」

「そう考えるよりない。だが、よく考えてみると、その間他の人間が貴緒の部屋に近付くのを防ぐため、必ず誰かが廊下にいて、部屋のドアを見守っていたんだ。蛇が這い出して来れば、見逃すはずはない」

「不思議な話ですね」

「とに角、そのときは蛇などより、現場の擬装で頭が一杯だった。ナイトテーブルの上にあった二つのコップを洗い、改めて一つのコップに貴緒の指紋を押し付け、飲みさしのように作って、元の場所に置き直した。ウイスキーの瓶も同じように細工をした。貴緒の部屋から三栗の指紋などが見付けられては困るからだった。作業は長くはかからなかった。滝と何度も手落のないのを確認してから、親父に知らせ、警察に電話を掛けた」

「警察はとうとうそれに気付かなかったのですね」

「滝は八方に手を尽して暗躍した。親父に頼み込み、知り合いの医者に嘘の死亡診断書を書かせようとさえしたが、それは親父の反対にあって実現されなかった。滝は貴緒の父、鍵島健造にも取り入った。そうしたことが、かなり効果があったようだった。警察の内部では、どんな意見があったか知らないけれど、結局貴緒の死は事故死として扱われ、報道もなるべく差し控えるとも言ってくれた」

「でも、週刊誌では、ずいぶん大きく扱われていたわ」

「よく読めば判るが、あれは事故の究明より、ほとんどが僕に対する同情の記事だった」

「貴緒さんの意志とは、反対になったのだわ」

伊津子はほっと息を吐いた。

「貴緒の葬儀が終るまで、人の出入りが多く三栗の屍体を動かすことが出来なかった。葬儀の終った夜、僕と滝は三栗の屍体を人知れず運び出した。三栗の屍体と服は一まとめにして大きな袋に入れておいた。三栗の屍体がこの家の敷地内にあることなど嫌だったが、外に運び出すのは危険に思われて、結局庭の一番奥にあるアカマツの根元を掘って埋めてしまったんだ。屍体を埋め終ったとき、僕も滝も、これで全てが終った、と思った」

「埋めた場所は、佐起枝は知っていたの？」

「三栗を埋める仕事は、僕と滝とだけで済ませたんだ。佐起枝は知らないはずだ。……これで僕の話は全部だ。君にだけは隠しておく気になれなかったんだよ」

「わたしを信用して下さったのね。嬉しく思います」

「だが……警察はこのことを見付けてしまうだろうか」

「いいえ……」

伊津子は静かな声で言った。

「警察に話さなければ、判らないことだと思います。わたし、今、どんなことでもあなたと別れるようなことがあったら、一日でも生きていられません」

五章　花嫁の叫び

1

よく寝られないまま、伊津子は慌しい朝を迎えた。

事件は大きく報道され、引っ切りなく電話が掛り、早馬は電話に付ききりだった。早くから警察官も詰めかけ、捜査が続行された。滝も大粒の汗を額に見せて現われた。早馬は次のテレビドラマの衣装合わせの日になっていたが、中止を余儀なくされた。早馬は滝とスケジュールの組み替えに忙殺された。

伊津子は佐起枝の代りにみどりと働かなければならなかった。朝食は渋川が手助けをしてくれた。渋川は驚くほど器用に料理を作った。調理場は広く、大きな食器戸棚には多くの食器がきちんと重ねられていた。

「佐起枝は几帳面な人やった」

と、渋川が言った。

「わたしらがここにうろうろするのでさえ、嫌がりましたさかいに。どこにもほれ、佐起枝の匂いがしみ付いているようでっせ」

「そんなことを言うと、気味が悪いわ」

と、伊津子が言った。

「早う、働く人を捜さんとあきまへんな」

「今のところ、その考えはありませんわ。週に四度はみどりが来てくれますし、私たちだけでなんとかやって行けそうだと思っています」

「さいですかな。奥さんはほんま、大奥様によう似とられます」

「貴緒さん？」

「いや、早馬さんのお母様ですがな。貴緒さんは自分がひもじゅうても、台所に入ったりするお方じゃありませんでした」

「佐起枝が病気でも？」

「佐起枝は病気でも自分の仕事をやりとげた人だす」

伊津子は大きな冷蔵庫を開けた。中には食料がきちんと整理されていた。

「佐起枝は貴緒さんの死を、最後まで疑っておった一人や」

渋川が低い声で言った。伊津子は聞き耳を立てた。

「佐起枝が？　それはどういうことでしょう」

「佐起枝は貴緒さんが亡くなった夜、この邸の中に誰かが忍び込んだに違いないと考えていたのや」

「それは？」

「それはその冷蔵庫。佐起枝の勘です。貴緒さんが亡くなった翌朝、冷蔵庫を開けると、何かが違うと感じたそうや。佐起枝が最後に冷蔵庫を閉めて、翌日開けるまで、はっきり口には言えへんが、中の様子が違うとる。これは必らず誰かが夜中に冷蔵庫の物を取り出したに違いないと、わしにそっと教えました」

「警察には知らせたのですか？」

「佐起枝の言うのは、ただその感じがしただけや。そないなこと警察に知らせても仕方がおめへんやろ。それで、わしだけにそっと教えましたのや。貴緒さんの死を疑うこと自体、そのときにははばかられましたしな。今思うと、佐起枝の疑問も意味あるように考えられますのや」

「渋川さんは、貴緒さんの死をどう思いますか？」

「わしには何も判りません。もう、古いことになりましたから」

「佐起枝の死は？」

「ただ、怖ろしい気がするだけです」

紘子から電話が掛ってきた。紘子は特に伊津子を電話口に出すように言った。

「大変でしょう。頑張ってね」

と、紘子が言った。

「行きたいんだけれど、外に報道陣が詰めかけているでしょう。写真にでもされたら嫌だから行かないわ。今、パパのところにも電話をしたわ。元気そうね」

「ええ……」

朝食後、順一郎が庭を歩いているのを見掛けた。捜査官が順一郎に近付いて、何やら質問をしたが、迷惑そうな態度は見えなかった。

伊津子が食事の片付けをしていると、山遊が調理場に来た。チーにやるドッグフードを欲しいと言う。だがそれは口実で、調理場に人がいないのを知ると、そっと伊津子の傍に寄った。

「夕べ早馬は奥さんに何か言いましたか？」

「……ええ。早馬は貴緒さんと三栗の関係を知っていました」

「矢張り――そうでしたか」

山遊は眼鏡の奥の目を光らせた。

「……でも、早馬は貴緒さんがガス中毒で死ぬまで、そのことに気付かなかったんです」

「と、言うと？」

「貴緒さんの屍体があった同じベッドに、三栗の屍体があったそうです」

「三栗の屍体を庭に埋めたのは？」

「早馬と滝さんです。佐起枝も三栗が貴緒さんのベッドの中で死んでいたのを知っていました」

伊津子は手短かに早馬から聞いたことを山遊に話した。山遊は深く腕を組んだ。

「――貴緒さんと三栗の死は、心中だったと言うんですね」

「早馬はすっかり話してくれました。嘘はありません」

「勿論そうですとも。いや、これでいろいろなことが判ってきましたよ」

「警察がこのことを知ったら、早馬は罪になるでしょうか?」

「屍体を勝手に処理したのです。ただでは済みそうもない」

「わたし、それが一番心配なんです」

「早馬が喋らない限り、警察は判らないでしょう。でも、万一ということがある。早馬は馬鹿正直だから。後で僕がよく言っておきましょう」

「今日も警察の訊問があるのですね」

「あります。奥さんは大丈夫ですか?」

「わたしは大丈夫。早馬に不利なことは、どんな目に遇っても喋りません」

山遊は調理場のドアを窺った。

「あまりここに長くいない方がいい。まだ奥さんと話がしたいんだが、ちょっと時間がかかりそうだ」

山遊はむずかしそうな顔で言った。伊津子は不安だった。

「混み入っていること?」

「ちょっとね。さっき訊いたら、昼過ぎには警察が引き上げるそうです。そうしたら、誰にも邪魔をされない場所で話がしたい」

「どこにしましょう」

「プールの傍がいいな。あそこだったら、立ち聞きもされないし、人が来れば話を止すことも出来ます」

「そうですね」

「とに角、警察が帰ったら、僕は一泳ぎします。話はそのとき。それから、水着を着ていらっしゃい。ひそひそ話を疑われずに済む」

　山遊はそれだけ言うと、ドッグフードを持って調理場を出て行った。

　しばらくして、警察の訊問が始められた。伊津子も再び三田と風見の前に坐った。応接室は明るい陽に満ち、眩しすぎた。

「昨夜はよくお寝みになれましたか？」

　風見警部は精悍そうに見えた。伊津子は首を振った。

「そうでしょう。で、どんなことをお考えでした？」

「どんなことと言って……」

「いろいろあるでしょう。三栗達樹がなぜこの庭に埋められていたか、とか」

「考えても、わたしには何も判りませんわ」

　風見は明るい陽に透すように伊津子を見た。

「では、早馬さんはどう考えているでしょう。あれから奥さんと話し合われたと思いますがね」

「早馬は疲れていました。ですから早馬は事件について、何もわたしに言いませんでした」

「そりゃ、不自然ですね」

風見は皮肉な笑い顔になった。

「あなた方は夫婦でしょう。まして今度のことは普通の事件じゃありません。佐起枝の毒殺に続く、三栗の屍体発見。それについて、早馬さんが奥さんに何も話さないということはないでしょう」

「でも本当なのだから仕方がありません」

「奥さん、あなたは早馬さんから、口止めをされていますね」

「いいえ……」

「じゃあ、別のことを伺いましょう。この庭で発見された三栗達樹さんの死因ですがね。ただちに解剖されて、医師の所見を聞いたわけです。屍体の腐敗は進んでいましたが、医師は化学的証明法で屍体から一酸化炭素を検出しました。つまり、三栗さんの死は製造ガスによる一酸化炭素中毒死の疑いが強くなったのです。どうです」

「と、言うと?」

「三栗の死亡も約一年経っています。当然ながら、私たちは去年の貴緒さんの事故死を思い出したわけです。死亡時期と死因、それが恐いほどによく似ている。誰だって同じ邸内で起った二つの死を結び付けぬわけにはゆきませんよ」

「貴緒さんと三栗さんは、同時に死んだとおっしゃるのね」

「私たちは貴緒さんが死亡したときの記録をもう一度調べなおしました。その結果、貴緒さんと三栗は同じ場所で死亡したと考えることが出来るのです。いかがですか奥さん。貴緒さんと三栗について、何か噂のようなものを聞いたことがありますか?」

「……ありません。昨日もお話ししたと思いますが、早馬はわたしに貴緒さんのことをあまり話したがらないのです」

「いや、その気持は判ります。あなたは意外に芯の強い人ですね」

慌しく時刻が過ぎ去った。警察は報道陣の求めに応じ、早馬を交えた記者会見を行い、何人かを残して早馬の邸を引き上げていった。

遅い昼食を済ませた後、伊津子は約束どおり山遊がプールで泳いでいるのを知った。早馬は自分の部屋で、滝を相手に仕事を続けていた。

伊津子は水着に着替え、ビーチウエアを羽織って、プールに向った。山遊は伊津子に気付くと、プールから上ってきた。

「約束を守ってくれましたね」

と、山遊が言った。伊津子はプールサイドのベンチに腰を下ろした。

「疲れたでしょう」

「ええ、夕べよく寝られませんでしたから」

山遊は何気なくあたりを見廻し、伊津子の傍に坐った。庭に人影はなかった。山遊は気持良さそうに四肢を伸して日光を浴びた。

「僕も夕べはよく寝られなかったなあ。そうしたら、今になって眠気を催してきた。いや、水に入ってすっきりしましたがね」

山遊は独り言のように話しだした。

「その眠れない頭でいろいろのことを考えていたわけです。死んだ貴緒さんのこと、同じ頃死んだ三栗達樹のこと、早馬のこと、そして、結婚して間もなく、さまざまな奇怪な事件に出逢うようになった、奥さんのこと、などです。すると頭は妙に冴えてきましてね。その人たちのこれまでの行動が、ビデオテープを再生するみたいに見え始めたんです。僕は遠くからそれを眺めている。そのうち、登場人物の一人の行動がおかしく思われだした。僕はまたビデオ再生。今度はその人物の行動だけを映し出して見る。無意識のうち、半分夢の中でそんなことを繰り返してゆくうち、僕は最後に、貴緒さんと三栗を一緒に殺し、佐起枝まで殺した人物が判ってしまったんです」

「貴緒さんと三栗は一緒に殺されたんですって？」

「そうです」

「早馬ははっきりと、あの二人は心中したのだと言っています」

「違いますね。早馬は佐起枝の死を忘れています。二人の死が心中なら、佐起枝の死は無意味になってしまう。佐起枝は殺されたのですよ」

「警察も同じ考えでしょうか」

「貴緒さんと三栗の死因は同じ。だから、二人は同じ場所で死亡したと考えることも出来る。そう言っていませんでしたか？」

「わたしもそう聞きました」

「貴緒さんと三栗は殺されたのだ。こう考えているのは、今のところ僕だけです。でも、決して当て推量などではない。確実な理由の上にあります」

「二人が殺されたとすると、その場所は？」

「勿論、貴緒さんの部屋でです」

　軽く風が吹いた。プールの水面に細かな小波《さざなみ》が立ち騒いだ。

「それは何だか変ですわ。わたしの聞いた話と、ひどく矛盾しているように思います。わたしの記憶では、貴緒さんの屍体を発見したのは、早馬と佐起枝です。そのとき、貴緒さんの部屋には鍵が掛けられ、更に内側には掛け金が下ろされていたといいます。窓も同じように内側から掛け金がしっかりと掛けられていました。警察の捜査でも、ドアの鍵は毀《こわ》されるまではしっかりと掛けられていたことが認められました。山遊さんも、わたしにそう話したじゃありませんか」

「その通り、違いありません」

「では、どうやって、犯人は鍵の掛っている部屋に出入りしたんですか」

「奥さんは迷わされているんです。無理もない。あなたは最愛の夫を疑うことを知らないからですよ」

「早馬が……まさか……」

伊津子は言い掛けて、口を閉じた。庭に渋川の姿を見たからだった。渋川の後にみどりと警察官が並んでいた。渋川は庭の北側に警察官を案内して行くようだった。

三人の姿が見えなくなるのを待って、伊津子は口を開いた。

「山遊さん、今言ったことは冗談なんでしょう？」

「冗談ですって？　こんなときに、そんな冗談を言ってどうしようというんです。もう一度はっきりと言いましょう。あのときの状態で、貴緒さんと三栗を殺すことの出来た人間は、早馬しかいません」

伊津子は高い声になった。

「そんなこと、嘘です」

「奥さん、落着いて冷静に考えるのです。そうすれば、僕の言うことが正しいと判るでしょう。あの日、貴緒さんの部屋に入って、貴緒さんと三栗がぐっすり寝ている間に、そっとストーブからガス管を外せた人間は、早馬しか考えられないと言っているんです」

「――早馬は、どこから貴緒さんの部屋に忍び込んだと言うの？」

「決っているじゃありませんか。ドアには鍵が掛っていたとすれば、当然ベランダを伝わって窓から入ったのです」

「だって、窓も内側から掛け金が下りていたんでしょう」

「窓の掛け金は、翌日、ガスの臭いに気付いて、貴緒さんの部屋のドアを毀して入った後で、早馬が掛けてしまったのです」

「そんなことをすれば、佐起枝がちゃんと見てしまいます」

「そりゃ、佐起枝はちゃんと早馬の行動を見ていましたよ。見ていたけれど、警察には言わなかった。佐起枝の敬愛する貴緒さんが、他の男とベッドを共にしている。それを知った早馬が嫉妬に狂い、二人を殺害する。佐起枝はそんなスキャンダルは、絶対に自分の口から出せなかったんだ。三栗の屍体を他に移して埋め、貴緒さん一人の事故死という舞台を作ったのには、佐起枝の智慧も加わっていたとも考えられる」

「じゃあ、その佐起枝は、何故殺されなければならなかったの？」

「事件の秘密を知っている、ただ一人の人間だったからですね。早馬の秘密を握っている佐起枝は、何かの理由で早馬を脅迫するようになったのかも知れない……」

「そんなこと——わたしは信じません」

伊津子はベンチから立ち上った。

「奥さんにとって、それは信じ難いことかも知れない」

「そんなこと、出鱈目に決っているわ」

伊津子は山遊に背を向けた。テラスに向って走り去ろうとしたとき、二階の自分の部屋の窓に動く物を見た。

伊津子は立ち竦《すく》んだ。カーテンが動き、その間に見えたのは、人の影だった。

「……わたしの部屋に誰かいるわ」

山遊は伊津子の傍に寄った。

「……見えませんよ」

「部屋を出るとき、カーテンを閉めたはずです。部屋の鍵も掛けて来ました」

「行ってみましょう」

山遊はタオルを肩に掛けた。

2

「誰だと思います?」

と、山遊が言った。伊津子は庭を見渡した。さっきまで渋川たちの姿がときどき見えていたが、現在その姿もなかった。

伊津子はプールを離れ、テラスからサンルームに入った。室内の空気はすっと涼しかった。

伊津子は耳を澄ませた。邸内は物音一つなかった。伊津子はサンルームからそっとホールに出た。大時計の時を刻む音だけが聞えた。伊津子はそのまま二階の階段を登った。

二階の廊下にも人影はなかった。どの部屋のドアもぴったり閉ざされ、廊下は鈍い光を反射している。

伊津子は自分の部屋の前に立った。ドアにそっと耳を当ててみる。

「いる？」

後からついて来た山遊がそっと言った。伊津子は黙って聞き耳を立てた。ドアの向うで、金属が触れ合うような、小さな音が聞えた。

伊津子はそっとノブを廻した。ドアに鍵が掛っていた。伊津子はビーチウエアのポケットから鍵を取り出し、鍵穴に差し入れて廻した。鍵は軽い音を立てた。伊津子は鍵を抜きゆっくりノブを廻し、ドアを細く開いた。

部屋の一部が見えた。その中に、人が立っていた。

人影は突き当りの窓に黒いシルエットを作っていた。伊津子に背を向け、やや前かがみで、ライティングデスクの上で、何か作業を続けていた。小さな音は、その手元から聞えてきた。

伊津子は大きくドアを開けた。その気配を感じたのか、人影は素早く振り返った。伊津子は両手で口を押えた。

早馬だった。

早馬は赤錆色のブロックチェックのスポーツシャツに、樺色のズボンだった。右手に銀色に光る物を持っていた。柄の太い短剣だった。

「あなた――何をしているの？」

伊津子は低い声で言った。早馬は答えなかった。ただ、冷たい目で伊津子を見詰めた。

伊津子は部屋を見廻した。化粧台の引出しが半分開けられていた。サイドテーブルの引出しも荒らされた痕がはっきりしていた。そして、今、早馬がしていたこともはっきりしていた。早馬は短剣の先を使って、ライティングデスクの引出しを開けたところだった。

「早かったじゃないか」

早馬が押し殺したような声で言った。

「ちょっと探し物があってね」

と、伊津子の後で山遊が言った。

「ここは、わたしの部屋よ」

と、伊津子が言った。

「早馬！」

山遊が伊津子を押し退けて前に出た。

「ここは奥さんの部屋だ。いくら夫婦でも、宥《ゆる》されることじゃない」

「山遊、お前の出る幕じゃない」

と、早馬が言った。

「一体、何が欲しいの？　何故わたしに言ってくれなかったの？」

伊津子は泣きだしそうな声になっていた。

「君は証拠の品を握っていたんだ。僕はそれがどうしても必要だった。そのうち、警察はこの部屋をも捜査の対象にするだろう。警察の手に渡る前に、僕はどうしてもその品が欲しいんだ」

「それは、何だ？」

と、山遊が言った。

「もう見付けたよ」

早馬は開けられたままになっているライティングデスクの中から、焦げ茶色のノートを取り出した。

「あれは？」

山遊は伊津子に言った。伊津子は黙っていた。代って早馬が答えた。

「貴緒が生きているときに書き残したノートだ」

「それがどうしてこの部屋に？」

「何故ここにあるのかは知らないが、重要な証拠だ。もう一つ面白い品も見付けた」

早馬は同じ引出しの中から、銀色の小さな筒を取り出した。

「これは、何だね？」

伊津子は早馬の掌の中にある物を見た。

「香水よ。……友達から貰ったの」

「その友達が問題だ」

と、早馬が言った。

「普通の香水だわ。わたしには記念の品なの。返して頂戴」

山遊が止める間がなかった。伊津子は早馬に飛び付いて行った。

「奥さん。危ない！」

早馬は短剣を振りかざした。山遊がその腕をつかんだ。短剣は床の上に転がった。

「奥さん、早く刃物を――」

早馬ともみ合いながら山遊が怒鳴った。伊津子はただ夢中で短剣を拾い上げた。早馬の手が伸びて、短剣を握った伊津子の手を、凄い力でつかんだ。伊津子は早馬の手を振りほどこうとしたが、力が及ばなかった。

何がどうなったのか判らなかった。伊津子の身体は振り廻され、部屋中が廻った。そして、突然、そのことが起った。

伊津子は早馬の胸に、短剣が深深と突き立ったのを見た。銀の鍔が早馬の胸で食い止まっていた。短剣の鍔元から真っ赤な血が流れ出した。伊津子の手をつかんでいる早馬の手が緩んだ。伊津子は短剣の柄から手を放し、身体を退けた。早馬はうめき声を出した。山遊が手を放すと、早馬は床の上に崩れ落ちた。

「早馬！」

山遊が抱きかかえた。だが早馬の力がなくなってゆくのが判った。

「死んだ……」

山遊は呆然として立ち上った。両手に血が付いていた。

「あなた！」

伊津子は早馬に取りすがった。

「死なないで！」

伊津子は絶叫した。胸の奥から大きな固まりが盛り上った。それが伊津子の口から、嗚咽としてほとばしり出た。

「奥さん……」

山遊が伊津子の肩に手を置いた。伊津子は号泣を止めなかった。

「早馬……愛していたの……あなたは、わたしの全てだった。それなのに……どうして……」

どの位泣いたか判らなかった。最後には涙も涸れ果てた。だが、伊津子は早馬にすがり付いたままだった。

「奥さん、これで全てが判ったでしょう」

と、山遊が言った。

その言葉も何度も耳にしていた。山遊は伊津子の慟哭が途切れると、その言葉を繰り返していた。

「奥さん、これで判ったでしょう。貴緒さんと三栗を殺し、佐起枝を毒殺した犯人は、早馬だった……その憎むべき犯人は――」

伊津子はゆっくりと立ち上った。足が震えて、うまく立てなかった。山遊が椅子を引き寄せて、伊津子を坐らせた。伊津子は椅子の中で、ひとしきり泣き入った。

「奥さん、そんなに悲しいのですか。早馬はあなたさえ殺そうとしたのですよ」

伊津子は力なく山遊を見た。

「……それは違います」

山遊は眉の間に皺を寄せた。

「違うって？　どう違うんです」

「早馬がこうなっては、何もかも終りです。わたしは早馬のために生きて来たんです。今のわたしは早馬と一緒に死んだも同然になりました。ですから、本当のことを言いましょう。貴緒さんと三栗、それに佐起枝を殺したのは、早馬じゃありません」

「それでは？」

「わたしが、その三人を殺しました……」

山遊は深深と腕を組んでいた。何かに耳を澄ませている風でもあった。山遊はそっとドアに近付き、ノブに手を掛けた。ドアが開き廊下の一部が見えた。山遊はしばらく廊下の奥を見ていたが、そのままドアを閉めた。

そしてドアの掛け金を下ろすと、伊津子の傍に戻った。

「──奥さん、よく言ってくれましたね」

静かな口調だった。

「まるで、山遊さんは、全部知っていたみたい……」

「だから、プールサイドで言ったじゃありませんか。夕べのうちに、僕には何もかも判ってしまった、と」

「じゃ、早馬はどうして?」

「こうでもしないと、奥さんは絶対に本当のことを言わなかったでしょう。奥さんには気の毒でした。だが、早馬も、奥さんの愛が、どれほど深いものかよく判ったと思う——」

伊津子は身体を固くした。

山遊は早馬の傍にかがんだ。

「早馬、聞いたかい。奥さんの言ったことを。お前も何て幸せな奴なんだ」

伊津子は悲鳴を上げた。

早馬が動き、ゆっくりと立ち上った。手に握られた短剣には、刃がなくなっていた。

「小道具から借りて来たんです。刃が柄の中に引き込む仕掛けになっている。代りに、柄の中に仕込まれた絵の具の血が流れるんです」

と、山遊が言った。早馬は呆然として伊津子を見た。

「——君を穽《わな》に掛けるようなことはしたくなかった、だが……」

伊津子は椅子から立ち上った。そして、真っすぐに早馬の胸に飛び込んだ。

「ああ、早馬、生きていたのね。夢じゃないのね。わたし、気が狂ったんじゃないのね……」

早馬は伊津子を抱き締めた。

「生きている。済まなかった」

「いいの……生きていれば、どんなことをされてもいいの……欺されたって、殺されたって、わたしは幸せです」

新しい涙があふれてきた。伊津子は遮二無二早馬の唇を求めた。伊津子の涙で早馬の唇は辛くなった。伊津子はいつまでも早馬を放そうとはしなかった。

3

伊津子の腿《もも》に鳥肌が立っていた。寒いわけではなかった。伊津子はざらついた肌が、他人のように見えた。

伊津子の隣に早馬が坐っていた。早馬はポケットから香水の瓶を取り出して眺めていた。

「山遊、君はこの部屋の鍵が掛けられた引出しに、その中にふさわしくない物が入っていたら取り出せと言ったけれど、確かにライティングデスクの引出しにあった香水はふさわしくない。香水は普通なら、化粧台にあるべきだから。だが、これはどういう意味を持っているのだろう?」

「僕はただ、人に見せたくない品物を蔵《しま》って置くなら、その品にふさわしくない場所を選ぶのが普通だと考えたからです」

山遊は立ったままだった。髪の毛がまだ濡れて光っていた。

「奥さんが早馬と結婚して、初めてこの家に来た次の朝、奥さんに、人に見せたくない品物を蔵って置くなら、その品にふさわしくない場所を選ぶのが普通だ、と言ったことがあります」

「——その言葉が、心のどこかに残っていたんですね」

伊津子は物憂そうに言った。

「さっきも話したように、夕べ僕はこの事件について、一つの結論に達していました。それが正しければ、奥さんはきっとどこかに事件と関係のある品物を持っているに違いないと思いました。奥さんはつましい人だ。事件に関係があるが、きっと捨て切れない品が残っているだろうと、早馬に教えたのです」

「それはちょっと見たところ、ただの香水瓶でしょう。それに一年も前のことです。だからもう大丈夫だろうと思っていたわ」

と、伊津子は言った。

「でも、それは安易な考えだったことが判りました。この家に来てから、わたしは絶えず多勢の人の目に見詰められるようになったのです。香水瓶は早いうち処分しなければなりません。それも、滅多なところへ捨てるわけにもゆきません。わたしはいつも香水瓶をバッグに入れて、その機会を待ちました。わたしが外出したのは帝映の撮影所へ行くぐらいでしたが、最初のときはいつもわたしの周りに人がいました。撮影所の橋の上で、山遊さんにバッグの口が開いているのを注意されたことがありましたね。あれは自分で開けたのです。ええ、瓶を川の中に投げ込もうと思って。次に撮影所に行ったときは、三栗の屍体が発見され、すぐ家に戻らなければならなくなりました。三栗の屍体が発見されると、今度は警察の目が怖くなりました。最後の手段として、庭の奥に埋めようとしたのですけれど、少し家を離れても、警察はどこかでわたしを見ていて、すぐ呼び止められました」


「これはただの香水じゃないのかね」

早馬は瓶を見廻してから、掌を拡げて香水をちょっと吹き付け、その匂いを嗅いだ。

「……この匂いを覚えているよ。いつか君が使っていたことがある」

伊津子はちょっと顔を伏せた。

「中の香水は、普通の香水ですわ……」

「瓶に何かが？　そう言えばずしりと重みがあるようだけれど――」

早馬はしきりに香水瓶をいじっていたが、最後には諦めたように山遊に手渡した。

「僕は割合こういうことが得意でね……」

と言うとおり、しばらくすると山遊の手の中で、香水瓶に彫刻された猫の顔が横に動き出した。猫の顔がすっかり動くと、下から小さなレンズが現われた。

「隠しカメラですね……」

山遊はカメラの向うから、伊津子を覗いた。

「凄く精巧に出来ている。セルフタイマーも組み込まれています」

山遊はなお香水瓶をいじっていたが、やがて裏蓋を開けて、小さな金属の円盤を取り出した。

「フィルムのカートリッジですね。フィルムがまだ入っていそうです」

「山遊さん、お願い……」

伊津子は哀願した。

「カートリッジを毀して、中のフィルムを駄目にして下さい」

「このフィルムには、何が写されているんですか？」

山遊はカートリッジを指でつまんだ。

「何を写したんだ？」

早馬が強い調子で訊いた。伊津子はつらそうに答えた。

「あなたと、わたしです」

「僕と君？」

「……ベッドにいる、あなたと、わたしです」

「誰に言い付けられた？」

「――貴緒さんです。確かロスタンで、ルポライターの黒木さんが、貴緒さんに特殊なカメラを頼まれたことがあると言っていました。それがこのカメラなんです」

「他にも写したフィルムがあるかね？」

「ありません。それが、最初で、最後でした。わたし、フィルムの出し方が判らなかったので、そのままになっていたんです」

早馬はじっと唇を噛んだ。しばらくして山遊に言った。

「いいだろう。山遊、伊津子の言うとおりにしてやってくれ」

山遊は黙って金属の円盤を折り曲げた。ぴしっと小さな音がして、金属が折れ曲った。山遊は円盤の割れ目から薄い板を引出した。丸い灰色をしたフィルムだった。

「この丸いフィルムは、カメラの中で、シャッターを切るたびに、六十度ずつ回転するようになっているんです。ですから、現像すると、一枚のフィルムの上に、六齣の陰画が現われるわけです」

山遊は割れたカートリッジとフィルムを早馬に渡した。早馬はそれに目もくれず、屑籠の中に放り込んだ。山遊は香水をライティングデスクの上に置いた。

「山遊、坐れよ」

と、早馬が言った。

「でも、濡れてますよ」

「濡れたって構わない。もっと精《くわ》しい話が聞きたいんだ」

山遊は椅子を引き寄せ、タオルを敷いて腰を下ろした。

「寒くありませんか?」

と、伊津子が訊いた。

「大丈夫。鍛え方が違いますね。自慢じゃないが、早馬の代りに寒中の海に飛び込んだこともありましたよ」

「そんな自慢話を聞こうとしているんじゃないんだよ、山遊」

と、早馬が言った。

「君は貴緒と伊津子が会っているところを、見たことがあるのかね?」

「一度もありません」

「じゃあ、どうして?」

「奥さんは用心深すぎたんです。奥さんは貴緒さんのことが話題にのぼるたび、早馬は貴緒さんについて何も教えてくれない。わたしは貴緒さんという人を何も知らない、と繰返しました。だがよく考えると、そう言う奥さんの言動には、矛盾が多すぎた。奥さん、あなたは早馬と結婚する以前から、貴緒さんとは面識があった。ばかりでなく、三栗達樹とも知り合いだったのですね?」

「はい、知り合いでした」

「そして、早馬と結婚式を挙げる以前にも、この家へ来たことがありますね」


「伊津子がこの家に来たのは、あの日が最初ではなかった?」

　早馬は驚いたように言った。

「どうしてそれが判ったんだ?」

「本当は、最初に奥さんに会った瞬間、それに気が付くべきだったんだ。あの晩、僕たちは庭に照明をつけ、夜空に建物を浮き上らせた。早馬と結婚式を挙げて、初めてこの家に来る花嫁のための、ささやかな歓迎の意味でした。当然ながら僕たちは、早馬がどんな花嫁を連れて帰って来るだろうかと、期待と好奇心に満ちていた。奥さんの姿はテレビで見ていたけれど、実際の花嫁を見るのは、矢張り興味がありました」

山遊は続けた。

「そのとき、ホールに新婚夫婦を出迎えたのは、佐起枝、みどり、渋川、僕の四人。早馬の親父さんは夜が早く、テレビの奥さんを見ると安心してすぐアトリエに引き取り、ホールには迎えに出ませんでした。皆、花嫁を見るのは初めての人ばかりです。――時間どおり、早馬の車が邸に戻って来た。僕たちが玄関のホールに集まると、清水が二つの鞄をかかえて入って来た。続いて早馬と奥さん、少し後から滝の顔が見えました。……それが奥さんを見た最初だった」

山遊は伊津子の方に顔を向けた。

「奥さんはくちなし色のスーツを着て、ぴっちりした帽子をかぶっていました。背は早馬の肩ぐらいしかなかった。奥さんはお世辞でなく、テレビで見るよりはずっと若く、綺麗でした。しきりにバッグを持ち替えているのを見て、初めて会う人たちの前で緊張しているることが判りました。その初初《ういうい》しさはいかにも花嫁らしく、好感が持てたものです。そのとき、チーが僕たちの足元をすり抜けて、早馬の傍に駈け寄った。そうじゃない、最初に花嫁さんの足元に駈け寄ったんです。――夕べそのときの光景を何度も思い出した。だが間違いなく、チーは最初に花嫁さんの足元にまとわりついたんです」

「それは、僕も覚えている。伊津子に向って、チーが吠えやしないか、ちょっと気になったんだ」

と、早馬が言った。

「僕もそう思った。だが事態は全く逆だった。チーは花嫁に吠えかかるどころか、奥さんの足元に廻りながら、鼻先を足にこすり付けていた。……犬が人間に示す、最上の親愛を示したんです。チベタンテリアという種類の犬は、特別敏感な性格を持っている。その性格から、番犬として人間に飼育されてきました。そのチーが、全く初対面の人間に親愛の情を示しているんです。犬好きの刑事さんを悩ませたほどのチーがです。このチーの不可解な行動を説明する答は一つ。花嫁は以前、チーを可愛がったことがあるに違いない」

「そのとおりです。わたしはそれ以前からチーを可愛がっていました」

と、伊津子が答えた。

「何故、夕べまでそのことに気が付かなかったんだろう。恐らく、僕は初めて見る花嫁さんだけに心を奪われていたとみえます。実はその後でも、奥さんはこの邸に初めて来た花嫁さんとしては、辻褄の合わない話をしたのですよ」

「辻褄の合わない話？」

「ホールで僕たちは早馬から奥さんを紹介され、サンルームでお茶を飲んだでしょう。そのときです。奥さんは珍らしそうに常夜灯のついた庭を見廻していました。奥さんはまだ蓋のしてあるプールに目が止まったようだったので、僕は〈あすこはプールです〉と教えたのを覚えている。すると奥さんは〈まあ、プールが？〉と初めて知ったように言いました。ここまではいい。だが、その後が変になります。僕が〈奥さん、泳ぎは得意ですか？〉と訊くと〈それが駄目です〉という返事。滝さんが〈早馬に教えてもらうといい〉と言ったのに対し〈溺れてしまうわ……〉と答えていましたね。ねえ奥さん、初めて早馬の家にプールがあることを知ったあなたが、何故そのプールが溺れてしまうほどの深さがあることを知っていたんですか？　家庭用のプールで、背が立たないほど深く作られているのは珍しいでしょうしね」

「——それは、貴緒さんが教えてくれました。もと、飛び込み台があったので深いのだと」

　と、伊津子は言った。

「奥さんはプールについて、次の朝でもしくじっているんです」

「………」

「ほら、早馬の姉さんの紘子さんが来たときです。奥さんは紘子さんの子供、明君がプールに蓋がしてあると騒いだとき〈浅いところでも明君の背は立つかしら？〉と言っていたじゃありませんか。この言葉も、プールにどの位の深浅が作られているか知らなければ、口に出るわけはありません。その日も、奥さんの言動は何から何まで慎重でした。でも、無意識に思わぬとき、ひょいと口から出る言葉に、ときどき矛盾があった」

「まだ、あるんですか？」

「ありますね。その朝、紘子さんが来る前、僕としばらく話していたときがあったでしょう。奥さんは僕の〈花嫁の叫び〉のシナリオを読んでいて、その中に出て来る台詞《せりふ》を覚えていた」

「今でも覚えています。〈花嫁にとって、亭主の家は化け物屋敷。いつどこで、どんな物が飛び出して来るか判らない〉そういうのでしたね」

「それが違うんです。正しくは〈花嫁にとって、夫の家はお化け屋敷だ。いつどこで、何が飛び出して来るか判らない〉というんです」

　伊津子は考え込んだ。

「変ね。……覚え違いかしら？」

「僕も最初はそう思って、深く気にも止めないでいた。けれども、よく考えると変なんですね。奥さんが覚えていたのは、シナリオ検討稿の台詞だったんです」

「検討稿……」

「奥さんは、旅行中、早馬が持っていたシナリオで覚えたといいましたが、そんなことは絶対にあり得ません。早馬が持っていたのは〈花嫁の叫び〉の決定稿です。僕はあのシナリオを三度書き直しています。細かいシーンや台詞など、検討稿と決定稿とでは、かなり変っています。奥さんが覚えていたのは、検討第一稿のときの台詞です。奥さんは早馬の持っていた決定稿でその台詞を間違えて、四ヵ所も変えて覚え、それが第一稿の台詞と同じになってしまった。そんなことは考えられません。奥さんは第一稿のシナリオで、その台詞を覚えたのですね」

「第一稿より前でしたわ。早馬と旅行する以前に、原稿のコピイを読んで、その台詞を覚えていました」

「ほう、原稿のとき読んでいたとは思わなかった。もっとも第一稿の本は普通の人の手にはいりませんね。その原稿を見せたのは、矢張り貴緒さんでしたね」

「そうです。貴緒さんの部屋にあった原稿のコピイを何気なく繰っているうちに、その台詞が心に残ってしまったのです」

「その貴緒さんが好んでいた大きなルビーのイヤリングもそのとき話題になった」

「イヤリングのことで、わたし変なことを言ったかしら？」

「言いました。僕が〈あんな大きな石を落さないかとはらはらしますね〉と言うと〈耳が落ちない限りね〉と答えたじゃありませんか。そう言えば、貴緒さんの耳たぶにはイヤリングを付けるための手術で小さな孔が開けられていたことを思い出しました。僕は奥さんの〈耳が落ちる〉と言う表現がおかしく、ただ笑って聞き流したんですが、これも思い返すとおかしい。こうした表現は、クリップやネジやマグネットでイヤリングを止める人に対しては成立しないでしょう。耳たぶに穿孔《せんこう》してある人にこそふさわしい。すると、奥さんは貴緒さんの耳に孔があることを知っていたことになる。それはただの当てずっぽうだったのだろうか。いや、そうじゃありませんね。古代のアッシリアでは耳に孔を開けてイヤリングを付けることが流行したといいます。その時代ならとも角、現在では耳に孔のある人は矢張り特殊でしょう。現に奥さんの耳は孔などない、綺麗な耳たぶです」

「それで、今朝僕に貴緒の耳のことをしつっこく訊いていたのか」

と、早馬が言った。

「そうです。もしかすると、早馬が貴緒さんの耳に孔があることを奥さんに教えたのじゃないか、ということも考えられるからね。早馬の答えは、そんなことを教えたことはないということだった。大体早馬は、奥さんに貴緒さんについて話すのをいつも避けていたんだ。結局、奥さんが貴緒さんの耳に孔のあるのを知っていた、それは、素顔の貴緒さんと接したことがあるということだ。当然、奥さんは貴緒さんと面識があり、話も交したことがあるに違いない」

「山遊さんの言うとおりですわ」

伊津子は静かに言った。

「〈耳が落ちない限りね〉奥さんがそう言ってから数秒後でしたね。大広間の大時計の鐘が鳴り始めたのは。奥さんがその音を聞きながら僕に言った言葉も致命的でしたね」

「わたし……何と言ったのかしら?」

「はっきりと〈ホールの時計ね〉と言いましたよ。あの時計は、朝の八時、昼の十二時、夕方の六時。ちょうど食事の時間に鳴るようにセットされています。奥さんがこの家に来たのは夜で、それ以降時計は鳴ることがありません。つまり奥さんが朝耳にした時計の音はこの家に来て、初めて耳にする音なんです。更に、この家にはサンルームにも、二階の階段を上ったところにも大きな時計があります。にもかかわらず、初めて聞く時計の音、それも三階の僕の部屋に伝わって来た遠くの音を、正確にホールの時計だと言い当てることが出来たのですよ。奥さんは千里眼なのか？　いや、矢張り広間の時計の音を、前から知っていたと考えるべきでしょうね」

「山遊さんの言うとおり、致命的でしたわね」

「奥さんはまた、三栗達樹とも面識があったに違いない。――それは三栗の屍体が発見され、撮影所から呼び戻されて、現場を見に行ったときのことを思い出せばいいのです。警察に確認を求められて三栗と対したわけですが、三栗はすっかりひどい姿になっていて、見るだけで苦痛でしたが、犬歯に見覚えのある金属が冠《かぶ》されていたので、助かったわけです。僕は傍にいなかった奥さんに、そのとおりを教えました。もう一度言いましょう。僕は見覚えのある光る金属が冠されていた、こう言いましたね。僕は三栗とあまり多く会っていない。犬歯に金属が冠されているのは知っていたが、それが金だったか銀だったか思い出せなかったので、ただ光る金属が冠されていた、と説明したのです」

「僕も傍にいた。そうだった」

と、早馬が言った。

「その直後、応接室で一人一人に警察の訊問が行なわれました。サンルームで順番を待つ僕たちの話題は、必然的に三栗達樹のことになります。そのとき早馬は嫌な日だった、とつくづく僕に言った。そして、僕と同じ感想を洩らしました。〈三栗の歯にあれがあったので助かった〉奥さんは、うっかりと相槌を打ってしまった。〈犬歯のプラチナね〉と。いいですか。奥さんは三栗を名だけしか知らないのですよ。屍体も見ていないので、歯に冠された光る金属が何であるか知るわけがない。にもかかわらず、奥さんはちゃんとプラチナだということを知っていたのです。一つ疑問を持つと、それからそれへと不自然なところが見えだしたのです。以上のようなことを考え合わせ、僕が最後に導き出した結論はこうなります。早馬の花嫁はロスタンで結婚式を挙げ、初めてこの家に来て、家の様子や早馬の先妻貴緒さんのことなど何も知らないような顔をしているが、それは嘘だ。花嫁は貴緒さんの生きていたときから、貴緒さんと面識のある間柄であり、この邸のこともかなり精しく知っている人間だ、ということになります」

早馬はじっと山遊の話を聞いていたが、一つの区切りが出来たところで口を開いた。

「さっき僕の部屋で、山遊から、貴緒と三栗と佐起枝を殺した犯人は伊津子だと聞かされたが、半分は信じなかった。時間がないというので、僕は山遊に言われるまま、半信半疑で今の芝居を打った。そして、意外にも伊津子自身の口から、自分が犯人だという言葉を聞いた。続いて山遊から、伊津子が僕と結婚式を挙げてこの家に来る以前、貴緒と知り合いだったこと、この家に出入りしていたことも判った。けれども、まだ僕は伊津子が貴緒と三栗を殺したとは考えられない」

「現場の状況が状況だったからね。誰もあれが殺人事件だとは思うまい」

と、山遊が言った。

「僕も同じだったよ。だが三栗の屍体が発見され、貴緒さんと三栗が同じとき死んだのではないかという疑いが起ったとき、一つの推考が生まれたんだ。……三栗の屍体を動かしたのは、早馬だったそうだね」

「そうだ。屍体を発見したとき、貴緒のベッドの上には二つの屍体があった。一つは貴緒の屍体で、もう一つは三栗の屍体だった。僕は警察に連絡する前に滝に電話をした」

「矢張り屍体を動かしたのは、滝の智慧だったね」

「そうだ。滝はこんなあられもない屍体現場は、決して誰にも見せてはならないと言い張った。滝が最も恐れたのは北岡早馬のスキャンダルだった。滝は三栗の屍体だけを処分し、あと現場を作り変え、貴緒一人の事故死と見せるように、部屋を整理しようと言うのだ。早馬の妻が、夫と同じ屋根の下で、他の男と心中した。こんな噂は僕だって嫌だったよ」

「心中――か。なるほど。早馬は現場を見たとき、貴緒さんと三栗が心中した、と見たんだね」

「そうさ。他に何が考えられる？」

「すると、君が最初に屍体を見付けたとき、部屋の状態は警察で調べたとおりだったんだ」

「そうだ。手を付けたのは屍体とサイドテーブルの上にあったグラスだけだった。ドアや窓には細工をしていない」

「他にこのことを知っているのは？」

「佐起枝は知っていた。だが、固く口止めしておいた。それでもこれは殺人なのか？」

「そう、殺人だ」

「じゃあ、伊津子はどこから貴緒の部屋に出入りすることが出来たんだ」

「無論、ドアからだ」

早馬は腕を組んだ。山遊が言った。

「……さっきプールの傍に立って、変なことを考えていたんだ。このプール一杯に満たされた水を抜くには、どうしたらいいか、とね」

「全く変なことを考えるな。そんなこと考えることもない。プールの栓を開けばいい」

「じゃ、こういうのはどうだろう。プールの栓は開いているが、水は少しも減らない。しかし、一定の時間が来ると、プールの水は一斉に排水される。勿論、人の手を加えずにだ」

「……そんなこと、不可能だろう」

「不可能じゃ、この事件は解決しない」

山遊は伊津子を見た。

「奥さんなら、出来ますね」

「出来ます。プールの排水口あたりの水を、凍らせておけばいいのでしょう」

伊津子はあっ気なく答えた。

「そうすれば排水口が開いていても、プールの水は一滴も流れ出しません。ある時間が来れば氷が融け、水は一斉に流れ出します」

「排水口のあたりだけ凍らせるなんて、出来やしないだろう」

と、早馬が言った。

「プールでは厄介かも知れないが、ガスなら簡単だと思う」

　と、山遊が言った。

「ガス管の栓が開かれ、ホースが開かれているにもかかわらず、少しのガスも洩れない。しかし、一定の時間が過ぎると、ガスは一斉に流れ出る。この仕掛けを作るのは簡単だろう」

「だが、ガスは凍らない」

「この場合、凍らせるのはガスじゃない。矢張り水が一番便利だ」

「ガスのホースに氷を詰めておく？」

「いや、僕の考えでは、もっと手際の良い方法がありそうです。それにはちょっとした小道具が必要になる。奥さん、あれは口紅用の筆のキャップじゃありませんか？」

　伊津子はゆっくりと言った。

「まあ、どうしてそれが判ってしまったの？」

　山遊は微笑した。

「それも、奥さんと最初に会った日のことを考えているうちに、気が付いたんですよ。覚えているでしょう。ホールで奥さんが紹介された後、僕たちはサンルームでお茶を飲みましたね。そこへ、佐起枝が奥さんへの祝電を届けに来た」

「会社の、秋子さんからでした」

「奥さんは、ちょうどその人の写真があると言って、バッグから二人並んで写っている写真を僕たちに見せました。その写真の裏が、赤く汚れているのを僕が注意したでしょう。一瞬、血の色に見えたんですが、奥さんは、口紅の跡だと説明しました。紅筆のキャップが外れてしみにしてしまったそうです。よく考えると、慎重な奥さんにしては変な失敗ですね。紅筆のキャップなんて、万年筆のキャップと同じで、独りでにバッグの中で外れてしまうとは変です。それよりも、紅筆のキャップが何かに使われたため、紅筆だけがバッグに残されたことがあった。その筆が写真を汚したと考える方が自然です。そして、そのキャップの方が細工に使われたのですね」

「そのとおりです」

「なるほど、紅筆のキャップなら、ちょうど良い太さだ」

「何にちょうど良いんだ？」

と、早馬が訊いた。

「ガスのホースにです。つまり、ホースの氷の栓を作るにもってこいの太さですよ」

山遊は続けた。

「紅筆のキャップに水を入れ、冷蔵庫の製氷室に立てて入れておくんです。凍った氷を取り出すと、細い弾丸のような形になりますね。これを栓に使うわけです。その氷の栓を二つ作るのです。そして、貴緒さんの部屋に忍び込み、暖炉の中にあるガス管の栓を閉める。そして、ガス管とストーブから、ホースを外してしまう。ホースの一端に、氷の栓をしっかり差し込み、もう一方の端から水を流し込んで、ホースの中を水で満たす。そうして、もう一つの氷の栓で水が洩れないようにして、そのホースをそっくり冷凍室に入れてしまいます。ここの調理場の冷蔵庫は大きい。一メートルばかりのホースなら、曲げれば楽に入ってしまいます」

「中の水が凍ったとき、そのホースを取り出したのだね」

「無論、誰にも見られぬように、そっとホースを取り出して、貴緒さんの部屋に戻ります。ところが、奥さんが部屋に入る後姿を、運悪く佐起枝に見られてしまった」

「佐起枝は、貴緒が部屋に入る後姿を見たと証言していたが……」

「佐起枝はその人影が片手に持っていたのが、蛇だと見たからです。この家で蛇を持つ女性は、貴緒さんしか考えられないからです。実はその長いものは蛇などではなく、ガスのホースでした」

「それで、あの部屋をいくら捜しても、とうとう蛇は見付からなかったんだ……」

「奥さんが貴緒さんの部屋でどんな仕掛けをしたか、もう想像が付くと思う」

と、山遊は続けた。

「奥さんは凍ったホースの片方をガス管に差し込む。ホースの端は固くなっているはずだから、その部分だけ温ためる必要があったと思う。いずれにしろ、特に手間の掛かる仕事ではありません。ホースをガス管に差し込んでから、ガス管の栓を開く。ホースの他の端は、無論ガス器具から外したまま。もっともその端があからさまに見えてはいけないので、器具の裏に隠れるような注意をしなければならない。そして奥さんは注意深く指紋を消し、誰にも見られぬように部屋から出てしまえばよかった」

「貴緒さんの部屋にあるウイスキーの瓶に、睡眠薬を入れてからです」

と、伊津子が補足した。

「そう、それを忘れていた。そのウイスキーとグラスは、貴緒さんが部屋で一人だったように、早馬が作り変えたのだったね」

「それも滝の提案だった」

と、早馬が言った。

「その後、貴緒さんと三栗は部屋に戻り、戸締りを厳重にする。これは、不貞な密会だから当然だ。そのまま二人は何も知らずに、睡眠薬の入ったウイスキーを飲んで寝入ってしまう。しばらくするとホースの中の氷が融け、少しずつガスが洩れ始める。奥さん、ガスが洩れ始める時間も計算済みですね？」

「自分のアパートで、冷蔵庫を使って、何度も試しました」

と、伊津子は答えた。

「翌朝までにはホースの中の氷はすっかり融け、ホースから出た水は、暖炉に敷いてある砂利の中に落ち、早馬が部屋に入ったときには、表面も乾いていたでしょう」

「暖炉の砂利の下までは気付かなかったよ」

と、早馬が言った。

「だが、一体伊津子と貴緒の間には、何が企らまれていたんだ？」

伊津子は山遊を見た。山遊は腕を組んで首を横に振った。早馬は伊津子に目を移した。

「……貴緒さんが企らんでいたことは、あなたの浮気をでっち上げ、離婚に持ち込むことでした」

と、伊津子は言った。

4

「すると、君と僕との出会いも？」

「そうです。全て貴緒さんと三栗さんがお膳立てをしたのです」

「そうだったのか。それで前から不思議に思っていた妙な暗合の意味が判る。僕と伊津子との出会いは帝映創立五十年記念のパーティだった。山遊のシナリオ〈花嫁の叫び〉の主人公たちが出会うのもパーティの席だ。僕はこの類似を、ただ偶然の暗合にしては妙な一致だと思っていたんだが、今、その理由が判る。貴緒は〈花嫁の叫び〉の原稿を読み、それをヒントにして、自分たちの脚本を書いたのだね」

「そうです。わたしが最初に貴緒さんに会ったのは、昨年の夏の終り、ちょうど山遊さんの脚本が、映画会社の懸賞で、一位に当選した記事が、新聞に載った日でした。最初にわたしを呼び出したのは、三栗達樹でした」

「三栗が……」

「会社に電話が掛って来たんです。知らない男の声で〈あなたと会いたい。重要な話がある〉そう言いました。これまで、知らない男の人と二人だけで話したことなど一度もありませんでした。何だか気味が悪くて、同僚の秋子さんにそのことを話すと〈あなた、結婚するのじゃない？〉と言われた。それで、その頃わたしの身辺に近付いて、わたしの生活を訊き出そうとしている男がいることに気付いたの。〈私立探偵ね。あなたきっと誰かに気に入られたのよ。相手はきっとお金持ちね。そうしたら、絶対に逃しちゃ駄目〉と秋子さんは言いました。わたしは半信半疑で指定された喫茶店に行きました。待っていたのはサングラスを掛けた、人品の良い男の人です。それが、三栗達樹でした」

さらさらいう紙の音がした。山遊は伊津子の話を聞きながら、貴緒のノートを繰っていた。

「男はわたしの頭の先から爪先まで、品定めでもするように見渡しました。〈君は熱烈なジャンヌのファンだそうですね〉と男は言いました。わたしが北岡早馬のファンだということは、友達にでも訊いたのでしょうか。〈だから、どうだと言うんですか？〉わたしは相手がどうやら結婚調査が目的でないと判ったので、少し気味が悪くなりました。〈いや、突然こんな話を持ち出して、変に思われるのは当然だが、実は秘密が条件で、あなたにお願いしたいことがあります〉〈それはジャンヌに関係のあること？〉〈あなたにジャンヌを助けてほしいんだ〉わたしはちょっとびっくりしました。男はそこで自分の名を明しました。作詞家の三栗達樹。〈どこかで僕の顔を見たことがないかね？　早馬のレコードのジャケットの裏に出ていたことがある〉三栗はサングラスを外して笑いました」

「僕を助けるって？」

　早馬が訊いた。

「〈早馬の命を助けるとか、大金を貸すなんて大袈裟なことじゃない。ただちょっとジャンヌの手助けをして貰いたい〉と三栗は言います。〈わたしに出来ることでしたら……〉電話などでなく、早馬さんと実際に話が出来る。それだけで内心わくわくした気分になりました。三栗は言います。〈明後日、帝映創立五十年記念のパーティがある。伊津子さんはそのホステス係で会場に行きますね〉わたしは首を傾げた。〈パーティの話は知っていますけれど、わたしはただの社員、パーティに出席するなどと言われていません〉〈いや、明日になると判るが、君たちはパーティのホステス役で会場に行くことになるんだ〉何でも調べがついているようです。〈その会に勿論早馬も出席する。伊津子さんはその席で早馬にだけ注意して、彼が困るようなことが起ったら、助けになってほしい〉〈何の助けなんですか？〉〈それはまだ判らない。特に早馬に近付いて、飲み物や食べ物の世話を焼くようなことじゃない。早馬が困るようなことは、必らず起ると思う〉〈何のためにわたしがその役になるの？　ジャンヌなら、お付きの人がいるはずでしょう〉〈いや、それがきっかけでね、ぜひ伊津子さんと早馬が顔見知りになってもらいたいんだ〉〈それなら、正式に紹介してくれる方が早いでしょう〉三栗はくすりと笑い〈早馬はロマンチックな男でね、偶然がひどく好きなんだ〉そして〈君だって陰でジャンヌなどと呼んでいるより、相手を前にして早馬さんと呼ぶ方が粋だとは思わないかね〉とも言いました」

　山遊は貴緒のノートを示した。

「貴緒さんは伊津子さんと早馬の出会いにひどく苦心しています。ここに覚え書きがありますから読みましょう。――奇遇であること。ロマンチックであることが必要条件。鉄也車で幸子と接触。鉄也ホテルで独りの幸子を見る。どれも陳腐。外か内か。矢張り内。幸子邸内に迷い込む？　幸子独り旅、飛行機？」

「鉄也と幸子というのは、君の〈花嫁の叫び〉に出て来る登場人物だろう」

　と、早馬が言った。

「そう、このノートは万一のことがあって、誰の目に入るか判らない。実名は使えないので、僕のシナリオから借用したんだね。今の話を聞いていると、貴緒さんは考えあぐねて、僕のパーティの場も借用することにしたらしい」

　伊津子は続けた。

「わたしは三栗の本心が何であるか判らなかったけれど、最後には承知することになりました。そうすると三栗はわたしにお金を預けた。お給料の何倍もする金額でした。わたしが成功すれば一割くれるという約束で、わたしは預り証にサインしました。そのサインが、最後までわたしを縛るとは、そのとき思ってもみませんでした」

「脅迫に使われたのだね」

「わたしが脅迫されたのは、後になってからです。そのときはまるで狐にでもつままれたような気持でお金をバッグに入れて三栗と別れました。翌日、不思議なことに、三栗の言うとおり、わたしたちは課長さんから、明日パーティのホステス役として会場に行くように言われました。パーティは凄く盛大でした。わたしは一張羅の服の胸にホステスのリボンを付けて、受付の隅に立って、あなたの来るのを待っていました。やがて、大勢のお客さんに混って、あなたはわたしの前に立ちましたが、無論受付の女の子になど目を向けるはずはありません。でもわたしはじっとあなたを見守っていました」

「貴緒はあの日同席するはずだったが、朝になると頭が痛むのでパーティには行かないと言い出した。いつもの我儘だと思ったが、それも計算のうちだったんだね」

「そうなんです。貴緒さんが出席していれば、わたしがあなたに接触する必要がなくなりますから。会が終ろうとする頃、あなたは会場を出るのが判りました。わたしがそっと後をつけると、廊下の赤電話を掛けるところだったんです。ところがあなたは電話の前に立ったまま、ポケットを探り続けました。三栗の言った〈ちょっとした手助け〉はこれだと直感しました。わたしは何気なくあなたに近付き、小銭を貸してあげたのです」

「僕のポケットから財布を抜いたのも貴緒だったのか」

「話しているうち、あなたは電話に出るわたしの声を覚えていることが判りました。わたしは感激しました。翌日、あなたは電話を掛けてくれ、一緒に食事に誘ってくれました。その翌日、今度は三栗から電話が掛って来ました。会ったのは別の喫茶店です。三栗は人の目を気にしていた。〈凄くうまくやってくれましたね。有難う〉わたしがお金を返すと、三栗は約束の謝礼金と、わたしの預り証を渡しました。〈彼の印象はどうだった?〉と三栗は訊きました。〈彼はやさしくて素晴らしかった。まだ夢を見ているみたい〉わたしが正直に言うと、三栗はじっと顔を見詰めて〈彼を愛せるかね?〉と訊きました。勿論〈愛していますす〉と答えると〈僕の言うのは、もっと具体的な愛なんだ。つまり……早馬はあなたのような女性を欲しがっている〉わたしは思わず体を固くした。そうだったのか。どうも話がうますぎた。〈あなたは、わたしに早馬さん相手に売春をさせようというのね〉わたしは気色ばんで言いました。〈そりゃ違う。誤解しちゃ困る。この僕がそんな手引きをすると思うかね〉三栗は必死で弁解した。それに嘘はないようでした。〈本当のことを言おう。今までのことは全部、早馬の奥さん、貴緒さんと言う人に頼まれたことだ〉」

山遊が冷蔵庫からジュースを出してコップに注いで持って来てくれた。伊津子はさっきから喉がからからだった。コップを両手で持って、ジュースを飲んだ。

「三栗は早馬と貴緒の仲はかなり悪くなっているとわたしに教えました。最初わたしは信じませんでした。〈君は週刊誌のスタア同士の噂話を全面的に信じる?〉と三栗が言いました。わたしは首を横に振りました。〈じゃ、仲の良い歌手の夫婦の記事は?〉よく考えればそれを肯定する理由はありません。わたしが黙っていると〈それ、ごらん〉三栗は笑いました。三栗の話では、早馬は貴緒さんを嫌いだし、貴緒さんは早馬を憎んでさえいる。このままでは早晩、破滅を迎えるのは目に見えている。現在、早馬の精神はぼろぼろだ。それを救うのは君しかいないと言うのでした」

「それは本当だった。あの頃、僕は精神的にひどい状態だった」

と、早馬が言った。

「それでもわたしは疑っていました。三栗はわたしたちを穽に掛け、スキャンダルを作り上げて、週刊誌に売り込む気かも知れない。でも、わたしは三栗の言った最後の言葉のとりこになりました。〈早馬は君を好いているんだよ。早馬は君のような女性が好みなんだ。そのため、僕は君を探し出すのに、どれほど骨を折ったか知れない〉」

「鉄也の好みが貴緒さんのノートに記されている」

と、山遊がノートを読んだ。

「――黒い長い髪。若い肌。地味な服。淡いスズラン。ミデアムのステーキ。ユトリロ。アダ　ブランカ。京都。夏の海。鉄仮面。ジンリッキー。フリュート。ゴシックロマン……。ついでに、幸子の性格と言うのがある。――熱愛。献身。多欲。競争心。一見素直。美人にするか？　魅惑的な女。というところ……。三栗は奥さんがその条件を具えていると見たのでしょう」

「それからのわたしは、三栗の特訓を受けるようになりました。わたしは短期間に、あなたの趣味、嫌がるもの、性格、癖などを叩き込まれました。〈恋の調教師だね〉と三栗は笑いました。三栗はわたしの服を作るためにマドリッドに連れて行き、香水を選び、化粧のし方まで指導しました。ホールの時計の音や、プールの深さも、その頃知りました。日一日三栗の特訓で自分でも美しくなってゆくのが判りました。わたしはあなたの気に入るように作り変えられたんです。本当は貴緒さんが記したように、一見素直そうに見えても、多欲で競争心の強い女なんです。わたしは一生懸命だった。三栗のどんな無理でもきいた。全て、あなたを愛したためです。本当にあなたのためなら、死んでも惜しいとは思わなかった……」

伊津子は不意に涙をこぼした。早馬を愛すると言うだけで、胸が一杯になった。

「あなたとデートした後、わたしは必らず三栗に一切を報告しなければなりませんでした。〈君は、まだ処女？〉或るとき、三栗が訊いた。何も言わなくとも、答えは判っているようでした。〈早馬は君を求めたことがある？〉わたしが口をつぐんでいると〈僕がいいと言うまで、早馬に与えてはいけない〉と命令しました。〈それはいつ？〉思わずそう言うと、三栗はにやりと笑った。〈どうやら、君の方で待てなくなっているようだが無理はない。判った。計画は早めに進めよう〉〈計画？〉そして、その夜、わたしは初めて北岡邸に連れて行かれました」

「それはいつ？」

と、山遊が訊いた。

「〈花嫁の叫び〉のキャスティングが決まり、あなたは撮影所に行って、帰りは遅いのだと聞かされました」

「本読みと衣装合わせのあった日だ。クランクインの二日前だ」

「三栗は邸に住んでいる人たちを教えてくれました。その人たちに気付かれてはいけないと言い、邸の裏手を廻り、あざみ門から邸内に入りました。道は木立ちの間を曲り、あまり広すぎて、これが庭の一部だとはとても思えないほどでした。そのうちに木立ちが途切れ、邸が見えてきました。芝生の中にプールが光っていました。まるでお伽噺の世界に飛び込んだようでした。三栗はあたりに気を配りながら、建物の横にある鉄の非常階段を登り鉄のドアを開けました。打ち合わせがあったとみえ、ドアには鍵が掛けられていませんでした。わたしは一つの部屋に案内された。目の眩むほど贅沢な部屋だった。大きなクリスタルガラスの照明に照らし出された部屋の調度類は、どれもが立派な美術品ばかりでした。部屋にはマントルピースもあり、籐製のスクリーンの向うには、樺色のベッドが見えました。わたしがぼうっとして部屋を見渡していると、三栗はクルミ材の椅子をすすめ〈どうだい、その気になれば、君はこの家の主人になることが出来るんだよ〉とささやいた」

伊津子は改めて自分の部屋を見廻した。

「〈だって、早馬さんには奥さんがいるわ〉わたしの言葉に三栗は笑った。〈もうそろそろ思い当りやしないか。貴緒さんは僕と結婚するんだ〉〈なぜ?〉〈決っているじゃないか。早馬は君と浮気をする。貴緒さんがそれを知る。それが離婚の原因さ〉〈それは反対だわ。浮気をしているのは、あなたたちでしょう〉〈反対でも何んでも、そうしないと早馬から慰謝料が取れないんでね〉〈卑怯だわ……〉〈落着いてよく考えるんだ。その代り君は憧れのジャンヌと結婚し、このお邸の奥様になることが出来るんだ。素晴らしい話だとは思わないかね〉そのときドアが開き、貴緒さんが部屋に入って来ました」

「貴緒さんはラメ織りの黒いセーターを着ていました。深く切り込んだVネックから見える白い肌に、茶色の蛇がからみついていました。わたしは初めて見る貴緒さんに圧倒された。何故、貴緒さんは多くの人を魅了するのだろう。その理由は後になって判った。貴緒さんは心の中に、強烈で恐ろしい毒を持っています。表面からそれは見えないが、その匂いが人を惑わせるのに違いない。貴緒さんは三栗と同じようにわたしの身体を見渡した。わたしは奴隷のように棒立ちになっていた。〈よさそうな子ね〉初めて聞く声も、張りのある美しい声でした。〈よさそうじゃありませんよ。本当にいい子なんです〉と三栗が言った。〈あなたがそう言うなら、間違いはないでしょうね〉貴緒さんは猫足の椅子に腰を下ろして脚を組み、膝の上で蛇を弄《もてあそ》んだ。〈最初に、このことを忘れないように。いいですか。早馬はわたしの大切な旦那様ですよ。これだけは肝に銘じておきなさい〉そして、三栗に向って言いました。〈この子は磨けばもっと綺麗になるね。何といっても若いのが武器だ。早馬はすぐ夢中になるだろうね。いいと言うまで早馬に手を出すなと、よく言い聞かせたでしょうね〉〈ほう珍らしいな。貴緒、嫉《や》いているのか？〉貴緒さんは鼻で笑いました」

伊津子は唇をしめした。

「わたしは貴緒さんの前で約束させられた。けれども、すぐわたしはその約束を破った。あなたの誘いを断わることが出来なかったのです。初めての大切な夜まで、貴緒さんの筋書きどおりでは、わたしはまるで道具じゃありませんか。わたしは道具になることを拒否した。その夜のわたしは固く、あなたを満足させられたかどうかだけが心配でした。けれども、あなたは優しくわたしをいたわってくれたわ。そのとき、貴緒さんの計画がどうあっても、わたしはこの人から離れまいと心に誓ったのです」

早馬は身動きもせずに、伊津子の話に聞き入っていた。

「その夜のことは、二人に知れまいと思いました。でも、あの二人の目を逃れることは出来ませんでした。貴緒さんはわたしの顔を見るなり平手打ちを食わせた。〈どうして約束を破った！〉わたしも負けてはいません。〈わたしは早馬さんを愛しています。わたしは自由よ。それなのに、何故あなたの言いなりにならなければいけないの〉貴緒さんは怒った。怒った顔も、口惜しいほど魅惑的だった。〈お前は最初わたしが言った、早馬はわたしの旦那様だということを忘れている。いいか、お前は、わたしの口一つで早馬とは逢えなくなるんだよ〉〈わたしは、早馬さんとは別れません〉〈この子は早馬のために頭が悪くなっている。よく聞くんだ。お前はわたしのお膳立ての上に乗っているに過ぎないんだよ。わたしたちが仕向けたから、早馬はその気になっているだけだ。わたしたちが早馬の趣味を教え、早馬の気に入るように、服から化粧から身のこなし方まで演出してやったんだ。早馬の相手は、たまたまお前が選ばれただけなんだ。条件さえ似ていれば、別の女の子だってよかったんだ。お前がこれ以上勝手な振舞いを続けるなら、わたしは全てを早馬に話す。パーティでの出逢いから全てをだ。そうすれば、早馬はお前などには目もくれなくなるだろう〉わたしは腹が立った。〈早馬さんはわたしを愛している。あなたの言うことより、わたしを信じるわ〉〈だめだ。こっちには証拠があるからね〉〈証拠？〉〈お前が三栗に書いた、預り証のコピイだ〉貴緒さんは焦げ茶色のノートを取り寄せ、中に挟《はさ》んであった紙片を、わたしの前に差し出しました。〈だからお前は、自由な愛などできないんだ〉」

「そのコピイは？」

と、山遊が訊いた。

「わたしが貴緒さんの部屋にガス洩れの仕掛けをしたとき、覚えのあるノートの間から抜き取って処分しました」

伊津子は続けた。

「〈一度だけで済むと思っていたのにね〉と、貴緒さんは歯ぎしりをしました。貴緒さんはもともと虫の居所が悪かったようです。わたしが部屋に入ったとき、貴緒さんは鳴きながら逃げ迷う犬に、蛇をけしかけていました。チーはわたしを見て、助けを求めるように駈け寄りました。……ええ、犬はわたしを見て吠えないように、三栗が前に手なずけてくれたのです。貴緒さんに叩かれたときも、チーは悲しそうに鼻を鳴らしました。三栗は拉《ひし》がれて並んで坐っているわたしとチーを見下ろしていましたが、貴緒さんに向って言いました。〈最初は早馬と結婚してもいい覚悟じゃなかったのかい〉〈気が変ったね〉と貴緒さんは言いました。〈早馬がこの子に夢中になるなんてね〉三栗は変な顔をしました。わたしはそれを見て、どうやら三栗に誤算のあったことが判りました。最初の計画になかったことが起り始めたらしい。計画ではあなたとわたしの結婚は、貴緒さんの覚悟の上だったと思われます。けれども、その日のわたしを見て、貴緒さんは今まで経験したことのなかった嫉妬心が燃え上るのを感じたのです。貴緒さんはいつでも女王でした。彼女の前に跪かない人間は、これまでに一人もいなかった。それなのに、あなたが背を向け、野暮ったい小娘に夢中になった。自尊心が傷つき、嫉妬心が知らぬうちに貴緒さんの心を占めたようです。美貌に自信のある自分から離れて行ったあなたが宥せなかった。そのあなたがわたしと夜を共にしたと聞いただけで、貴緒さんは気も狂わんばかりだったでしょう。〈こうなった以上、早いに越したことはない〉と貴緒さんは言いました。そのとき、三栗はわたしにカメラを渡し、使い方を教えました。〈これで、君と早馬との証拠写真を撮るんだ。六枚撮り終ったら、そのまま持って来なさい〉そのため、わたしは裏蓋の開け方を教えてもらえませんでした」

カメラはライティングデスクの上に載っていた。カメラは初めて見たときと同じ、銀色の光を放っていた。

「翌日、わたしはあなたと逢いました。あなたがしばらくロケで地方に行くため、急に心細くなって、わたしの方から無理に誘いました。そのとき、カメラを使いました。カメラは化粧台の上に置いて、セルフタイマーを使ったのです。何にも知らないあなたは、前よりも激しくわたしを愛してくれた。秋になって、初めての寒い日でした。わたしは身を竦めて私鉄電車に乗り、人気のない郊外のアパートの小さな部屋に戻ると、涙が出て仕方がありませんでした。あなたに対する思慕は、やがて、貴緒さんへの激しい怒りに変ってゆきました。何一つ苦労なく育てられ、天性の美貌と才能で、贅沢三昧な日日。にもかかわらず、自分の我儘からあなたを遠退け、三栗と思うままの快楽を貪っている。その上、自分たちの手段のため、無力な女の子を道具にし、自分の意志どおりに働かせようとしている。これは甚だしい思い上りだ。絶対そうはさせるものか。わたしは繰り返し繰り返しそうつぶやきました」

「それが、二人に対する殺意だったんだね」

と、早馬が言った。

「そうです。今までのわたしは不幸続きだった。両親には早く別れ、田舎でお婆さんの手一つで育てられました。学校では陰気な子だったし、勤めに出てもそうでした。自分から努めて目立つまいとしていた。それは小さいとき、貧乏で粗末な服ばかり着せられていた頃からの習性だった。ところが、あなたと出逢った瞬間から、わたしの人生は変りました。いつの間にか、スポットライトの真ん中に立とうとしている自分の姿に気付きました。あなたと結婚し、この邸の中で幸せな人生を送る。それは夢でなく、手を伸ばせばすぐ届きそうなところにあった。わたしの生涯に、こんな機会は二度とあるとは考えられません。絶対に逃したくはなかった。貴緒さんと三栗を殺してでも……」

伊津子は知らぬうちに両手を握り締めていた。

「真夜中になっても寝る気がしません。寒くなったので、わたしは押し入れの奥から、小さなガスストーブを引出して、火をつけました。独りでその火を見ているうち、二人への殺意は増増強まるばかりでした。わたしは今までのことを考えました。もし、貴緒さんと三栗が変死でもすれば、警察はわたしを疑うだろうか？　長いこと考えましたが、答えはいつも同じでした。貴緒さんと三栗とわたしの秘密は固く保たれている。貴緒さんの方はあなたの慰謝料が目的ですから、いやが上にも秘密には厳重でしょう。一方、あなたとわたしの仲も同じでした。人中に出るときあなたはいつも髪形を変えたり、サングラスをしたりして、殊更人目を避けていました。もし、貴緒さんと三栗が変死したとしても、警察ではわたしの名前さえ収集出来ないに違いない。しかし、わたしの手一つで、あの二人をどうやって殺すことが出来るだろうか。子供ではない二人、しかも二人の企画が実行されぬうちそれをし遂げるなど、とても不可能に思えました。わたしはバッグに入っている撮影済みのカメラを思い出しました。それとも、今度は素直にこのフィルムを相手に渡し、あなたと交際を続ける別の手段を考えようか。わたしは明け方近くまで起きていました。わたしはやっと床を伸べ、ストーブを消そうとしてガス栓に手を掛けました。そのとき、目の前に殺人の凶器があるのに気付いたのです。次の瞬間わたしは二人を殺す一つの方法があることに気付きました……」

「それがガス栓の仕掛けだったんだね」

と、山遊が言った。伊津子はうなずいた。

「次の日、三栗と逢ったとき、わたしは〈早馬さんが想像以上に用心深くて、カメラに収めるチャンスがなかった〉と嘘を吐きました。わたしは努めて仲間意識を持つ振りをし、忠実な下女のように振舞いました。そして、何よりも早くお金が手にしたいとほのめかしましたので、三栗はわたしの言うことを疑わなかったようです。〈僕も最初からうまく行くとは思っていなかった。だが、貴緒が何と言うかな〉と、貴緒さんのことだけを気にしていました。が、何を思ったのか、意味あり気に笑って〈貴緒のことは僕がうまく言っておこう。その代り……早馬がロケから帰って来ると、僕の方はちょっと不自由する〉三栗はわたしを慰もうとしているのです。わたしは嫌嫌《いやいや》ながらそれに応じました。勿論、その日までには三栗を殺してしまう覚悟だった。その約束が済むと、わたしは打ち解けて、さり気なく北岡邸の予定などを訊き出しました。貴緒さんと三栗の密会は、必らず貴緒さんの部屋で行なわれること。その日、非常口と貴緒さんの部屋の鍵は掛けられていないこと。佐起枝は九時になると自分の部屋に引きとることなどです。そして、次の日曜日、みどりは休日、佐起枝は観劇、あなたがロケ先から帰るのは月曜日。二人の密会がその夜で当分ない、と知ったとき、わたしの決行もその日を目標にして進められました」

5

陽差しが変っていた。緑色の部屋は黄ばみが増し、早馬と山遊の顔は赤っぽく見えた。

「……その日曜日、佐起枝は観劇で留守。あなたは浜松のロケーションがありました。三栗にそれとなく訊くと、貴緒さんは同窓会があり、二人の密会はその夜の十二時頃になることが判りました。この機会を逃したら、最後です。わたしは夜になってこの家に忍び込みました。あざみ門から非常階段を登って。密会に備えて、鉄のドアには鍵が下りていませんでした。わたしはすぐ貴緒さんの部屋に入って、ゴム管を器具から外して、用意にかかりました。長い時間でした。氷の出来る間はサンルームの更衣室にじっと隠れていたわ。誰も調理場の冷蔵庫など開けに来る人などいないと思っても、その間中心臓が飛びはねていました。充分に凍らせたホースは持つと指にくっつきました。気温はそう高くなく、わたしはこの状態でガス管にホースを付ければ、二時間以上はガスが洩れないのを計算していました。ただ実際に行なった場合、山遊さんの考えはちょっと外れていたわ。ホースの栓にした弾丸形の氷は一つだけでした。両端にしっかり栓をしたのでは、水が凍ったときの膨張で、ホースが裂けてしまいます。ええ、ホースの曲げ工合は、ガス器具に戻したとき、不自然に見えぬよう、あらかじめ注意をしておきました」

伊津子は長い息を吐いた。

「……わたしは全てをうまくやりおおせました。ただ、貴緒さんの部屋に入るとき、後姿を佐起枝に見られていたことを知り、一瞬ひやりとはしましたが、そのことで問題はなさそうでした。佐起枝はわたしのことなど全然知らないのですから。それよりも、翌日のニュースが気がかりでした。報道はわたしの思ってもみなかった事件の現場を伝えていたからです。つまり、三栗達樹のことが全く報じられなかった。もし、三栗が死なずに逃れ、警察に出頭でもすれば、当然貴緒さん殺しの殺人容疑はわたしに掛ってきます。三栗は死んだのか、生きているのか。生きていて、わたしの前に不意に現われるのではないか。わたしはそれが一番不安だった。けれども、三栗は最後まで誰の前にも現われなかった。そして、その年が過ぎてから、あなたはわたしに結婚を申し込み、わたしはどきどきしながら、その言葉を聞きました。〈花嫁の叫び〉がクランクアップした夜でした……」

伊津子は続けた。

「わたしは勝ったの。貴緒さんの負です。完全なわたしの勝利。ロスタンの教会での二人だけの結婚式。わたしは雲を踏むような気持だった。もう誰の目も恐れることなく、あなたに抱かれ愛されることが出来る。幸せでわたしはくらくらした。わたしは、あなたに連れられ、花嫁としてこの邸に来ました。わたしの家、わたしの庭、わたしの部屋。……けれども、この邸に住むようになってから、わたしの目の前に、思わぬ問題が起ったのです」

「チーが奥さんを覚えていたし、奥さんは言ってはならぬことを口に滑らせた」

と、山遊が言った。

「そのことは、今日までわたし自身気が付かなかったのです。それは、もっと重大なことでした」

「と、言うと？」

「佐起枝なんです。佐起枝はわたしの姿を一目見ただけで、疑いを起したのです」

「一目見ただけ……」

「佐起枝は私の着ていた服が、一目で〈マドリッド〉の誂《あつら》え仕立だということを見抜きました。おかしいわね。そうでしょう。だって、わたしの持っている服は、全部既製の安物ばかり。わたしの荷物は佐起枝が新しい部屋の箪笥に整理してくれていたんです。それなのに、初めて見る花嫁は、貴緒さんの贔屓《ひいき》だった〈マドリッド〉の誂えを着ている。翌日、佐起枝は早速、わたしに質問しました。〈お坊っちゃまのお見立て?〉まるで軽蔑するような調子なので、わたしはつい本当のことを言ってしまった。あのとき〈勿論よ〉と答えておけば、何事もなかったのに。本当のことといっても〈三栗さんがマドリッドに連れて行ってくれました〉とは言えませんから〈わたし、これまで早馬さんに服を作って頂いたことは一度もありませんでした〉と、はっきり言った。その翌日、わたしのバッグから写真が一枚消えました。秋子さんと並んでいるスナップでした。わたしの部屋には、佐起枝の残り香を感じました。その佐起枝は、翌日わたしに〈さきほどマドリッドへ行って来ました。後ほど、お服のことで御相談したいと思います〉と言いました」

「覚えている。サンルームへ皆が集まったときだ。僕も傍にいた」

と、山遊が言った。

「これは明らかな挑戦でした。佐起枝はわたしの写真を持ってマドリッドへ行き、わたしが三栗に連れられて、服を作らせたことを突き止めたのです」

「佐起枝が奥さんの荷物を整理したと言うと、この香水に仕込まれたカメラも当然目に付いたと思いますが」

　と、山遊が言った。

「きっとそうでしょう。でもそのときは、わたしが何者であるか判ってはいません。ただ珍らしい香水を持っているだけで、特別な目では見なかったようです。その後、わたしはカメラをいずれ処分する積りで、人目に立たぬところに入れ、鍵を掛けておきました。さっきも言ったように、山遊さんの言葉が、心のどこかに残っていたようですね」

「それは自然のことです」

「それよりも、その日、佐起枝と話した後、山遊さんに聞かされたことの方が重大でした」

「何のことだった？」

「わたしは、この邸に来るに当って、そんなことはないだろうと考えながらも、いつも気に掛っていたことが一つだけありました。それは貴緒さんが、わたしに関することを、何かに書き残してはいなかっただろうか、ということでした。わたしのことは貴緒さんに取っても秘密のことです。それはないと思っても、万一ということがあります。わたしがこの邸へ来て、最初にすることは、自分の目で貴緒さんの部屋に残されている品物全部の確認でした」

「ところが、貴緒さんに関する品は、早馬が全部処分してしまった」

　と、山遊が言った。

「わたしはあなたの口から聞くまで、その意味がよく判りませんでした。わたしは当惑しました。そして、山遊さんが貴緒さんのことを話してくれたとき、よいきっかけだと思って、貴緒さんの残した品は一つもないのかと念を押しました。すると山遊さんは〈佐起枝は貴緒さんが残したノートを一冊大切に保存しているようだ〉と教えてくれました。覚えていますね？」

「覚えている。そう言えば妙に熱心な質問でした」

「わたしはどうしてもそのノートが見たくなりました。そのためには多少の危険を冒してもよい覚悟がありました。そして、わたしは佐起枝の部屋から、貴緒さんのノートを持ち出すことに成功しました。山遊さんが見ている、そのノートです」

山遊はノートを閉じた。

「その気になって読むと、確かに貴緒さんの書いた、鉄也と幸子の筋書は危険ですね」

「佐起枝もきっと貴緒さんのノートを読み返すでしょう。ノートの盗難に、佐起枝がわたしを疑っても、ノートを残しておくよりは安全だと思い、わたしはノートを持ち出しました。佐起枝もマドリッドとノートの紛失だけで、わたしを訴えることは出来ないでしょう。ところが、わたしは佐起枝に、どうにもならない姿を見られてしまった……」

「それは？」

「〈花嫁の叫び〉の一部撮り直しに、あなたと一緒に撮影所へ行った日のことです」

「撮影後、藤堂監督や琴吹由美がここへ遊びに来た。その日、佐起枝が殺された……」

「皆がプールで泳ぐ直前、わたしは佐起枝に退《の》っ引《ぴ》きならない姿を見せてしまいました。それで、わたしはすぐにでも佐起枝を殺さなければならなくなったんです」

「その姿というのは、一体どんな姿なんですか？」

と、山遊が訊いた。

「誰も見ていません。見ていたのは佐起枝だけでした」

「それはどこで？」

「ほら、皆が泳ぐと言い出し、佐起枝があなたの水着を取りに行ったでしょう。わたしも水着を取りに、自分の部屋に行った。二人が適当な水着をまとめて、ほとんど同じに部屋を出たのです。わたしの姿を見た佐起枝の表情が変ったのです。顔がこわばり、声を掛けても返事も出来ない状態で、さっとわたしの傍を離れてしまったのです。あなたの部屋に何かあったのかと思い、ドアを開けて見ましたが、異状はありませんでした。わたしは不思議に思いながらサンルームへ戻った。そのとき、水着のブラジャーの紐が、わたしの腕の中からぶら下っているのに気が付きました。その瞬間、佐起枝が何故顔色を変えたのか、その理由が判りました。佐起枝は、貴緒さんと三栗が死んだ夜、貴緒さんの部屋に入る後姿を見ています。そして、佐起枝はその姿を、貴緒さんに違いないと思った。何故なら、人影は蛇を持っていたから。この邸で蛇を持つ人間は、貴緒さんだけです。しかし、わたしが水着のブラジャーの紐を腕からぶら下げて、後向で部屋のドアを閉めている姿が、その夜の姿と重なったのです。あの夜自分が見た後姿と、よく似ていると思ったのでしょう。当然、次のような疑いが起ります。あの夜、自分が見たのは、伊津子ではなかったか？〈マドリッド〉、ノート……。そう、伊津子に違いない。佐起枝の顔に現われた表情は、その驚きだったのです」

「それが、奥さんだとすると、手に持っていたのは蛇だという考えは間違いだ……」

「当然そうなりますね。では何だったか。蛇に似て細く長い物。すぐ、ガスのホースが連想されますね。今朝、調理場で渋川さんが話してくれたことですけれど、佐起枝は事件の起った朝、調理室の冷蔵庫が、誰かの手で開けられたのを感付いていたようです。だとすると、あの殺人方法を、確実に見破ってしまったでしょう」

「そうなると、佐起枝は黙っていられないだろうな」

と、山遊が言った。

「それまでは、貴緒さんと三栗の事故、ないしは心中という周囲の状況だったからこそ、早馬の不利になるような証言は一切しなかったんだ。それが、あの事件は殺人事件であり、犯人が奥さんだとなれば、問題は別だ。佐起枝は貴緒さんを殺した犯人を絶対に赦さないだろう」

「そうなんです。佐起枝はあなたのために、警察には届けないかも知れない。けれども、わたしは脅迫され、邸を追い出されてしまうに決っています。わたしは警察よりも、邸を追われ、あなたと別れてしまう方が恐かった。わたしは毒杯ゲームの始まる少し前、隙を見てサンルームを出ました」

「あのとき、皆踊ったり歌ったりで、誰が部屋を出入りしようと、気にする者はいなかったね」

「わたしは渋川が、殺虫用の農薬を、園芸器具を入れておく物置に置いているのを覚えていました。農薬の容器はすぐ見付かりました。わたしは、そっと佐起枝の部屋に入り、すぐクレムドココの瓶を見付けました。貴緒さんがココが好きなことは前から知っていました。佐起枝の部屋に同じ瓶があるのは、貴緒さんをしのんで嗜好するようになったものでしょう。お酒は少し減っていました。わたしはその瓶の中へ、農薬を注ぎ込んだのです。瓶とドアの指紋を拭いてサンルームに戻って少しすると、琴吹由美さんが毒杯ゲームで遊ぼうと言い出しました。藤堂監督が毒杯ゲームにはココがなければならないと言いました。佐起枝がココなら口を開けたのがあると申し出ました。佐起枝がココの瓶を持ってサンルームに戻ったのを見て、わたしは気が遠くなりそうでした……」

部屋が暗くなっていた。暗くなる時刻ではなかったが、空が曇ってきたのだ。早馬は立って電灯をつけた。

「降りだしそうだな」

カーテンを開けて空を見た早馬が言った。部屋の中がむしむししてきた。伊津子は身体を動かした。あまり緊張して掛けていたので、背筋が板みたいになっていた。伊津子の隣に戻ってきた早馬が言った。

「──ココの瓶の中に毒を入れたのは伊津子としても、佐起枝が飲んだのは、沢山のグラスの中から選んだ一つだった。佐起枝は偶然に本物の毒杯を自分で手にしたのかね?」

「いいえ。そうじゃなかったわ」

「とすると、僕にも判らなくなった。最初から話してみてくれないか」

と、山遊が言った。

「毒杯ゲームというのは、参加者それぞれ自分で選んだグラスを前にして、どのグラスにお酒が入っているかを当てっこする遊びでしたね」

「毒杯を作る親の役は、一回毎に変わる。賭けのルールは、トランプゲームのポーカーに似せてある。この奇妙なゲームを考え出したのは貴緒さんで、皆が楽しむようになってから、いろいろ面白いルールが付け加えられて、毒杯ゲームが作り出されたんです」

「最初にゲームの遊び方を教えられたとき、わたしは目の前に置かれたココのために、すっかり度を失っていたので、よく頭に入りませんでした。気が付くと、全員の前にチップが配られ、わたしの前にもチップが重ねられていました」

「毒杯ゲームに参加したのは、全部で九人だったね。早馬と奥さんと僕。藤堂監督と琴吹由美と丸田久世とセブン中村。佐起枝と、滝で九人だった。最初の親はカードで決められましたね。ダイヤのKを引いた、早馬だった」

「そのときのことは、今でもはっきりと覚えているわ」

と、伊津子は続けた。

「あなたがカウンターの向うに入って、毒杯を作り始めたのを見て、頭の中はかあっとし、どうしよう、どうしよう、とそればかり考えていました。毒杯が出来上り、皆は思い思いにグラスを取った。わたしもその一つを手にし、テーブルに置くとき、そっと中の液体の匂いを嗅いでみました。わずかに、揮発性の臭いがしました。ジュースやサイダーではない臭い。少し前、それと同じ臭いの農薬を手にしたばかりです。毒杯はわたしの前に置かれてしまったのです……」

「僕が作った毒杯が……」

　早馬は驚いたように伊津子を見た。

「一時は、いっそのこと、この毒を飲んでしまおうか、とも思いました。けれども、わたしが死ねば、真っ先に疑われるのはあなたです。毒杯を作った当人ですもの。毒杯を作る場所は皆から見えないカウンターの下ですから、どんな細工でも出来るわけです。わたしには、あなたに疑いを掛けさせるようなことは、絶対に出来ませんでした。すぐに賭けが始まり、チップが移動しました。わたしはただおろおろして見ているばかり。チップが置き終り、全員がグラスを持って立ち上る。……乾杯です。他に方法はありませんでした。わたしはグラスを倒しました」

「あれは、わざとだったんですね」

「手の震えていたのは本当です。藤堂監督はわたしのしくじりをリハーサルにしてくれました。わたしはやっと気を取り直すことが出来ました。何故なら、次のゲームの親はわたしです。多少でも思案する時間を得たことは有難いことでした。わたしはグラスとココをバーのカウンターに運び、毒杯を作りました」

「その毒杯を佐起枝が受け取ったのですね。矢張り、偶然に、としか考えられないじゃありませんか」

と、山遊が言った。伊津子は首を横に振った。

「いいえ、佐起枝が毒を飲んだのは偶然じゃありません。矢張り、わたしが飲ませたことになるのです」

「……と言うと、毒を入れたグラスを佐起枝に選ばせる、特別な方法があったのですか?」

「それも違います。あのグラスには、毒なんか入っていませんでした」

「毒が入っていない?」

山遊は目を大きくした。

「そうなんです。わたしは二番目のゲームには、どのグラスにもココを入れませんでした」

「だが、佐起枝は苦《にが》そうな顔でグラスを開けていた。もし、グラスの中がココでなかったら、当然抗議を言うはずだが」

「わたしも不思議でした。その理由は、後になって判りました」

「もしそのとき、佐起枝が抗議を申し出たら?」

「それは、カウンターで、次のゲームのグラスを作っているとき考えておきました。わたしはヒステリーを起す気でいたの。貴緒さんは美しかった、貴緒さんは才能があった、貴緒さんが作曲した歌、貴緒さんが考えたゲーム——何でも貴緒さん、貴緒さん！　わたしにはもう我慢が出来ない。そう言って泣きながら、ココの瓶も毀し、誰にも判らないように毒酒も処分してしまおう。それが、最後の手段でした」

「しかし、佐起枝は何も言わず、佐起枝が親になってゲームは進められた」

「そうです。佐起枝なら本当に毒杯を作るに決っている。それは誰の手に渡るか判らない。ゲームは進み、三度目の乾杯。もう駄目。わたしはヒステリーを起そうとした。確か〈待って！〉と叫んだはずです」

「そう、藤堂監督が険しい顔で奥さんに抗議を示しましたね。だが、その直後、佐起枝が床にうずくまった」

「わたしも、佐起枝がそうなったので、びっくりしてしまいました。それでもヒステリーを起すべきか中止すべきか。答えはすぐに判りました。佐起枝の苦痛はただごとではない。わたしには、佐起枝が毒を飲んだことが判りました」

「そりゃ、変だな」

　と、山遊が言った。

「第一回目の毒杯は奥さんの手に渡り、奥さんはグラスを倒したために、誰も毒を飲まなかった。二回目の毒杯は奥さんが準備し、どのグラスにも毒を入れなかった。三回目の毒杯は僕が受け取ったんだが、誰も飲まないうちに佐起枝が倒れてしまったため、ゲームは中止になった。とすると、佐起枝はもとより、毒杯ゲームでは誰も毒を飲まなかったことになる……」

「でも佐起枝は毒を飲んでいました。二度目の乾杯のとき、佐起枝が苦そうな顔でグラスを空けたのは、毒のために苦痛が起り始めたからです。毒杯でないのにわたしに抗議しなかったのは、すでに舌が麻痺していたのでしょう。佐起枝は久し振りのパーティに、出来るだけ苦痛を堪えようとしていました」

「それなら、佐起枝はいつ毒を飲んだのです？」

「毒杯ゲームの始まる前としか考えられません。佐起枝はココを取りに行き、サンルームへ戻る前に、自分の部屋でココを一杯飲んだのです」

山遊は少しの間、沈黙した。

「そう言えば、佐起枝は藤堂さんにココを渡すとき〈貴緒さんのために〉と言ったのを覚えている。佐起枝は自分の部屋で、同じことを言いながら、独りで乾杯したのだろうな……」

「どうやら降らなくなったようです」

山遊が空を見て言った。

「いっそ、降ってしまった方が、爽やかになったでしょう」

山遊の言うとおりだった。空気は一段と重く、湿ってきた。

「僕はもう一泳ぎして来ます。蛙みたいにね。蛙ですから、何も喋れません。判りましたか？」

伊津子がうなずくと、山遊は部屋を出て行った。

伊津子はじっと早馬を見詰めた。

「……わたしが、嫌いになった？」

早馬は伊津子の手を取った。

「君はいつも僕のことを考えていてくれた。君のとった行動は、全部感動するばかりだ。だが、同時に、それは大変恐ろしいことでもあった……」

終章

伊津子は長いことライティングデスクの前に坐っていた。

〈花嫁の叫び〉完成試写会の、会場の熱気が、まだ頬に残っているようだった。身体は疲れていたが、そのためではなかった。

完成試写会は、都心の大劇場で盛大に開催された。

上映前の舞台には、原作者の大輪田山遊、監督の藤堂、出演の北岡早馬、琴吹由美、セブン中村、丸田久世たちが並び、挨拶のたびに、盛んな拍手を受けた。

伊津子は前の方の席に坐っていた。隣にはみどりに付き添われて北岡順一郎が坐っていた。渋川と、清水静夫も傍にいた。ロビーでは滝と紘子の姿も見掛けた。ルポライターの黒木も来ていた。黒木は伊津子を見ると、

「早馬は本格的な主演俳優として、一廻り大きく成長したと、仲間では評判になっていますよ」

と、教えた。

舞台の挨拶が終ると、早馬と山遊がそっと伊津子の隣に戻って来た。

映画が上映された。伊津子にとって、始めての完成試写会だった。伊津子は固くなって、早馬の演技を見続けた。筋はよく頭に入らなかった。ただ、強烈に感じたシーンがあった。映画の終り近くだった。

由美の幸子の胸に、深深と短剣が突き立っていた。その傍に早馬の鉄也が冷然と幸子を見下ろしていた。

「……望んでいたことなの」

由美の表情は苦痛の中に喜びが重なった。

「すると、知っていた？」

驚く早馬。

「ええ、最初から。……わたし、ドイツ語のカルテを読んでしまったの。それで……自分の余命が判ってしまった。……同じ死ぬなら、愛する人の手に掛りたかった……」

映画が終って、場内が明るくなった。

「どうだった？」

早馬が伊津子に感想を訊いた。

「由美さんが羨やましかったわ。わたしも……でもそれは、贅沢すぎることね」

伊津子は〈花嫁の叫び〉の完成試写会の出席が最後で、それで充分満足だった。

身体の疲れは、最後の日に間に合うよう、昨夜はほとんど寝ずに文章のまとめを急いだからだった。真実を書き終ったとき、貴緒の敗北を確認した。早馬の幸せを信じた。解決は自分で決めなければならなかったのも幸せだった。

伊津子は分厚い便箋を封筒に入れて、机の前を離れた。鏡台の引出しの奥に、ココに入れた残りの薬品が残っているはずだった。

解説

恩田 陸

（お願い）

『花嫁のさけび』は、なるべく先入観を持たずに読んでいただきたい小説です。

解説では、この小説の仕掛けに触れています。

はっきり、ネタバレになっている部分もあります。ですから、必ず小説を読み終わった後で、これ以降の部分をお読みください。

＊

ひと口に技術的な「凄さ」といってもいろいろな種類があって、誰の目から見ても明らかに「凄い」というものと、パッと見には分からないが、同業に手を染めてみて初めて分かる、じわじわ染みてくる「凄い」とがある。

泡坂妻夫の場合、本文の中にマジックをテーマにした短編集がまるまる一冊入った、凝った仕掛けの『11枚のとらんぷ』や、全国の書店員をレジで「乱丁か?」と焦らせた『生者と死者』(十六ページずつの袋とじになっており、袋とじのまま読むと短編小説なのに、袋とじを開いて読むとその短編が消えて長編小説になってしまうという趣向)など、一目で分かる「凄い」もあるのだが、同業者になってかれこれ二十五年の私が、今頃になってようやく分かる「凄い」もあるのだ、と痛感させられた。

それが、この『花嫁のさけび』である。

初読の時、その「仕掛け」を理解した時、『11枚のとらんぷ』のような仕掛けのものを求めていた私は、「ああ、なるほどね」と思っただけで、そんなに衝撃を受けなかった記憶がある。

トリックとしては、過去にも前例があることだし、「あっと驚くトリック」を求めて巷を徘徊する本格ミステリのファンとしては、あまりインパクトがなかったのも当然だったかもしれない。

しかし、こうしてまがりなりにも自分で本格ミステリっぽいものを書くようになり、文章表現に四苦八苦している現在、読み直して、泡坂妻夫が、この作品でいかに自分に高いハードルを課し、それをやり遂げているかということに愕然とした。

物語は、とても日本が舞台とは思えないような、ロマンチックな、しかし不穏なゴシック・ロマンス風に始まる。

知っている人なら、すぐに「ああ、これは『レベッカ』だな」と思うはずだ。

ダフネ・デュ・モーリアの傑作小説『レベッカ』。

世間的には、ジョーン・フォンティンが主演した、アルフレッド・ヒッチコック監督の映画版のほうが名高いかもしれない。

大きなお屋敷に、若いヒロインがやってくる。魅力的な主人は、妻を亡くしている。ヒロインはその後釜に入るのだが、使用人をはじめ、誰もが女主人のことを慕い、口々に誉めそやす。若いヒロインは、前の妻の影に怯え、徐々に追い詰められていく——

『花嫁のさけび』は、実に忠実に『レベッカ』を踏襲し、オマージュしている。

貧しい出自のヒロインは、前の女主人を崇拝するメイド頭から屈辱を受け、パーティ・ピープルからはホステスぶりを比べられる。夫の甥に「早馬のお嫁さんは、この人なんかじゃない！」と言い捨てられる場面などは、明らかに『レベッカ』の中のワンシーンを連想させる。

今回、再読して、実はこれも周到な作者の企みだったと気付いた。

「これは『レベッカ』なのだ」と思った時点で、既に読者は巧妙な罠に誘いこまれているのだ。

そう、読者は無意識のうちに思い込む。このヒロインは、前妻の影におののき、不当な目に遭わされるジョーン・フォンティンだ、と思うのだ。

つまり——彼女は被害者なのだ、と。

　そして、それは同時に、この小説の最大の罠へと誘い込む手段のひとつにもなっている。読者は、最初この小説を読み始めた時、恐らくどこかで違和感を抱くはずだ。あれ、何かがおかしい。この小説は、他の小説とはどこかが違う。

　そう思うはずである。

　しかし、もう物語は始まっている。

　ヒロインを待ち受ける不穏な空気。つきまとう記者たち。次々と不当な仕打ちを受けるアウェイのお屋敷で、けなげに努力するヒロイン、ジョーン・フォンティンに感情移入をしている。次々に怪しげな人物も登場するし、過去の犯罪やスキャンダルも匂わされるし、読者はあっというまにその違和感を忘れてしまい、物語の流れに身を委ねてしまう。

　そして、真相が明らかになって初めて、読者は最初に感じた違和感の正体に気付くのだ。この小説では、ヒロインの心情が全く記述されていなかったのだ、と。

　そうすることで、作者は、読者に対してフェアな挑戦をしていたのだ、と。

　これは、小説を書く人間からしてみると、相当に難しい。

　短編ならばともかく、ヒロインの心情を記述していないことを隠すためには、当然他の人物の心情も記述するわけにはいかない。誰の描写もしていないことを気付かれないためには、会話で補完し、お話の展開をスピーディにして、これから何が起きるのかという興味で読者を引っ張っていくしかない。

　それを泡坂妻夫は見事にやり遂げているのだ。

そもそも、ゴシック・ロマンス風の舞台にしたというのも、誰もが怪しげに見え、不穏な雰囲気で、ヒロインが巻き込まれて、と見せかける、このトリックを成立させるための企みのひとつなのだろう。

そして、もちろん、そのセッティングを最大限に利用しているのと同時に、『レベッカ』に対する、作者のなみなみならぬ尊敬の念に満ちていることは間違いない。

もし、この小説を読んで『レベッカ』に興味を持たれた読者は、ぜひそちらも読んでみることをお薦めする。映画を観たことがある方も、原作を読んだことがないのはもったいない、と断言する。

未だ古びない、スリルとサスペンスに満ちたミステリーロマンである。こちらもまた、意外な結末が待ち受けている。もし先に映画を観ていた読者なら、原作との違いに「えっ」と驚かされるのは間違いない。

それは何かというと——いや、これは原作を読み、映画も観た読者のみに味わえる驚きと喜びなので、ここでは内緒にしておこう。

こんなふうに世界が広がっていくことも、優れたミステリが与えてくれる余禄のひとつなのだから。

（おんだ・りく＝作家）

単行本　一九八〇年一月、講談社
文庫　　一九八三年八月、講談社文庫
　　　　一九九九年七月、ハルキ文庫

※本書は講談社文庫版を底本とし、ハルキ文庫版を適宜参照した。

花嫁《はなよめ》のさけび

二〇一七年一一月一〇日　初版印刷
二〇一七年一一月二〇日　初版発行

著　者　泡坂妻夫《あわさかつまお》
発行者　小野寺優
発行所　株式会社河出書房新社
〒一五一－〇〇五一
東京都渋谷区千駄ヶ谷二－三二－二
電話〇三－三四〇四－八六一一（編集）
〇三－三四〇四－一二〇一（営業）
http://www.kawade.co.jp/

ロゴ・表紙デザイン　粟津潔
本文フォーマット　佐々木暁
本文組版　株式会社創都
印刷・製本　凸版印刷株式会社

Printed in Japan　ISBN978-4-309-41577-2

最後のトリック

深水黎一郎　41318-1

ラストに驚愕！　犯人はこの本の《読者全員》！　アイディア料は２億円。スランプ中の作家に、謎の男が「命と引き換えにしても惜しくない」と切実に訴えた、ミステリー界究極のトリックとは!?

花《はな》窗《まど》玻《は》璃《り》　天使たちの殺意

深水黎一郎　41405-8

仏・ランス大聖堂から男が転落、地上80mの塔は密室で警察は自殺と断定。だが半年後、再び死体が！　鍵は教会内の有名なステンドグラス…。これぞミステリー！　『最後のトリック』著者の文庫最新作。

アリス殺人事件

有栖川有栖／宮部みゆき／篠田真由美／柄刀一／山口雅也／北原尚彦　41455-3

「不思議の国のアリス」「鏡の国のアリス」をテーマに、現代ミステリーの名手６人が紡ぎだした、あの名探偵も活躍する事件の数々……！　アリスへの愛がたっぷりつまった、珠玉の謎解きをあなたに。

『吾輩は猫である』殺人事件

奥泉光　41447-8

あの「猫」は生きていた?!　吾輩、ホームズ、ワトソン……苦沙弥先生殺害の謎を解くために猫たちの冒険が始まる。おなじみの迷亭、寒月、東風、さらには宿敵バスカビル家の狗も登場。超弩級ミステリー。

東京大学殺人事件

佐藤亜有子　41218-4

次々と殺害される東大出身のエリートたち。謎の名簿に名を連ねた彼らと、死んだ医学部教授の妻、娘の“秘められた関係”とは？　急逝した『ボディ・レンタル』の文藝賞作家が愛の狂気に迫る官能長篇！

消えたダイヤ

森下雨村　41492-8

北陸・鶴賀湾の海難事故でダイヤモンドが忽然と消えた。その消えたダイヤをめぐって、若い男女が災難に巻き込まれる。最期にダイヤにたどり着く者は、意外な犯人とは？　傑作本格ミステリ。

黄夫人の手

大泉黒石　41232-0

生誕百二十年。独自の文体で、日本人離れした混血文学を書いた異色作家の初文庫。人間の業、魂の神秘に迫る怪奇小説集。死んだ女の手がいろいろな所に出現し怪異を起こす「黄夫人の手」他全八篇。

白骨の処女

森下雨村　41456-0

乱歩世代の最後の大物の、気宇壮大な代表作。謎が謎を呼び、クロフツ風のアリバイ吟味が楽しめる、戦前に発表されたまま埋もれていた、雨村探偵小説の最高傑作の初文庫化。

神州纐纈城

国枝史郎　40875-0

信玄の寵臣・土屋庄三郎は、深紅の布が発する妖気に導かれ、奇面の城主が君臨する富士山麓の纐纈城の方へ誘われる。〈業〉が蠢く魔境を秀麗妖美な名文で描く、伝奇ロマンの最高峰。

日影丈吉傑作館

日影丈吉　41411-9

幻想、ミステリ、都市小説、台湾植民地もの…と、類い稀なユニークな作風で異彩を放った独自な作家の傑作決定版。「吉備津の釜」「東天紅」「ひこばえ」「泥汽車」など全13篇。

日影丈吉　幻影の城館

日影丈吉　41452-2

異色の幻想・ミステリ作家の傑作短編集。「変身」「匂う女」「異邦の人」「歩く木」「ふかい穴」「崩壊」「蟻の道」「冥府の犬」など、多様な読み味の全十一篇。

琉璃玉の耳輪

津原泰水　尾崎翠〔原案〕　41229-0

３人の娘を探して下さい。手掛かりは、琉璃玉の耳輪を嵌めています——女探偵・岡田明子のもとへ迷い込んだ、奇妙な依頼。原案・尾崎翠、小説・津原泰水。幻の探偵小説がついに刊行！

11 eleven

津原泰水　41284-9

単行本刊行時、各メディアで話題沸騰＆ジャンルを超えた絶賛の声が相次いだ、津原泰水の最高傑作が遂に待望の文庫化！　第2回Twitter文学賞受賞作！

埋れ木

吉田健一　41141-5

生誕百年をむかえる「最後の文士」吉田健一が遺した最後の長篇小説作品。自在にして豊穣な言葉の彼方に生と時代への冷徹な眼差しがさえわたる、比類なき魅力をたたえた吉田文学の到達点をはじめて文庫化。

久生十蘭ジュラネスク　珠玉傑作集

久生十蘭　41025-8

「小説というものが、無から有を生ぜしめる一種の手品だとすれば、まさに久生十蘭の短篇こそ、それだという気がする」と澁澤龍彥が評した文体の魔術師の、絢爛耽美なめくるめく綺想の世界。

掏摸《スリ》

中村文則　41210-8

天才スリ師に課せられた、あまりに不条理な仕事……失敗すれば、お前を殺す。逃げれば、お前が親しくしている女と子供を殺す。綾野剛氏絶賛！大江賞を受賞し各国で翻訳されたベストセラーが文庫化。

王国

中村文則　41360-0

お前は運命を信じるか？　――社会的要人の弱みを人工的に作る女、ユリカ。ある日、彼女は出会ってしまった、最悪の男に。世界中で翻訳・絶賛されたベストセラー『掏摸』の兄妹編！

A

中村文則　41530-7

風俗嬢の後をつける男、罪の快楽、苦しみを交換する人々、妖怪の村に迷い込んだ男、決断を迫られる軍人、彼女の死を忘れ小説を書き上げた作家……。世界中で翻訳＆絶賛される作家が贈る13の「生」の物語。

邪宗門　上・下

高橋和巳　41309-9 41310-5

戦時下の弾圧で壊滅し、戦後復活し急進化した“教団”。その興亡を壮大なスケールで描く、39歳で早逝した天才作家による伝説の巨篇。今もあまたの読書人が絶賛する永遠の“必読書”！　解説：佐藤優。

憂鬱なる党派　上・下

高橋和巳　41466-9 41467-6

内田樹氏、小池真理子氏推薦。三十九歳で早逝した天才作家のあの名作がついに甦る……大学を出て七年、西村は、かつて革命の理念のもと激動の日々をともにした旧友たちを訪ねる。全読書人に贈る必読書！

悲の器

高橋和巳　41480-5

39歳で早逝した天才作家のデビュー作。妻が神経を病む中、家政婦と関係を持った法学部教授・正木。妻の死後知人の娘と婚約し、家政婦から婚約不履行で告訴された彼の孤立と破滅に迫る。亀山郁夫氏絶賛！

日本の悪霊

高橋和巳　41538-3

特攻隊の生き残りの刑事・落合は、強盗容疑者・村瀬を調べ始める。八年前の火炎瓶闘争にもかかわった村瀬の過去を探る刑事の胸に、いつしか奇妙な共感が……“罪と罰”の根源を問う、天才作家の代表長篇！

クライム・マシン

ジャック・リッチー　好野理恵〔訳〕　46323-0

自称発明家がタイムマシンで殺し屋の犯行現場を目撃したと語る表題作、ＭＷＡ賞受賞作「エミリーがいない」他、全十四篇。『このミステリーがすごい！』第一位に輝いた、短篇の名手ジャック・リッチー名作選。

カーデュラ探偵社

ジャック・リッチー　駒月雅子／好野理恵〔訳〕　46341-4

私立探偵カーデュラの営業時間は夜間のみ。超人的な力と鋭い頭脳で事件を解決、常に黒服に身を包む名探偵の正体は……〈カーデュラ〉シリーズ全八篇と、新訳で贈る短篇五篇を収録する、リッチー名作選。